PETER BESSER

Tod – Rot – Gold

oder

die Schatzsuche auf Deutsch

* * *

Impressum

© PETER BESSER

Tod – Rot – Gold oder die Schatzsuche auf Deutsch

1. Auflage 2007

Einband- und Textgestaltung: Wolfgang Hennig

Herstellung und Verlag:

Books on Demand GmbH, Norderstedt

Alle Rechte liegen beim Autor

ISBN 978-3-8334-7323-4

Inhaltsverzeichnis

Tod – Rot – Gold oder die Schatzsuche auf Deutsch

I

Blitze zuckten durch die heiße Sommernacht und entrissen die Silhouette einer Burg der Dunkelheit. Wolken schoben sich heran und brachten den erwarteten Regen. Diese milderten den grellen Schein und man konnte sogar die weiß-grüne Fahne, die auf dem Burgturm wehte, erkennen.

Die Männer, die sich am Fuße der Burg durch den aufgeweichten Lehm des Weges kämpften, hatten wenig Zeit, sich dem Naturschauspiel hinzugeben. Drei Fuhrwerke, begleitet von Berittenen mit Fackeln, rollten ostwärts in Richtung Lausitz. Einige der Reiter waren abgestiegen und griffen hilfreich in die Speichen der Wagenräder, um vorwärts zu kommen. An der Spitze der Kolonne ritt ein Mann, den Dreispitz tief in das Gesicht gezogen. Seine cremefarbenen Hosen in den schwarzen Stiefeln waren nicht lehmbespritzt. Er hatte sich bisher auch nicht an den Hilfsaktionen seiner Männer beteiligt. Nur er wusste, wohin die Reise geht und was im vordersten, dem am schwersten beladenen Planwagen, transportiert wurde. Er hielt sein Pferd an und wartete, bis die Fuhrwerke nebst ihren bewaffneten Begleitern herangekommen waren. Dabei schaute er hinauf zur Burg. Wie viel Jahre lag es jetzt zurück, dass ihre bisher prominenteste Bewohnerin verstorben war? Gräfin Anna Constanze v. Cosel, geborene v. Brockdorff, seine Urgroßmutter verbrachte dort fast fünfzig

Jahre in erzwungener und freiwilliger Gefangenschaft. Sie hatte mit dem Leben draußen abgeschlossen. Deshalb hatte der junge Graf sie nie persönlich kennen gelernt. Seine Familie legte keinen großen Wert auf ihre Herkunft und war nicht erpicht, mit der Gräfin Cosel in Zusammenhang gebracht zu werden. Publizität dieses Themas war nicht erwünscht. Die Kolonne hatte eine regennasse, aber ansonsten gut befahrbare Landstraße erreicht und kam den Umständen entsprechend gut voran. Es war kurz vor drei Uhr morgens. Im Morgengrauen sollte das Ziel erreicht sein....

Im Kabinett des Kronprinzen herrschte eine warmherzige, aber sachliche Atmosphäre. Dieser Mann, der als Kurprinz geboren und nun Dank der Königswürde, die der Kaisers der Franzosen geruhte, seinem Vater zu verleihen, zum Kronprinzen aufgestiegen war, blieb bodenständig. Er wusste, in welch zwiespältige Situation Sachsen und die anderen neuen deutschen Königreiche durch ihr Bündnis mit Napoleon geraten waren. Aber Politik war nicht dazu da, angenehm zu sein, sondern zweckmäßig. Obwohl er den Kaiser bewunderte, fanden dessen Ansichten nicht immer seine ungeteilte Zustimmung. »Ein König, der von sich behauptet, er würde vom Volke geliebt, dessen Regierung taugt nichts«, war eine dieser Maximen Napoleons I. Auch die Untertanen seines Vaters verspürten zu mindestens mittelbar die Haltung des Kaisers. Auf ein Zeichen des Prinzen betrat der Graf das Kabinett, schlug die Hacken dezent zusammen, nahm Haltung an und zog aus dem breiten Ärmelaufschlag eine Landkarte. Der Prinz faltete das Papier sorgfältig auseinander und glaubte seinen Augen nicht zu trauen, als er das Zeichen auf der Karte sah, wo der Graf die geheime Ladung versteckt hatte.

»Sind Sie toll, Graf!«»Mitnichten, Königliche Hoheit. Erstens kann Gold nicht rosten. Zweitens handelt es sich bei dem Teich um ein stehendes Gewässer. Das Süßwasser ist bei weitem nicht so scharf wie das Wasser des Meeres, so dass auch die Säcke über längere Zeit keinen Schaden nehmen werden. Außerdem sind die Behältnisse unter Wasser am Bootssteg angebunden und können nicht abtreiben.«

Der Kronprinz schaut eine Weile auf den jungen Grafen. Sie waren fast im gleichen Alter.»Gar nicht so schlecht die Idee mit dem See«, dachte der Prinz.»Hätte von mir sein müssen.« Laut sagte er zu seinem Gegenüber:»Lassen wir es gut sein. Ihre Idee ist zwar etwas absonderlich. Wer weiß übrigens bisher von diesem Versteck?«

»Nur Sie und ich«, antwortete der Graf.»Und Ihre Männer, Graf?«, hakte der Prinz nach.

»Die Fuhrleute sind durch die Bank stumm oder sogar taubstumm und auf meine Soldaten kann ich mich verlassen. Außerdem sind sie alle ortsfremd. Ich glaube nicht, dass einer von ihnen die Stelle wieder finden würde. Es war Nacht, Prinz, und es hatte geregnet. Der Einzige, der die Gegend kennt, bin ich.« Der Kronprinz ging einige Schritte auf und ab, ohne etwas zu sagen. Dann blieb er vor dem Grafen stehen und zog eine Münze aus seiner Westentasche und reichte sie ihm. Die Münze hatte die Größe vergleichbar mit einem Zwei-Euro-Stück und war aus weichem Dukatengold. Der Graf wiegte seine rechte Hand, um das Gewicht der Münze besser einschätzen zu können. Die lateinische Inschrift, Portrait und Wappen auf der Rückseite waren ihm unbekannt. Er kannte die Goldmünzen der deutschen Staaten auch englisches und französisches Geld war ihm schon begegnet. Mit einem verneinenden Kopfschütteln gab er sie dem Prinzen zurück.

»Davon befanden sich etwa dreihunderttausend Stück in den Säcken, die Sie versenkt haben. Es sind Teile des spanischen Kronschatzes. Napoleon hat ihn uns gegeben - zur Finanzierung unserer militärischen und sonstigen Verpflichtungen gegenüber Frankreich. Wir sind zwar Verbündete des Kaisers, aber führen deshalb noch lange keinen Krieg gegen Spanien. Deshalb haben mein Vater und ich beschlossen, das Gold treuhänderisch zu verwahren. Eine Unterbringung beim Kronschatz hielten wir für unzweckmäßig, denn dessen Standort ist Gegnern wie Verbündeten bekannt. Wissen wir denn, wie sich die politische und militärische Lage in den nächsten Jahren entwickelt? Jedenfalls danke ich Ihnen für ihre Mission.« Der Graf schlug erneut die Hacken zusammen, verbeugte sich und verließ das Kabinett des Kronprinzen. Als dieser wieder allein war, nahm er ein Stück Papier, spitzte eine Feder an und schrieb an das Geheime königlich-sächsische Finanzcollegium, gegeben anno domini 1811.... . Dann nahm er ein Couvert, packte die Karte und den Brief dazu. Mit einem am Licht einer Kerze erhitztem Stück Siegellack verschloss er dasselbe und drückte die Initialen seines Ringes in die feucht-warme Masse des dunkelroten Lackes.

»Der Kurier aus Wien, Königliche Hoheit!«. Mit diesen Worten kündigte der Kammerherr den Besucher an. Der Kurier hatte Order, sofort vorgelassen zu werden. Der Kronprinz erbrach die Siegel der Kuriermappe, nachdem er ihre Unversehrtheit geprüft hatte. In aller Ruhe sichtete er die Briefe und Depeschen und nahm die übliche Vorsortierung persönlich vor, ehe er sie zu den Ministern und Beamten weiterleitete. Sein Vater weilte auf dem Wiener Kongress, und er hatte die Interessen des Hofes hier in Dresden zu vertreten. Die

Niederlage des Vaterlandes an der Seite Frankreichs lastete schwer auf dem Land. Die Souveränität war dahin. Ein russischer Generalgouverneur führte im Auftrag der Sieger das Königreich. Offiziell war die Kriegsgefangenschaft seines Vaters noch nicht aufgehoben. Die Verbündeten hatten den König nach der Schlacht bei Leipzig arretiert. Ein schmaler kleiner Brief lag in seiner Hand. Routiniert erbrach er das königliche Siegel.

Mein Sohn!
Wir möchten das spanische Gold in die Waagschale der Verhandlungen werfen. Bisher ist die Existenz den Siegern verborgen geblieben. Beschaffe es und halte es bereit. Dann teile uns unverzüglich mit, wann wir darüber verfügen können. In Sonderheit brauchen wir Kenntnis über die absolute Höhe der Einlagen.
F.A.R.

Der Kronprinz erschrak. Er hatte den Grafen seit Leipzig nicht mehr gesehen. Brief und Lageplan waren beim Einrücken der Verbündeten aus Dresden weggebracht worden. Aber wohin? Der Kurier soll morgen wieder nach Wien zurück reiten.
Am Nachmittag hatte der Kronprinz Gewissheit: der Graf war in Leipzig gefallen. Es blieb ihm nichts anderes übrig, als nach dem Königstein zu schicken und die Karte beschaffen zu lassen.

Der Wiener Kongress vertagte sich. Napoleon hielt erneut Europa in Atem. Für die sächsische Delegation eine willkommene Atempause, um weiter nach der Karte und den spanischen Dukaten suchen zu können. Bisher blieb alles erfolglos. Die Karte nebst prinzlichem Begleitschreiben war nirgends zu finden. Waren die Unterlagen Beute der Besatzer geworden oder verschwanden sie in den Nachkriegswirren?

Der König musste bei den weiteren Verhandlungen umdisponieren, mit dem Ergebnis, dass sein Königreich beinahe von der historischen Landkarte Europas gestrichen wurde. Sachsen und er durften bleiben, mit und ohne spanischen Schatz. Langsam geriet die Angelegenheit in Vergessenheit. Offensichtlich wussten selbst die Spanier nicht, wohin ihre Dukaten entführt worden waren. Es wäre nicht auszudenken, wenn der spanische König Schadenersatz von Sachsen gefordert hätte.... . Die Beseitigung der Kriegsschäden und die aktuellen Tagesereignisse ließen den Verlust in den Hintergrund treten und die Suche nach dem Gold verebbte.

II

Es gehörte nicht zu den ersten Adressen der sächsischen Landeshauptstadt Dresden, das Antiquitätengeschäft des Julius Zink in Löbtau. Aber es ernährte ihn schlecht und recht. Zink hatte den Laden von seinem Vater übernommen, ihn durch die Inflation gebracht und nun im Jahre neunzehnhundertzweiunddreißig sah die Welt für den Antiquitätenhändler auch nicht rosig aus. Für Ankäufe gab es genug Angebote. Gestern erst wieder ein Ölgemälde aus dem vorigen Jahrhundert. Wäre er nicht selber ein Verehrer dieser Genrebilder, hätte er den Ankauf abgelehnt. Aber hier hatte wieder einmal das Herz und nicht die kaufmännische Vernunft entschieden. Zweihundert Reichsmark, mehr wollte er trotzdem nicht bieten. In der Mittagspause hatte er Zeit, das Bild genauer zu betrachten. Der schlichte, unverschnörkelte Goldrahmen war auch nicht mehr der Beste. Auf der Rückseite zwischen Rahmen und Bildrückwand bemerkte er einen Spalt. Beim genaueren Hinsehen handelte es sich um eine schmale Holzplatte, die hinter dem Bild zusätzlich eingefügt worden war. Eine für Ölgemälde höchst merkwürdige Befestigungsmethode. Zinks Neugierde war geweckt. Er brachte es in den Keller. Dort hatte er eine kleine Werkstatt für Restaurierungsarbeiten eingerichtet. In der Hauptsache standen Klebarbeiten für Porzellangefäße und –figuren an, aber auch Reinigungsarbeiten von Metall und textilem Material waren vonnöten. Vorsichtig löste er die Rückwand von dem Gemälde. Das Bild war auf Pappelholz gemalt und befand sich in einem ordentlichen Zustand. Die Farben waren gut erhalten und im Holz war kein Wurmbefall festzustellen. Ein Brief fiel heraus. Behutsam hob Zink das Couvert auf. Das dunkelrote Lacksiegel war etwas zerkratzt aber unbeschädigt. Auch unter Zuhilfenahme einer Lupe konnte er die Initialen auf dem Siegel nicht erkennen. Ein »I«, es könnte auch ein »J« sein, sagten ihm nichts. »Wer siegelte diesen Brief? Julius, dir fehlen heraldische Kenntnisse!«, stellte er selbstkritisch fest. Mit einer Rasierklinge löste er das Siegel, ohne es zerbrechen zu müsse. Ein handgeschriebener Brief und so etwas wie eine Landkarte kamen zum Vorschein. Das einzige was er sofort entzifferte, war die Jahreszahl achtzehnhundertelf.

Er überlegte. Das Bild wurde viel später gemalt. Neben den Initialen des Malers las er die Zahl achtundsechzig. »Wer hat im Nachhinein diesen Brief hier deponiert?«, fragte er sich. »Schade, dass es damals noch keine Briefmarken gab, dann hätte der Brief wenigstens philatelistischen Wert«, dachte er. Nun nahm er sich die Karte vor. Eine Windrose in der linken oberen Ecke ermöglichte das Einnorden derselben. Auch die verwendete Symbolik war deutlich: ein grasbewachsener

Uferstreifen mit einem Bootssteg. Ein Weg führt westlich am See vorbei und im Nordosten beginnt ein Waldstück, das über die Kartengrenze hinausgeht. Nur der schwarze Punkt am Bootssteg war nicht erklärt. Den Versuch, den Brief zu lesen, gab er gleich auf. Er nahm sich vor, diesen einem Freund, der als Philatelist einen Namen hat, zu zeigen. Er sollte begutachten, ob das Schreiben auch ohne Briefmarke als so genannte Ganzsache oder als Autograph einen antiquarisch-philatelistischen Sammlerwert hat. Immerhin ist das Fundstück einhunderteinundzwanzig Jahre alt.

Mühsam quälte sich der altersschwache Lastwagen durch den Vorort. Auf dem Kopfsteinpflaster der Löbtauer Straßen wurde das Fahren zur Qual. Servolenkung, hydraulische Bremshilfe waren für die LKWs der zwanziger Jahre des vorigen Jahrhunderts Fremdwörter. Hinzu kam der schlechte technische Zustand des Wagens. Aber wer hatte schon Geld, größere Instandsetzungsarbeiten zu bezahlen? Jede Mark für Reparaturen sind eine Mark zuviel. Eigentlich müsste ein neuer Wagen her. Für einen Hinterhofspediteur bei der gegenwärtigen Wirtschaftslage ein Unding. Es ging auf acht Uhr abends zu. Der Tag war lang und er wollte nach Hause. Am Bünauplatz, die Straße war menschenleer, bog er nach links in Richtung Poststraße ab. Plötzlich krachte es. Der Wagen neigte sich zur Seite. Die hinteren Zwillingsräder hatten sich gelöst und rollten unvermindert weiter. Ein Bordstein war für sie kein Hindernis bei ihrem Geradeauslauf hart an einem Baum vorbei direkt auf den Fußgänger zu. Auf den Lärm hinter sich aufmerksam geworden, drehte sich Julius Zink um und erschrak: ein Radpaar rollte ungebremst auf ihn zu. Ihm fehlte sogar die Zeit für einen Schreckensschrei ... .

Die wenigen Habseligkeiten auf dem Tresen der Polizeiwache versetzten niemanden in Erstaunen. Auch der alte Brief mit dem königlichen Siegel erweckte bei den Polizeibeamten keinen Argwohn. Die Papiere des Verunglückten wiesen diesen als Antiquitätenhändler aus.

»Wenn sie hier bitte unterschreiben würden«, der Polizist wies mit dem Finger auf die Stelle des Formulars, auf dem die Witwe Zink den Empfang der bei ihrem Mann gefundenen Gegenstände zu quittieren hatte. Zu Hause angekommen übergab sie alles ihrem Sohn. Sie hatte nicht die Nerven dazu, die Dinge zu sichten und zu ordnen. Die Karte erweckte sogleich die Neugier von Zink-Junior, der sich auf die Weiterführung des väterlichen Geschäftes vorbereitete. »Warum trug Vater sie bei sich? Was wollte er mit der Karte und wem hat er sie gezeigt? Fragen, die die Phantasie des jungen Erben anregten. Die Kernfrage war natürlich die Bedeutung nach dem schwarzen Punkt am Bootssteg. Der Brief brachte ihn auch nicht weiter und so entschloss er sich, am nächsten Tag seinen Freund Peter aufzusuchen. Der war ein »hohes Tier« bei den Pfadfindern und müsste über die nötigen Karten und Erfahrungen verfügen, um denn herauszufinden, wo der See liegen könnte.

»Ja ich kenne den See«, zur Bekräftigung seiner Worte bückte sich Peter und kramte aus dem Schrank eine Landkarte der Lausitz hervor. Nachdem er sie sorgfältig entfaltet hatte, zeigte er mit dem Finger darauf. Tatsächlich, die Eintragungen auf der neuen Karte deckten sich mit der Kartenskizze aus dem 19. Jahrhundert. Nur statt einem waren jetzt drei Bootsstege vorhanden, die eine Suche erschwerten. »Siehst du den Bahnhof hier? Bis zum See sind es höchstens drei Kilometer. Wenn wir unsere Fahrräder mitnehmen, wird das ein schöner Tagesausflug.« Der Freund entwarf bereits die Zeitplanung und stellte auf einem Zettel die erforderliche Ausrüstung zusammen. Da man aber ins Wasser muss, wollten die Beiden besseres Wetter abwarten.

Es war ein warmer Sommertag. Der Zug, der Richtung Osten dampfte, war mit Ausflüglern und Urlaubern gut gefüllt. Im Gepäckwagen stapelten sich die Fahrräder. Nicht nur unsere beiden Schatzsucher waren heute auf der Eisenbahn mit dem Fahrrad unterwegs. »Die Fahrkarten bitte zur Kontrolle!«, ertönte es. Zink holte seine Fahrkarte hervor und schaute auf die Datumsprägung. »34« stand da zu lesen. Zwei Jahre nach Vaters Tod hatten sie endlich Zeit gefunden, auf Schatzsuche zu gehen. Dabei war es nur eine Vermutung und leicht ironisch gemeint, wenn sie von Schatzsuche sprachen. Da das Begleitschreiben des Kronprinzen für sie unleserlich blieb, wussten sie nicht, was sie am See erwarten würde. Als sie aus dem Zug stiegen, kam Wind auf und dunkle, nichts Gutes verheißende Wolken türmten sich auf. Der Kantenwind sorgte dafür, dass es keine Spazierfahrt zum See werden würde. Dieser lag verlassen da. Staub wirbelte auf. Die Böen machten es fast unmöglich, die Landkarte zu entfalten. Die drei Bootsstege lagen nur wenige Meter auseinander.

»Bring du mal die Fahrräder in Sicherheit, ich sehe mir die Stege erst einmal genauer an«, schlug sein Freund Peter vor. Das waren die letzten Worte, die Frank Zink vernahm. Er schob die beiden Räder zu einer schützenden Baumgruppe und verstaute die Rucksäcke im Gebüsch, falls das Unwetter über sie hereinbrechen sollte. Der Himmel färbte sich fast schwarz. Die fehlenden Sonnenstrahlen ließen das Wasser grau erscheinen und der erhoffte Blick bis auf den Grund des Sees, wie es sich der Pfadfinder erhoffte, blieb ihm versagt. Trotzdem betrat er den ersten Steg und lief langsam nach unten schauend bis aufs Wasser hinaus. Der See schlug Wellen. Einige Wasservögel strebten dem schützenden Unterholz am Ufer zu. Peter warf noch einen prüfenden Blick zum Himmel, der es offensichtlich nicht eilig hatte, seine Schleusen zu öffnen. Frank holte derweil aus den Rucksäcken die Regenpelerinen. Hinter ihm zischte es. Dann erfolgte ein explosionsartiges Krachen. Schwefelgestank lag in der Luft. Als er sich wieder aufrichtete, ging sein Blick zum See. Peter lag reglos auf dem Bootssteg, der zum Teil weg gebrochen war. Frank rannte trotz des einsetzenden Wolkenbruchs los und schleifte den leblosen Freund unter die schützenden Bäume.

Am Abend stand es fest: sein Freund Peter war tot. Der Blitz hatte in den See eingeschlagen und ihn dabei getroffen. Frank Zink war kein abergläubischer Mensch. Aber eine Vorahnung beschlich ihn. Erst starb Vater den Unfalltod, als er die Karte bei sich hatte, und heute wird sein Freund vom Blitz erschlagen. Und wieder hatten sie die Karte bei sich.

»Schluss, aus! Mag da unten liegen was will, die Karte kommt aus dem Haus«, beschloss Frank und bot den Brief nebst Karte bei einer Versteigerung an, die ihm und dem Geschäft ein beruhigendes Sümmchen einbrachten.

III

Es war einer jener nass-kalten Februarabende, in denen sich Wilfried Wolf in die Bibliothek des elterlichen Hauses zurückzog. Die Bibliothek, deren Grundstock sein Großvater legte und sein Vater weiterführte, enthielt nicht nur mehrere tausend Bücher sondern, zu ihr zählten auch eine erlesene Briefmarkensammlung, Sammlungen von Autographen und andere Kostbarkeiten. Ja, Wolf konnte sich glücklich schätzen. Das Haus, die Bibliothek mit ihren Sammlungen und überhaupt alles hatten den Krieg und die Nachkriegszeit schadlos überstanden. Als Vater vor wenigen Jahren starb, hinterließ er geordnete Verhältnisse. Wolf – Junior bewohnte von da an das Häuschen mit seiner Mutter allein. Er war Junggeselle und hatte genügend Zeit, den Nachlass zu sichten. Dabei hatte er es nicht eilig, zumal seine eigene philatelistische Arbeit nicht ins Hintertreffen geraten sollte. Während Mutter unten in der Küche Näharbeiten verrichtete, hatte Wilfried bei Plattenspielermusik begonnen, in den Ganzsachen von Vaters Sammlung zu suchen. Der Frühlingsstimmenwalzer, den der Plattenspieler soeben von sich gab, stand im krassen Gegensatz zu der tatsächlichen Wetterlage. Da hatte er ihn, jenen merkwürdigen Brief von achtzehnhundertelf, vermutlich vom damaligen sächsischen Kronprinzen selbst verfasst, dem eine Landkarte beilag. Die Rechnung, die der Auktionator an seinen Vater, Herrn Professor Dr. jur. Ferdinand Wolf, gestellt hatte, lag noch in dem Couvert. Wolf – Junior, der bisher noch nicht in diesen Winkel der Bibliothek vorgedrungen war, schüttelte verwundert den Kopf. Es war normaler Weise nicht Vaters Art, Bücher und anderes Sammlungsgut zusammen mit den Quittungen und Kassenzetteln aufzubewahren. Über zwanzig Jahre waren seit dem Erwerb dieses Schriftstückes vergangen. Er drehte das Couvert hin und her. Die Herkunft des Briefes und der Karte waren nicht ersichtlich. Er erinnerte sich nur, dass Vater noch vor dem Krieg einmal den Brief hochhielt und sagte: »Bei der Suche nach diesem Schatz sind schon drei

15

Menschen ums Leben gekommen.« Wilfried Wolf betrachtete die Karte, nahm die Lupe zur Hand: Nichts, eine Landkarte mit einem Punkt am Bootssteg. »Vermutlich eine Versenkungsstelle«, dachte er. Der Name des Sees sagte ihm nichts. »Vielleicht liegt er hier in der Nähe?« Ein Griff in die umfangreiche Landkartensammlung seines Vaters brachte die Lösung, dass er mit seiner Vermutung richtig lag. Nun machte er sich die Mühe, den königlichen Brief zu entziffern. So richtig klug wurde er aus dem Geschriebenen nicht. Nur soviel war klar, dass der Kronprinz entsprechende Wechsel auszustellen befahl. Und dann die Zahl 303.000 Thaler zu treuen Händen an die königliche Schatulle.

Eine Woche später kam die Ernüchterung: Der See liegt im militärischen Sperrgebiet der Russen. Wolf entschloss sich, zumindest eine lesbare Abschrift des königlichen Briefes mit der Schreibmaschine anzufertigen. Darunter setzte er den Satz:

Ausgefertigt am 26. Februar 1955, Wilfried Wolf.

Sie saßen sich gegenüber die Herren in Zivil vom VEB Sondermaschinenbau und die sowjetischen Offiziere. Die Atmosphäre war entspannt. Es war alles gesagt. Der Betrieb sollte diverse Arbeiten im militärischen Sperrgebiet für die Sowjetarmee übernehmen. Wolf hatte als Justitiar seines Betriebes an den Verhandlungen teilgenommen. Es blieb nicht aus, dass nach dem offiziellen Teil, persönliche Gespräche zwischen Deutschen und Russen bei einem kleinen Imbiss zustande kamen. Auch zwischen Justitiar Wolf und sein Amtskollegen, einem Militärjuristen im Majorsrang, kam es zu einer Unterhaltung, die man sogar, dank Wolfs guten russischen Sprachkenntnissen, als herzlich bezeichnen konnte. Ja die Herren gingen sogar soweit, ihre Vornamen auszutauschen:»Nennen Sie mich Alexander Wladimirowitsch«, forderte ihn der Major auf. Erst im Verlauf der Unterhaltung erwähnte Wilfried beiläufig die Möglichkeit eines Schatzes aus der Zeit der Napoleonischen Kriege, der womöglich im Sperrgebiet versteckt sei. Die Schatzsuche war nicht das Steckenpferd des Offiziers und er meldete diesbezügliche Bedenken an. Erst als Wolf darauf hinwies, es könne sich um französisches Beutegut, das den Russen im Feldzug von achtzehnhundertzwölf geraubt wurde, handeln, horchte dieser auf. Man einigte sich schließlich darauf, dass Wolf der Sowjetarmee eine Fotokopie der Karte zur Verfügung stellt. Im Gegenzug wurde ihm gestattet, bei den Bergungsarbeiten dabei zu sein. Wolf wusste, dass er sich nicht zum Schatzsucher eignet und auf fremde Hilfe angewiesen war. Als Helfer kam nur der jetzige Nutzer des Sees, die Besatzungsmacht in Frage. Auf andere politische Verhältnisse zu warten, erschien ihm aussichtslos. Ihm war bekannt, dass das Besatzungsstatut bis neunzehnhundertneunundneunzig Gültigkeit hat. Er war jetzt sechsundvierzig. Das Jahr neunzehnhundertneunundneunzig dürfte er schwerlich erleben. Als Junggeselle hat er auch keine direkten Erben, denen er sein Wissen darüber hätte weitergeben können. Um die Lösung des Rätsels ging es ihm. Materielle Reichtümer zu erwarten, erschien ihm als nüchtern denkender Jurist ohnehin zu spekulativ. Das einzig Spannende war nur, ob ihm dafür Dank oder Ärger ins Haus standen.

Ein offener Geländewagen hatte Wilfried Wolf vom Betrieb abgeholt. Der Fahrer, ein junger Bursche mit kahl geschorenem Kopf, sagte nur.»Bitte mitkommen!«Zu weiteren Gesprächen war er nicht bereit, obwohl Wolf sich in Russisch mit ihm unterhalten wollte. Am See angekommen, begrüßte ihn sein Amtskollege, Major Ilgutin. Neben anderen Uniformierten, liefen auch einige in Taucherausrüstung herum. Am gegenüberliegenden Ufer hatte man einen PKW aus dem Wasser gezogen. Eine Traube Menschen, auch Zivilisten, standen um etwas herum, was Wolf von hier aus nicht sehen konnte. Alexander Wladimirowitsch bat ihn, an die Fundstelle des PKWs zu kommen. Der Wagen war mit Moos und anderen Wasserpflanzen behangen. Auf dem frei gekratzten Nummernschild wurden die SS-Runen sichtbar. Daneben lag auf einer Zeltplane ein abgedeckter Leichnam. Auf einer zweiten Decke hatte man die die Habseligkeiten zum Trocknen ausgelegt, die man bei dem Toten gefunden hatte. Dabei hatte man seine Erkennungsmarke und in der Kartentasche eine relativ gut erhaltene Handskizze vom See mit einem roten X, gefunden. Bemerkenswert war, dass die gezeichnete Karte, obwohl wesentlich jüngeren Datums, als die von Wolf übergebene, im wesentlichen mit dieser übereinstimmte. Auch die Lage des roten X war nahezu deckungsgleich mit dem schwarzen Punkt.

Zwei Zivilisten, die akzentfreies Deutsch sprachen, fragten Wolf sofort, ohne sich vorzustellen: »Wer weiß oder wusste noch von der Existenz Ihrer Karte? Wo waren Sie während des Krieges?« Wolf erzählte, dass er nach dem juristischen Staatsexamen neunzehnhundertsiebenunddreißig zur Wehrmacht einberufen wurde. Dank seiner juristischen Ausbildung und väterlichen Verbindungen wurde er nach einer kurzen Grundausbildung in den militärjuristischen Apparat übernommen. Nach dem Anschluss Österreichs versetzte man ihn nach Wien, um die österreichische Militärjustiz in die Wehrmachtsstrukturen zu integrieren. Dort blieb er bis neunzehnhundertdreiundvierzig und wurde dabei zum Offizier befördert. Seine Weiterverwendung erfolgte bei der Militärstaatsanwaltschaft in Frankreich. Dort erlebte er das Kriegsende im Saarland, wo er in Gefangenschaft geriet. Neunzehnhundertsiebenundvierzig entließen ihn die Franzosen und er kehrte nach Sachsen in sein Vaterhaus zurück. Hier nahm er dann die Arbeit als Justitiar auf. Dem Betrieb gehörte er nun seit etwa acht Jahren an. Die Schilderung beendete er mit dem Versuch, eine Antwort auf die eingangs gestellte Frage der Herren zu geben:

»Wenn von dem Brief und der Karte jemand etwas erfahren hat, dann nur von meinem Vater. Ich habe erst nach Sichtung seines Nachlasses von der Existenz der Karte erfahren.« Die beiden Zivilisten schauten sich wortlos an. Inzwischen hatte man auch den Toten identifiziert: Hauptsturmführer Otto Repp. Die Frage, ob er diesem Manne jemals begegnet sei, verneinte Wolf wahrheitsgemäß. Während das Verhör in einem Kraftwagen mit deutschem Kennzeichen stattfand, gingen am See die Bergungs- und Sucharbeiten weiter. Mehrere Taucher hatten sich aufgemacht, den Grund des Sees abzusuchen. Ein Taucher hatte sich von einem Bootssteg rückwärts ins Wasser fallen lassen. Dabei war sein Ventil auf einen Stein aufgeschlagen und beschädigt worden. Er konnte bewusstlos geborgen und gerade noch gerettet werden. Die Aufregung war auch den Insassen des Wagens nicht verborgen geblieben und man unterbrach das Verhör. Der sowjetische Major gesellte sich zu ihnen und meinte sarkastisch: »Ein Toter vor zehn Jahren und ein beinahe Toter heute, das ist die Bilanz der Schatzsucherei.« »Wie geht es weiter?«, fragte Wolf. »Wir brechen für heute die Suche ab«, entgegnete ihm Ilgutin. Die beiden Zivilisten nahmen Wolf in ihrem Wagen mit.

Auf der Kreisdienststelle des Ministeriums für Staatssicherheit forderte man Wolf auf, die Originalunterlagen herbeizuschaffen. Wolf lehnte eine Übergabe der Originale mit dem Hinweis auf den hohen Wert dieser Autographen ab. Man möge sich doch mit Fotokopien begnügen. Die Frage der Vernehmer, ob Wolf denn das hochwertige Erbstück versteuert habe, konterte er mit dem Hinweis, dass er dem Finanzamt nach dem Tod seines Vaters alle Grundstücksunterlagen vorgelegt, Sachwerte ordnungsgemäß gemeldet und die anfallende Erbschaftssteuer in voller Höhe entrichtet habe. Ein Rückruf beim Finanzamt bestätigte die Aussage. »Gut, überlassen Sie uns Fotokopien oder besser noch die Negative. Wir sind überhaupt an einer Zusammenarbeit mit engagierten Bürgern interessiert, die uns helfen, zur Aufklärung der Vergangenheit beizutragen.« Mit diesen Worten gab der Chef des Vernehmerduos dem Verhör eine andere Wendung. Wilfried Wolf war nicht mehr Zeuge schlecht hin, man überzeugte ihn, von einer informellen Mitarbeit. So unterschrieb er eine Verpflichtungserklärung und sein wertvoller Besitz wurde nicht mehr in Frage gestellt. Seinen philatelistischen Sachverstand brachte er in den Kulturbund, dem politischen Sammelbecken für Leute seines Schlages, ein und versorgte darüber hinaus seine Auftraggeber mit entsprechendem Insiderwissen. Als er kurz vor der Rente stand, wurde auf seine IM-Tätigkeit verzichtet, so dass er sich nach der Wende mit diesem Problem nicht herumschlagen musste, wie die Jüngeren.

IV

INSTITUT FÜR ZEITGESCHICHTE stand in metallenen Lettern über der zweiflügeligen Eingangspforte.

Mühsam stemmte sich die junge Frau gegen die schwere Eichentür. Wer sie so sehen konnte mit ihrer vollen Aktentasche, dem zu einem Knoten zusammengebundenen dunkelblonden Haaren hätte sie bestimmt für eine Lehrerin gehalten. Jedenfalls war sie mit ihrem knielangen Rock und der dunklen Kostümjacke nicht der Typ, nach dem sich Männer umdrehen. Der Pförtner nannte ihr eine Zimmernummer und zeigte mit dem rechten Arm nach oben. Die junge Frau nickte dankend. In dem kleinen Konferenzzimmer warteten schon mehrer Personen. Die Herren standen höflich auf und begrüßten sie. Sie war die einzige Frau und gleichzeitig die Jüngste in diesem Kreis. Der Gastgeber stellte sie mit Frau Doktor Burke, Historikerin vor. Dass ihr Arbeitgeber das Ministerium für Staatssicherheit und sie, trotz ihrer Jugend, bereits Hauptmann sei, verschwieg er geflissentlich. Nach den üblichen Eröffnungsfloskeln, wobei das Erscheinen der Vertreter der Sowjetarmee besonders hervorgehoben wurde, erteilte man Frau Doktor Burke das Wort. Man bat sie, etwas zum Stand der Ermittlungen zu sagen, zumal trotz nochmaliger Tauchversuche in dem See nichts gefunden wurde.

»... deshalb müssen wir davon ausgehen, dass der Schatz im Poddelsee bereits vorher gehoben wurde. Die Leiche des SS-Offiziers hat uns auf eine Spur gebracht. Inzwischen wissen wir, dass der Poddelsee erneut als Tresor für wichtige Unterlagen vorgesehen war. Bei der Versenkung stieß man, ob zufällig oder bewusst, auf das Material aus dem neunzehnten Jahrhundert. Inwieweit der damalige Besitzer der Lagekarte während des Krieges bestimmte Leute informiert hatte, lässt sich heute nicht mehr eindeutig nachweisen. Fakt ist, dass das Material gehoben und unter dem Codewort *Spanischer Fonds* sichergestellt wurde. Der

Versuch, im See eigenes Material zu archivieren, wurde fallengelassen. Wir wissen heute, dass die SS sich entschloss, alles verbergungswürdige Material im heutigen Österreich, im Salzkammergut, zu versenken. Es war somit zu befürchten, dass der als *Spanischer Fonds* getarnte Schatz, ebenfalls mitgenommen wurde.

Inzwischen konnten wir einen Mann ausfindig machen, der zu jener SS-Einheit gehörte, deren toter Kommandeur vor zwei Jahren aus dem Wasser gefischt wurde. Er lebt nur etwa zwanzig Minuten von hier in Westberlin. Dieser Mann hat den *Spanischen Fonds*, bestehend aus zwei Säcken, persönlich in den Händen gehabt, in einem Kübelwagen verladen und dann ging es westwärts. Der Hauptsturmführer, mit einer Karte auf dem Schoß, dirigierte unseren Informanten in Richtung Erzgebirge. Auf irgend einem Gutshof im Raum Freiberg wären dann die Säcke ausgeladen worden. Während er im Auto sitzen bleiben musste, wäre Repp in die Burg gegangen, begleitet von zwei Kriegsgefangenen. Nach zwei Stunden kam der Hauptsturmführer zurück und sie fuhren weiter. Damit steht mit ziemlicher Sicherheit fest, dass der Schatz nicht mehr in der Lausitz aber immer noch in einem der DDR-Südbezirke oder, wenn man so will, in Sachsen verborgen liegt.«

»Warum wurde die Leiche des Hauptsturmführers im ehemaligen Versteck, dem Poddelsee, gefunden? Kann Ihr Westberliner Informant nicht herüberkommen und suchen helfen? War er der Mörder seines Vorgesetzten? Gibt es Kartenmaterial vom neuen Versteck? Woher kommt der Ausdruck *Spanischer Fonds*?«

Die Ausführungen von Frau Doktor Burke hatten die Gemüter erregt. Der Vorsitzende konnte sich nur mit Mühe Gehör verschaffen und tat das Beste, was man in dieser aufgewühlten Situation nur tun konnte: eine

Pause machen.

Bedächtig legte Walter Dietl den Hörer aufs Telefon zurück. Eine Erpressung, gut verpackt als Gentlemen's Agreement: Sie helfen uns suchen, wir beteiligen sie am Finderlohn, anderenfalls überprüfen wir Ihre Mitschuld am unnatürlichen Tod von Herrn Repp. Dietl schaute auf. Den 12. April 1957 zeigte das Blatt des Abreißkalenders, der direkt über dem Telefontischchen hing. Genau dreizehn Jahre liegt es zurück, dass sein Vorgesetzter losfuhr und zur vereinbarten Zeit nicht zurückkam. Eigentlich brauchte er auf die Erpressung nicht zu reagieren. Mit dem Tod des Hauptsturmführers hatte er nichts zu tun. Aber seine SS-Tätigkeit hatte er bisher unter den Tisch fallen lassen. Wenn nicht Mord, dann Kunstraub könnte die Anklage lauten. Er hatte während des ganzen Krieges beim SS-Einsatzstab für Beutekunst gearbeitet. Eine Suche nach ihm haben die Siegermächte bis heute noch nicht aufgegeben. Kunstraub ist zwar kein Mord, aber eine Verurteilung wäre das Aus für ihn als Restaurator bei einem renommierten Kunsthändler, der auch viel für öffentliche Museen arbeitet. Andererseits mit denen aus Ostberlin zu kooperieren, erscheint bei der in Aussicht gestellten Belohnung durchaus reizvoll. Der Sohn will einmal studieren und Rosemarie, seine Frau, träumt von der Selbstständigkeit als Buchhändlerin. Alles Dinge im Leben, für die sein Gehalt nicht ausreicht. Ein beruflicher Absturz infolge einer Verurteilung passt da gar nicht in diese Zukunftspläne. So stieg er dann in den Keller hinab, schloss die Tür hinter sich und öffnete den unteren Schieber der Kommode. Weiß der Teufel was ihn geritten hatte, die Protokolle von der Versenkung aufzubewahren und über die Nachkriegswirren zu retten. »Wäre ich in Kriegsgefangenschaft geraten, dann hätten die Sieger jetzt das Material«, dacht er bei sich.

Alle machten zufriedene Gesichter. Der Kaffee hatte, obwohl als anregendes Getränk bekannt, die Gemüter beruhigt. Auf den Gesichtern des einen oder anderen lag der Anflug eines Lächelns. Hatten sie doch beim Blick in den Papierkorb die Verpackung gesehen, in denen die braunen gerösteten Bohnen aufbewahrt wurden. Es war eine Importsorte. Der ostdeutsche Volksmund drückte es direkter aus und sagte dazu »Westkaffee«. Auch die junge Dame aus dem Ministerium mit dem staatserhaltenden Charakter tat so, als ob sie nichts bemerkt hätte, zumal selbst ein solcher Westkontakt für Personen ihres Schlages höchst suspekt war.

Der Leiter der Beratung sortierte die eingegangenen Fragen mit dem Ziel, nur auf solche einzugehen, die einen Fortgang der Dinge zum Inhalt hatten. Bezüglich des Informanten aus Westberlin versprach man sich wesentliche Aufschlüsse hinsichtlich des neuen Verstecks, das in den letzten Tagen des Krieges angelegt worden war. Auch zur Wahl des Decknamens *Spanischer Fonds* hatten neueste Nachforschungen im ehemaligen Sächsischen Staatsarchiv eine mögliche Antwort geliefert. So erfuhr man aus entsprechenden Quellen, dass Napoleon I. seinen sächsischen Bundesgenossen mit einer Anleihe von etwa dreihunderttausend Talern dessen Entscheidungsfreudigkeit zu einem Bündnis erleichtern wollte. Das Gold selbst stammt aus der Beute, die der Kaiser im spanischen Feldzug machen konnte. Damit wurde klar, dass russische Ansprüche darauf nicht bestehen. Nahe liegend war, dass das Dritte Reich die Absicht erwog, das Gold seinem Verbündeten, Franco in Spanien, als rechtmäßigen Erben, zurückzugeben. Leider, und das wurde auf dieser Beratung deutlich, haben weder die Staatssicherheit noch die anderen mit der Schatzsuche Beschäftigten herausgefunden, wer außer dem in Westberlin lebenden ehemaligen SS-Mann noch von diesem Versteck wissen konnte.

»Ist Ihr Mann zu Hause? Ich komme wegen des Spanischen Fonds.« Mit diesen Worten begrüßte die Burke Frau Dietl, die ihr die Tür öffnete. Diese schaute erschrocken-ratlos, als sie die Parole hörte und stammelte etwas von nicht zu Hause und Nichtwissen, wann ihr Mann zurückkäme. Gerade wollte sie die Türe wieder schließen, als zwei Männer in Zivil, der eine von unten, der andere von der oberen Etage im Treppenhaus auftauchten. Auch die Burke hatte die beiden bemerkt und die Falle erkannt, in die sie tappen sollte. Die Dietl erhielt einen Stoß, dass diese in die Wohnung zurücktaumelte und die Türe freigeben musste. Sie selbst schloss rasch die Korridortür hinter sich, um den beiden Männern den Zutritt zu versperren. Aber so schnell gab die Wohnungsinhaberin nicht auf. Mit einem Feuerhaken in der Hand ging sie auf ihre ungebetene Besucherin los, um den beiden Männern, die gegen die Tür schlugen und Einlass begehrten, öffnen zu können. Blitzschnell griff die Burke zu und Rosemarie Dietl wurde von einem Spezialgriff herumgewirbelt und landete rücklings in der Flurgarderobe. Die schöne Steingutvase ging in Scherben und einige davon bohrten sich in die wohlgeformten Rundungen ihres Rückens und der darunter liegenden Körperpartien. Die Burke rannte durch die Wohnung auf den zur Straße hin liegenden Balkon und schwang sich über die Brüstung. Trotz ihre kurzen Arme erreichte sie den Blitzableiter, kletterte an diesem zum nächst höheren Stockwerk und erklomm den Balkon über der Dietlschen Wohnung. Da dieser ohne Blumenschmuck war, hinterließ sie beim Einstieg keine Spuren der Verwüstung, wie in der darunter liegenden Wohnung bei ihrer Flucht aus derselben. Ein kurzer prüfender Rundumblick auf die unter ihr liegende Straße und gegenüberliegenden Häuser tröstete sie etwas über ihre missliche Situation hinweg, dass sie, Hauptmann der Staatssicherheit der DDR, auf einem Westberliner Balkon gefangen saß. Man schien nichts bemerkt zu haben. Kein Menschenauflauf auf der Straße und auch gegenüber blieb alles ruhig. Sie schaute durch die verschlossene Balkontür. Der oder die Wohnungsinhaber waren offensichtlich abwesend, vermutlich berufstätig. Sie legte sich auf den Balkon, um nicht gesehen zu werden. Angelika Burke atmete tief durch. Trotz der Straßengeräusche hörte sie, wie im Hause geklingelt wurde. Ihre Verfolger vermuteten richtig, dass sie sich über den Balkon in eine andere Wohnung geflüchtet hatte. Das Schlimmste, was ihr passieren konnte war, dass ihre Verfolger die Klettertour auf sich nahmen und ebenfalls auf diesen Balkon stiegen. Dienstausweis und Waffe hatte sie vorsorglich in Ostberlin zurückgelassen, als sie zu diesem Kommandounternehmen aufbrach. Sie hätte im Falle einer neuerlichen Entdeckung gegen mehrere Männer keine Chance gehabt. Aber alles blieb ruhig. Das Wetter war angenehm, so dass man es auf dem Balkon aushalten konnte. Hoffentlich war der Wohnungsinhaber nicht verreist. Sie hatte wenig Lust, die Türen aufzubrechen. Gegen Abend wurde sie erlöst. Der Hausherr, ein Herr Doktor Alfons Felsenberger, war nach Hause gekommen. Nachdem er abgelegt und das Bad aufgesucht hatte, öffnete er die Balkontür. Er erschrak. Seine erstaunten aber keineswegs aggressiv vorgebrachten Fragen beantwortete die Burke absichtlich etwas schnoddrig mit einer Prise Naivität vermischt:

»Hallo, ich bin die Angelika. Die Polizei war hinter mir her. Ich bin Fassadenkletterin. Aber bei dir, Verzeihung bei Ihnen, bin ich nicht eingebrochen.« Ihr Ton und die Art, wie sie sich einführte, verfehlte nicht ihre Wirkung. Der Hausherr stellte sich ebenfalls vor und fügte hinzu, dass er zur Zeit Strohwitwer sei. Seine Frau befände sich in Bad Pyrmont und die Kinder studieren auswärts. Nachdem er sich prüfend umgeschaut hatte, reichte er ihr die Hand: »Sie können jetzt aufstehen und hereinkommen. Ich mache uns etwas zu essen.« Angelika merkte, dass sie dem Doktor Felsenberger gar nicht so ungelegen kam. Ihm tat im feierabendlichen Einerlei der Einsamkeit eine Abwechslung an der Seite einer jungen Frau offenbar gut. Sie hatte die Wahrheit gesagt und die Wohnung nicht betreten. Seine Frage, was sie denn sonst so treibe, wenn sie nicht in fremde Wohnungen einstiege, beantwortete sie etwas zögerlich. Dass sie als promovierte Historikerin mit ihm auf gleicher intellektueller Stufe stand, wollte sie ihm genauso wenig erzählen, wie den tatsächlichen Grund ihres erzwungenen Besuches. Ihre Zugehörigkeit zum Geheimdienst kund zu tun, hätte ihr bestimmt Minuspunkte bei ihm eingebracht, glaubte sie zu mindest.

»Ich war Artistin und jetzt bin ich arbeitslos. Unser Zirkus ist pleite und die Jüngste bin ich mit Anfang dreißig in diesem Geschäft auch nicht mehr.« Eine durchaus glaubwürdige Legende, mit der es ihr möglich war, die Konversation mit dem Hausherren, der sich als Altphilologe an der Freien Universität vorstellte, zu führen. Während Felsenberger sie mit Angelika und »Sie« ansprach, blieb sie bei der offiziellen Anrede »Herr Doktor«, mal mit, mal ohne Nennung des Familiennamens. Er hatte inzwischen eine Flasche Mosel aus dem Kühlschrank geholt. Es tat ihm sichtlich wohl, mit jemandem reden zu können auch wenn die junge Frau eine vermeintliche Kriminelle ist. Durch den Alkohol etwas leichtsinnig geworden, bot er Angelika an, bei ihm zu übernachten. Er würde ihr im Arbeitszimmer die Couch herrichten.

Angelika fand, dass offensichtlich alle Männer gleich seien, sah aber eine Chance darin, ihren Überwachern heute nicht mehr zu begegnen. Außerdem ist eine Rückkehr bei Tageslicht sicherer, als jetzt noch in der Nacht in den Osten zurück zu müssen.

Das Arbeitszimmer lag direkt neben dem Schlafzimmer. Sie hörte Alfons, wie sie ihn im Stillen nannte, noch in irgendwelchen Papieren wühlen. Die Tür war angelehnt. Wer aus dem Schlafzimmer wollte, musste durch das Arbeitszimmer. Vorsichtig betrat er noch einmal das Arbeitszimmer. Eine Stehlampe war eingeschaltet und Angelika las in einem der zahlreichen Bücher, die sich bis unter die Decke in Regalen stapelten. Mit einer Geste forderte sie ihn auf, sich auf die Bettkante zu ihr zu setzen. »Können sie mir erklären, wie das gemeint ist?« Sie hatte sich ein Buch wahllos herausgegriffen und stellte ihm eine Frage. Behutsam nahm Felsenberger neben ihr Platz, während sie sich aufrichtete, um ihn die entsprechende Textstelle zu zeigen. Mit einem diskreten Seitenblick überzeugte er sich, dass sie einen Unterrock anbehalten hatte. Wie unabsichtlich streichelte sie ihm über seinen Hinterkopf. Obwohl schon Ende vierzig, hatte er noch volles dunkelblondes Haar. Sie rückte zur Seite und forderte ihn auf, sich richtig hinzusetzen.

»Angelika, ich bin doch nicht aus Stein«, parierte er ihre Aufforderung. »Wenn du aus Stein wärest, dann hätte ich dich nicht aufgefordert, dich neben mich zu setzen.« Eindeutiger konnte sie es kaum formulieren. Alfons begriff und ließ seinen Blick von ihrem Haar-

ansatz über ihr Gesicht zu den Brüsten schweifen. An
der Bettdecke, die ihren Schoß bedeckte, blieb sein
Blick haften. Wortlos umarmte er sie und küsste sie auf
den Mund. Plötzlich war keine Bettdecke mehr
zwischen ihnen und zwei feste Schenkel umschlangen
seine Hüften. Jetzt spürte er, dass sie nichts anderes
unter ihrem Unterrock trug. Seine wochenlange
Enthaltsamkeit und der Mosel trugen maßgeblich dazu
bei, dass er seine Zurückhaltung ablegte….
Endlos zog sich die Akazienallee dahin. Alfons lief,
ohne müde zu werden und sog den Duft in sich auf. An
seiner Seite lief seine Frau noch jung und unbeschwert.
Das Brummen eines Hubschraubers kam immer näher
und näher. Er erwachte. Das Haar von Angelika duftete
und der Geruch stieg ihm in die Nase. Seine Stirn
schmiegte sich an ihren Hinterkopf. Sie lag mit dem
Rücken zu ihm und schlief, unbeeindruckt vom Lärm
des Hubschraubers, der tatsächlich über dem Stadtteil
kreiste. Nachdem sie gemeinsam gefrühstückt hatten,
verließen sie die Wohnung. Dr. Felsenberger ließ seine
Besucherin vorsichtshalber durch den Hofeingang
hinaus, während er, wie üblich, das Haus durch die Tür
zur Straße hin verließ und der U-Bahn zustrebte.
Angelika Burke schlug nicht den direkten Weg zur
Sektorengrenze ein, sondern lief zu einer entfernteren
U-Bahnstation, umso unbemerkter, im Berufsverkehr
schwimmend, in den Osten zurückzufahren. Als sie die
Station Thälmann-Platz erreichte, atmete sie erleichtert durch. In der Dienststelle wurde sie schon gespannt
erwartet.

Als Alfons Felsenberger am nächsten Abend auf-
räumte, erschrak er. Auf der Couch zeichnete sich ein
großer dunkler Fleck ab. Seine Konsistenz und auch
seine Konturen ließen keinerlei Zweifel an seiner

Entstehung aufkommen. Wehmütig klappte er das Möbel zusammen, in der Hoffnung, dass es in absehbarer Zeit nicht mehr für Übernachtungszwecke benötigt werden wird. Er konnte nur hoffen, dass seine Frau nicht die Couch aufklappt. Die Tatsache, dass diese im Arbeitszimmer steht, lässt ihn hoffen. Schade, dass Angelika eine Obdachlose ist. Vielleicht ist es gut so, wenn sie wieder aus seinem Alltag verschwindet. Wie sie zuletzt rittlings auf ihm saß und es dann nach einem leisen »oh« ihn überströmte... . »Du hast meinen G-Punkt getroffen«, meinte sie entschuldigend. Eine solche Stelle im Körper, verbunden mit derartigen Folgen, hatte ihm seine Frau die ganzen Jahre ihres Zusammenlebens nicht offeriert. Er konnte sich auch nicht erinnern, dass sie jemals auf ihm geritten sei. Eine derart engagierte Haltung war mit ihrem Verständnis von Sexualität nicht vereinbar.

Ehepaar tot im Bett gefunden. Die Polizei fand gestern das Ehepaar Walter und Rosemarie D. erschossen in ihren Betten. Erste Untersuchungen ergaben, daß der Tod schon drei oder vier Tage zurückliegen mußte. Eine Nachbarin, der das Ehepaar bei Urlaub stets die Wohnungs- und Briefkastenschlüssel anvertraute, fiel der ungeleerte Briefkasten auf. Der einsetzende Verwesungsgeruch beseitigte alle Zweifel, daß etwas Schreckliches geschehen war. Der Sohn des Ehepaares befand sich zur Zeit der Tat in einem Pfadfinderlager in den Alpen. Das Motiv der Tat liegt noch völlig im Dunklen... .

»Gute Arbeit, Genossen!«, lobte der Major und fügte hinzu:» Möge das Motiv der Tat so lange wie möglich für die Westberliner Polizei im Dunklen bleiben. Wir haben erst einmal den Lageplan und dieser SS-Verräter

hat bekommen, was er verdiente, die Kugel.«
Die Burg war längst wegen Baufälligkeit geschlossen
worden, nachdem man vor etwa acht Jahren die letzten
Umsiedler anderweitig untergebracht hatte. Die als
Brunnenbaufirma getarnten Stasi-Leute brauchten es
damit nicht allzu genau zu nehmen, denn hier hinauf
verirrte sich selten jemand. Vielleicht ein Liebes-
pärchen, das mangels geeigneter Räumlichkeiten die
Burg aufsuchte, um ungestört zu sein. Ein Bauwagen
war mit zwei, als Nachtwächter getarnten Männern,
rund um die Uhr besetzt. Ihre Thermosflaschen standen
sichtbar auf dem Tisch. Das Funkgerät und ihre
Maschinenpistolen waren jedoch sorgsam im Schrank
verschlossen. Das Spezialkommando suchte nun schon
den vierten Tag ohne Erfolg.
»Wir klopfen noch einmal das Gewölbe ab. Wenn dann
wieder nichts ist, erstatten wir Fehlmeldung«, meinte
der Leiter des Suchtrupps zu seinen Leuten. Eilig
wurde das Gerüst umgestellt. Die Aussicht, dass das
mühselige Graben und Hämmern ein Ende nähme,
beflügelte die Männer. Deshalb maßen sie dem federn-
den Boden, auf dem sie ihr Gerüst aufstellten, wenig
Bedeutung bei. Man nahm sich wenig Zeit, zumal das
Wochenende bevorstand. Endlich stand das Gerüst.
Sein oberstes Brett gestattete es, den gesamten Bogen
des Gewölbes seitlich und auch über Kopf abzusuchen.
Zwei der Männer erklommen das fast drei Meter hohe
Gerüst. Der eine sollte links, der andere rechts mit
Abklopfen anfangen. Dumpf und hohl klangen die
Hammerschläge von der linken Seite des Gewölbes
wieder. Nun rückte man mit Hammer und Meisel den
Steinen zu Leibe. Dann ein Knirschen. Durch die Er-
schütterungen gab der Fußboden nach und das Gerüst
neigte sich zur Seite. Während der Mann rechts auf
dem Brett geistesgegenwärtig abspringen konnte und

trotz der Höhe unverletzt blieb, brach sich der andere, von den Gerüstteilen mitgerissen, das Genick und verstarb noch auf dem Weg ins Krankenhaus. In die anschließenden Untersuchungen wurde auch Frau Dr. Burke einbezogen. Noch einmal ließ sich die Historikerin die Lageskizze zeigen und stutzte. Dann fuhr sie ins kriminaltechnische Labor. Ihre anfängliche Vermutung bestätigte sich und wurde von den dortigen Spezialisten geteilt. Die Lageskizze ist niemals während des Krieges gezeichnet worden. Papier und Zeichenmaterial lassen den Schluss zu, dass die Zeichnung erst vor zwei oder drei Jahren angefertigt wurde. Die Staatssicherheit war auf eine Fälschung hereingefallen. Die Burke überlegte: »Wem hat sich der Dietl anvertraut und den richtigen Lageplan zugespielt? Fakt ist, der Austausch und der Verrat müssen schon längere Zeit zurückliegen. Zum Zeitpunkt des konspirativen Kommandounternehmens, das mit der Erschießung des Ehepaares Dietl endete, war der Tausch bereits vollzogen worden.« Grübelnd und in Gedanken versunken ging sie im Turmzimmer der Burg auf und ab. Das Geschehen auf dem Hof, den herrlichen Blick bis hin zu den Bergen des Erzgebirges nahm sie nicht war. Den Gedanken, Dr. Felsenberger zu befragen, ließ sie fallen. Es war für sie nicht ratsam, sich noch einmal in Westberlin sehen zu lassen. Dann hatte sie eine Idee... .

Das Schild der *Seismologischen Forschungsstelle e.V.* war eines von vielen an dem Geschäftshaus im Berliner Wedding. So nichts sagend das Schild, so unauffällig die Büroräume, zu mindest von außen. Verirrte sich wirklich einmal ein Geologe oder anderer Naturwissenschaftler hierher, dann wurde er von einer älteren, nüchtern wirkenden Sekretärin empfangen und bekam einen Termin. In diesem Büro gab es wirklich

Männer, die etwas von Seismologie verstanden und als Ansprechpartner fungierten. Weniger kompetent waren die Männer, die in einem stets von innen abgeschlossenen Raum an einem leistungsstarken Kurzwellensender und modernen Fernschreiber hantierten. Ihr Spezialgebiet waren zu mindest nicht die Geowissenschaften. Auch der Konferenzraum mit den gepolsterten Türen ähnelte eher einem Lagezentrum. Der Mann im Vorraum, der stets eine »Null-Acht« im Halfter trug, unterstrich eindeutig die Bedeutung, die diesem Raum zukam.

»Wir haben Befehl, trotz des Mordes an dem Ehepaar Dietl an Hand der in unserem Besitz gelangten Lagekarte die Suche nach dem Schatz oder was auch immer sich dahinter verbirgt, aufzunehmen. Kontakte nach Sachsen wurden geknüpft. Es ist nur eine Frage der Zeit, bis die Stasi mitbekommt, dass wir ihr eine Fälschung zugespielt haben. Wir können davon ausgehen, dass sie und nur sie für den Anschlag auf den SS-Mann und seine Ehefrau verantwortlich war«, sagte der Chef. Ein älterer Herr meldete sich zu Wort und hielt, ohne auf die fragenden Gesichter der anderen zu achten, ein NEUES DEUTSCHLAND mit der Bemerkung hoch, dass es sich dabei um die Wochenendbeilage von letzter Woche handelte. Nachdem er sich noch einmal vergewissert hatte, welcher Standort in der gefälschten Lageskizze genannt war, zitierte er seine Zuhörer mit der Zeitungsmeldung, dass gerade in diesem Schloss bei archäologischen Grabungen wertvolle Münzen aus dem 17. und 18. Jahrhundert gefunden worden seien. Zum Beweis seiner Ausführungen reichte er die Zeitung mit dem angestrichenen Artikel an den Chef durch. Dieser stand auf und lief, nachdem er sich von dem Wortlaut der Zeitungsmeldung überzeugt hatte, auf dem Brillenbügel kauend, im Raum auf und ab, blieb abrupt stehen und wendete sich seinen Mitarbeitern zu:

»Entweder ist das Zufall und steht in keinem Zusammenhang mit unserer Suche oder es handelt sich um eine lancierte Falschmeldung, mit dem Ziel, an uns heranzukommen. Ich glaube in unserem Gewerbe jedoch nicht an Zufälle, zumal der Artikel über den angeblichen Fund nichts Konkretes aussagt.« Man einigte sich schließlich, die Meldung nicht weiter zu beachten. Der tatsächliche Unterbringungsort sollte observiert werden mit dem Ziel, das versteckte Material möglichst, von den dortigen Behörden unbemerkt, bergen und nach Westberlin abtransportieren zu können.

Dr. Alfons Felsenberger betrat das kleine Kaffee und bestellte ein Kännchen desselben. Neben der Theke war eine Tür mit der Aufschrift »Zu den Toiletten«. Durch diese trat Felsenberger. Dahinter war ein Vorraum, von dem nicht nur die Türen zu den sanitären Einrichtungen abgingen, sondern auch eine mit der Aufschrift »Privat«. Nachdem er sich vergewissert hatte, dass ihm niemand folgte, ging er rasch durch diese Tür. An einem kleinen Tisch saß der Besitzer der Kaffeestube, ein älterer grauhaariger Herr. Die großen braunen Augen und der Sattel auf seiner Nase verlieh seinem Profil jenes klischeehafte Aussehen, das die Nazis von den Israeliten verbreitet hatten. Der Alte sprach jedoch einwandfreies Deutsch mit Berliner Dialekt und war seinen Papieren nach Deutscher. Dass er außerdem noch einen israelischen Pass besaß, wussten nicht einmal die Westberliner Behörden und seine Zugehörigkeit zum Mossad, dem israelischen Geheimdienst, war nur den zuständigen Geheimdienstlern in der Botschaft in Bonn bekannt.

Nach dem Tod von Großvater Felsenberg, hatte seine Großmutter einen deutschen Juden geheiratet. Die aus dieser Verbindung hervorgegangenen Halbschwestern seines Vaters waren als Halbjüdinnen während der braunen Epoche allerlei Schikanen ausgesetzt. Das hatte Felsenbergers Verhältnis zu den Nazis erheblich getrübt. Als er dann 1943 in Afrika in britische Kriegsgefangenschaft geriet, machte er aus seiner ablehnenden Haltung gegenüber der Judenverfolgung keinen Hehl. Aus diesen Gesprächsrunden erwuchs seine Bereitschaft, nach seiner Rückkehr für den Mossad zu arbeiten und Israel beim Aufspüren der Verbrecher am jüdischen Volk im Nachkriegsdeutschland zu helfen. Nachdem sich die beiden Männer wortlos die Hand gereicht hatten, begann der Wirt zu berichten:»Dein Hausbewohner, dieser Dietl, war während des Krieges bei einem Beutekunstkommando. Diese Leute raubten aus dem besetzten Europa alles an Kunst für ein Führermuseum. Mit der Verfolgung meiner Leute hatte er nichts zu tun. Das wissen wir aus gesicherten Quellen. Der Mord an ihm und seiner Frau geht auf das Konto des ostdeutschen Geheimdienstes, der dem Dietl auf der Spur war.« Unter einer gefalteten Serviette holte er eine Reihe Porträtsfotos hervor und reichte sie Alfons.»Das ist die Frau, die sich auf meinem Balkon versteckt hatte!« Dabei tippte Felsenberger auf das Bild von Angelika Burke.

»Dachte ich es mir. Die Frau ist Hauptmann bei der Staatssicherheit. Ihr Besuch in eurem Hause war nicht zufällig. Was sie wirklich wollte, dass musst du klären. Fahre in den Osten und prüfe das. In Obdachlosenasylen und ähnlichen Behausungen brauchst du aber nicht zu suchen.« Mit dieser Weisung des Kaffeehausbesitzers war das Gespräch beendet und Felsenberger ging zurück ins Lokal, um seinen Kaffee zu trinken. Er schaute auf seine Uhr. Das Gespräch hatte gerade einmal fünfeinhalb Minuten gedauert, kurz genug, um nicht aufzufallen.

In der Ostberliner Stasi-Zentrale, in der Normannenstraße, herrschte Katerstimmung. Nicht nur der Tod eines Mitarbeiters bei der Schatzsuche an falscher Stelle, wie sich inzwischen herausstellt hatte, sondern auch die fehlende Resonanz auf den Zeitungsartikel, stellte nicht gerade eine Erfolgsbilanz dar. In Abstimmung mit den zuständigen Bezirksbehörden der Südbezirke waren alle Bau- und Renovierungsarbeiten an Schlössern und Burgen zu melden und die bestellten Firmen zu observieren. Drei Bauvorhaben waren seitdem angelaufen: eine Stützmauer musste instand gesetzt werden. In einem Schloss, das als Altersheim genutzt wurde, hatte man mit Malerarbeiten begonnen und zu guter Letzt fanden in einer Burgruine archäologische Grabungen statt.

Trotz intensiver Observationen der drei Objekte tat sich nichts. Dabei wurde in der näheren Umgebung auch die unbedeutendste Besonderheit akribisch registriert. Ob es eine weggeworfene Zigarettenschachtel ausländischer Herkunft, oder ein Fahrzeug mit westdeutschem Kennzeichen war, allen Spuren wurde nachgegangen. Alles vergeblich. Das Ehepaar aus Köln, dass auf der Straße zur Burg Kriebstein in einem WARTBURG mit Karl-Marx-Städter Kennzeichen verunglückte und ins benachbarte Krankenhaus eingeliefert werden musste, erwies sich als harmlos. Nach ihrer Genesung konnten sie nach Hause zurückkehren.

»Nicht sehr ergiebig, das Ganze«, dachte die Burke, als sie geistig Rechenschaft über die vergangenen Monate ablegte. Allen Spuren, Ereignissen und Hinweisen, denen sie und ihre Leute nachgegangen waren, führten nicht zu dem Versteck, das der ehemalige SS-Scharführer Dietl angelegt hatte. Die, die den Ort kannten, waren vermutlich zu vorsichtig, hierher zu kommen und ließen sich auch von einem fiktiven Zeitungsartikel nicht täuschen. Nach einem Blick zur Uhr entschloss sie sich, für heute Schluss zu machen. Sie hatte eine Theaterkarte für das Berliner Ensemble.

Während die Burke langsam ihre Sachen packte, Schrank und Schreibtisch versiegelte, legte Ursula Felsenberger den guten Anzug für ihren Mann zurecht. Heute Abend war ein Besuch im Berliner Ensemble vorgesehen. Ihr Mann schwärmte für die Bühnen im Osten, nicht nur wegen der niedrigen Eintrittspreise, die sich aus dem Wechselkurs ergaben, sondern er lobte auch deren künstlerisches Niveau. Vom letzten verstand sie weniger und verließ sich dabei auf das Urteil ihres Mannes. Nach einem vorgezogenen Abendbrot, das sie ihrem Alfons zubereitete, liefen sie zur U-Bahn. Die Strecke war kurz, denn das BE, wie es auch genannt wurde, liegt in Stadtmitte unweit der Sektorengrenze. Wenn sie mit der U-Bahn fuhren, sah auch nicht jeder, dass sie aus Westberlin kamen. Besonders Alfons lag viel daran.

Langsam ging das Licht an. Die große Pause begann. Während er den Wunsch nach frischer Luft verspürte, genügte es ihr, sich ein bisschen die Beine zu vertreten. Also ging man getrennte Wege. Während Dr. Felsenberger die Treppe hinab stieg, bemerkte er eine junge Frau vor sich, die ihm bekannt vorkam, obwohl er ihr Gesicht im Augenblick nicht sehen konnte. Er wusste auch nicht, wo er sie in seinem Bekanntenkreis einordnen sollte. An Überholen war in diesem Gewühl nicht zu denken und er musste sich gedulden, bis er ihr ins Gesicht sehen konnte. Dabei kam ihm der Zufall zu Hilfe: Eine Frau schrie erschrocken hinter ihm auf, als ihr Absatz abbrach. Die Umstehenden drehten sich um. »Nein, das kann doch nicht sein!«, dachte Felsenberger und nannte überrascht ihren Namen: »Angelika.« Die Frau hatte ihren Namen gehört und schaute zu ihm hin, genau so überrascht.

»Für eine Stadtstreicherin sehen Sie gut aus«, meinte Felsenberger und gab ihr die Hand. Er erinnerte sich an seinen Besuch im Kaffee, an die Fotos, die Wassily Stern ihm von Angelika gezeigt hatte und an deren wirklichen Beruf. Er dachte an die Aufgabe, die ihm Wassily gestellt hatte. Ahnungslosigkeit vorspielend fuhr Alfons fort:

»Es freut mich, dass es Ihnen, beziehungsweise dir, gelungen ist, beruflich wieder Fuß zu fassen. Jedenfalls würde es mich freuen, dich wieder zu sehen. Ich erinnere mich gerne an unsere gemeinsame Nacht.« Bei Frau Hauptmann Burke weckte die Wiedersehensfreude sehr zwiespältige Gefühle. Einerseits war ihr die Nacht in der Felsenbergerschen Wohnung nicht in schlechtester Erinnerung geblieben, andererseits fühlt sie sich durch diese Begegnung enttarnt. Mit seinen Begrüßungsworten, wobei er von »wieder Fuß fassen« sprach, hatte ihr Felsenberger eine Brücke gebaut.

»Ja, ich habe Arbeit in einem Artistenbüro bekommen. Du weißt schon, Vermittlungen von Künstlern an Zirkusse und Varietes«, antwortete ihm Angelika und reichte ihm mit einem strahlenden Lächeln die Hand. Beide schauten sich an und wussten, dass es gelogen war. Sie dachten beide das Gleiche: »Sch...öner Beruf! Selbst die persönlichsten Beziehungen verstricken sich in einem Netz von Legenden, Lügen und Halbwahrheiten. Trotzdem waren sie an einer Wiederbelebung ihrer Zufallsbekanntschaft interessiert. Die Burke, weil sie sich noch Aufschlüsse aus dem Umfeld des ermordeten Dietl erhoffte, und Felsenberger, weil die unerwartete Begegnung auf so erfreulich simple Weise sein Problem der Kontaktaufnahme löste. Die Kontaktaufnahme, die ihm Wassily Stern befohlen hatte. Es klingelte. Die große Pause näherte sich dem Ende. Felsenberger übergab ihr seine Visitenkarte mit Anschrift und Telefonnummer, Dinge, die ihr längst bekannt waren. Angelika diktierte ihm eine Telefonnummer, die er sich in sein Notizbuch eintrug. Bei einem Blick in ein Ostberliner Telefonbuch hätte er sie jedoch nie gefunden. Dann trennten sie sich rasch und eilten zu ihren Plätzen, denn es hatte bereits das dritte Mal geklingelt und das Foyer sich geleert. Irgendwie muss Felsenberger es seiner Frau beibringen, dass er mit dieser Burke ins Bett gehen muss, wenn er seinen Nebenberuf erfolgreich nachkommen will. Das Licht im Saal verlosch. Auf der Bühne war es noch dunkler. Dann entriss ein Scheinwerfer, nur auf das Gesicht des Ui fokussiert, dieses der Dunkelheit. Die Physiognomie Hitlers war unverkennbar. Dann begann das scheinbar körperlose Gesicht zu sprechen... .

V

Wassily Stern saß im Hinterzimmer seines Lokales und hatte das Radio auf den Berliner Rundfunk eingestellt. Gleichzeitig lief der Fernseher und zeigte die Sektorengrenze vom Westen aus. Den Fernsehton hatte er zurückgedreht und kombinierte so den Ostkommentar mit dem Bild aus dem Westen. *Sonntag, den 13. August 1961* zeigte der Abreißkalender. Armee und Polizei des Ostens riegelten die Grenze ab. Dazwischen noch eine paramilitärischen Einheit, deren Männer vorerst als lebende Grenzbefestigung herhalten mussten. Als Kampfgruppe der Arbeiterklasse bezeichnete sie der Rundfunksprecher. Eins wurde klar: die Aktion war weniger gegen die Westberliner und ihre Schutzmächte gerichtet, als vielmehr gegen die Ostberliner und Ostdeutschen, denen die Flucht nach Westberlin und in die Bundesrepublik so unmöglich gemacht werden sollte. Mit dem heutigen Tag war eine neue Situation eingetreten. Die Hebung des königlichen Schatzes war, obwohl der neue Auslagerungsort bekannt war, nun nicht mehr ohne weiteres möglich. Am selben Nachmittag füllten sich die Räume der »Seismologischen Forschungsstelle e. V.«. Soweit Mitarbeiter und Chefs in der Urlaubszeit erreichbar waren, hatten sie sich eingefunden. Tagesordnungspunkt Eins: Wie geht es weiter? Es blieb nicht aus, dass auch die Frage nach der Bergung des Schatzes erneut gestellt wurde. Dabei war noch völlig unklar, wie nach der Grenzschließung der Kontakt in den Osten aufrecht zu erhalten sei. In dieser Frage entschloss man sich, Geduld zu üben. Die Tatsache, dass ihr Verbindungsmann, Dr. Alfons Felsenberger, im Oktober zu einer mehrtägigen Veranstaltung nach Leipzig eingeladen war, begünstigte zweifellos die legalen Nachforschungen vor Ort. Bei eingeschaltetem Fernseher und übervollen Aschebechern wurde bis in die Nacht hinein die neue Lage erörtert und analysiert. In dieser Nacht waren auch keine Störungen durch Besucher zu erwarten, so dass man ungezwungener arbeiten und reden konnte.

Für Felsenberger war es eine Gratwanderung, die Dienstreise zu einer wissenschaftlichen Tagung nach Leipzig für ein Wiedersehen mit Angelika Burke zu nutzen. Wusste er doch inzwischen, wer sie wirklich war. Sie war kein arbeitsloses Zirkusmädchen, sondern promovierte Historikerin und Geheimdienstmitarbeiterin. In der Nacht vor der Abreise hatte er noch mit

Wassily Stern seine Vorgehensweise abgesprochen und dabei auch die Möglichkeit nicht ausgeschlossen, die Burke »umzudrehen«. Unter »umdrehen« verstehen Geheimdienstler, Angehörige eines fremden Dienstes für die Mitarbeit im eigenen Dienst zu bewegen. Trotz Mauerbau und der damit verbundenen Kappung zahlreicher Telefonverbindungen zwischen Ost- und Westberlin war es ihm gelungen, sich mit ihr in Leipzig zu verabreden. Am Abend des zweiten Beratungstages stand sie plötzlich mit einem älteren Wagen, der ihn an einen Opel erinnerte, vor dem Tagungsgebäude und holte ihn ab. Nun saßen sie in ihrem MOSKWITSCH, wie die russische Nachbauversion hieß, und rollten in Richtung Süden auf das Erzgebirge zu. Das problemlose Abholen und die eigentlich für ihn unerlaubte Entfernung vom Tagungsort war nur Dank Angelikas tatsächlicher Tätigkeit möglich.

»Hast du etwas dagegen, wenn wir auswärts übernachten?« Mit dieser Frage eröffnete sie das Rendezvous, das eigentlich keins war. Er nickte bejahend und reichte ihr einen Zettel, den sie während eines Ampelstopps las: *Können wir offen reden oder ist der Wagen verwanzt?* Gleichzeitig tastete er die Unterseite des Armaturenbrettes ab und wurde fündig. Wortlos hob er es hoch und heftete es wieder fest. Angelika Burke ließ das alles ohne sichtliche äußere Erregung über sich ergehen. Die Frage, woher der etwas verschroben wirkende Altphilologe solche Kenntnisse hatte, stand ihr nicht im Gesicht geschrieben. Nachdem beiden klar war, dass sie abgehört wurden, tauschten sie lediglich Belanglosigkeiten aus. Alfons lobte die Landschaft des Erzgebirges und das gute und reichliche Essen während der Tagung. Solche und andere Nebensächlichkeiten waren die Gesprächsthemen während der Fahrt. Am Abend übernachteten sie bei einer angeblichen Verwandten von Angelika. Dabei entfiel das Zeremoniell der polizeilichen Anmeldung, so dass es nicht aktenkundig wurde, wo sie eigentlich waren. Abends im Zimmer deutete er an, dass er gerne eine bestimmte Burg besichtigen möchte, auf die er bei seinen Recherchen gestoßen sei. Jetzt wurde die Burke stutzig. War er der Schlüssel zum Erfolg? Bestand zwischen Felsenberger und Dietl ein Zusammenhang? Freudig willigte sie ein. Abends im Bett wurde beiden klar, dass sie mehr verband als nur ein kleines erotisches Abenteuer. Er gestand ihr, dass sie sein Scheidungsgrund werden könnte, wenn sie denn bei ihm bliebe. Mit einem unverbindlichen Hinweis, dass es schön bei ihm sei und sie ihn liebe, blieb die im Raum stehende Frage unbeantwortet.

Felsenberger beschloss, den Vorträgen am kommenden Tag fern zu bleiben und mit Angelika die Burgruine Scherenstein zu besichtigen. Herbstlaub wehte über die Fahrbahn und die aufgewirbelten Blätter reflektierten das Sonnenlicht. Am Fuße der Ruine stellten sie den Wagen ab. Nun konnten sie wieder frei sprechen, denn die Wanze im Auto hörte nicht mehr mit. Angelika blieb stehen und drehte Alfons zu sich herum. Sie zwang ihn, ebenfalls stehen zu bleiben und sie anzusehen.

»Alfons, für wen arbeitest du? Was weißt du von dem SS-Versteck?« Er legte seine Arme auf ihre Schultern und erwiderte: »Ich weiß, du suchst die Karte, die mein ehemaliger Hausbewohner Dietl anfertigte, nachdem er den Schatz mit seinen Leuten umgelagert hatte. Ich habe die Karte, Frau Hauptmann Burke.« Seine Stimme hatte einen etwas offiziellen Ton angenommen und es schwang etwas Drohendes darin. Er unterbrach sein Gespräch, hakte Angelika unter und ging mit ihr ein Stück zum Rand des Plateaus. Er legte seinen Mantel ab, breitete ihn aus und lud zum Platz nehmen ein. Vor ihnen lagen die herbstlichen Felder. In der Ferne zogen Traktoren darüber. Ihr Motorengeräusch wurde sogar vom Vogelgezwitscher übertönt. Leise, um die Stille des Vormittages nicht mehr als nötig zu stören, fuhr er fort:

»Angelika, du könntest mich unter einem Vorwand festnehmen lassen. Das wäre das Ende unserer Beziehungen. Die Karte habe ich nicht bei mir, zumal ich das Terrain nur allgemein erkunden soll. Wäre es nicht besser, wir arbeiteten zusammen? Dann ließe sich das Private mit dem Dienstlichen verknüpfen. Wenn du mit nach Westberlin willst, dann könnten wir für immer zusammen bleiben.« Beide schwiegen und schauten dem Flug der Vögel nach, die sich am Himmel zu sammeln begannen, um ihre Reise nach Süden anzutreten.

»Für wen arbeitest du?«, fragte sie erneut und fuhr fort: »Natürlich war ich hinter dir her, in der Hoffnung etwas über den Standort oder den Verbleib der Karte zu erfahren. Dass du an der Sache offenbar ebenfalls dran bist, ist ein besonderer Glücksumstand für mich. Du brauchst keine Angst zu haben. Wir lassen dich nach der Tagung in Leipzig unbehelligt abreisen. Ich kann jedoch nicht mehr ohne weiteres nach Westberlin und Fahnenflucht würde ich nicht begehen, auch nicht aus Liebe. Über eine kooperative Zusammenarbeit können wir sprechen, wenn du uns bei der Suche helfen willst.« Alfons lächelte und küsste sie. Dann fragte er leicht verschmitzt: »Kann man in unserer Situation überhaupt trennen, wer für wen arbeitet? Du für uns, ich für euch. Das Problem ist jedoch, wenn ich den Standort preisgebe, ihr es seid, die den Schatz heben werden, ohne uns weder finanziell noch materiell zu beteiligen. Wenn wir dann noch eine Liste der aufgefundenen Asservate mit beigelegten Fotos erhalten, können wir dankbar sein.«

Die Burke erzählte ihm die bekannte Historie des Schatzes und meinte, dass selbst ohne Mauer die Erben des sächsischen Königshauses, beziehungsweise der Bezirk Karl-Marx-Stadt Rechtsnachfolger sei. Versuche, den Schatz heimlich, an den hiesigen Behörden vorbei, zu heben, sei in jedem Falle illegal und hätte diplomatische Verwicklungen zur Folge.»Gut, Angelika. Ich werde dir die Lagekarte nach meiner Rückkehr zukommen lassen. Unsere Gegenleistungen werden wir dann nennen. Den ungefähren Standort kennst du jetzt.« Die Burke drehte sich um. Die Burg lag im rötlichen Widerschein der Nachmittagssonne. Nichts deutete darauf hin, dass hier ein Schatz verborgen sein könnte.

Das war zuviel. Statt ihr für ihren baldigen Fahndungserfolg zu gratulieren, wurde gegen die Genossin Hauptmann Burke ein Disziplinarverfahren eingeleitet. Den Fall *Spanischer Fonds* hatte man ihr augenblicklich entzogen. Sie war froh, dass sie die Dienststelle abends verlassen konnte und nicht arretiert wurde. Trotzdem, Vorsicht war angesagt. Den Brief an Dr. Felsenberger schrieb sie mit Schreibmaschine, pseudowissenschaftliches Geschwafel unter falschem Namen. Dann nahm sie einen Briefumschlag und zeichnete dünn die Umrandung des Briefmarkenfeldes vor. Sie wählte eine große über zehn Quadratzentimeter große Marke aus. Bevor sie diese aufklebte, schrieb sie mit spitzem Bleistift (Tinte würde beim Ablösen der Marke verwischen):

Lieber Alfons!
Ich komme auf Dein Angebot zurück.
Hole mich umgehend hier raus.

A.

Vorerst geschah gar nichts. In der Dienststelle wurde sie mit nebensächlichen Innendienstarbeiten betraut und auch auf ihren Brief hatte sie bisher keine Antwort erhalten. Die Wochen vergingen im gleichmäßigen Trott. An einem Nachmittag nach Dienstschluss in der linken Hand die Aktentasche, in der Rechten das Einkaufsnetz, bummelte sie dahin. Eine berufstätige Frau, wie sie zu Hunderten um diese Zeit auf den Straßen anzutreffen sind. Ein älterer Herr trat an sie heran:»Guten Tag, Frau Doktor Burke. Ich soll Sie von Alfons grüßen.« Sie hatte den Mann noch nie gesehen. Ehe sie etwas erwidern konnte, lud er sie mit einer Geste ein, auf einer Parkbank etwas abseits der Einkaufsstraße Platz zu nehmen. Schweigend setzten sie sich. Der Mann griff in seine Mappe und holte ein paar Fotos heraus. Das eine zeigte die Innenseite eines Reisepasses mit ihrem Bild. Außer dem Namen stimmte soweit alles mit ihren Daten überein. Auf einem zweiten Foto war die letzte Seite mit dem Ausreisevisum abgebildet. Die Burke schaute sich die beiden Fotos an und gab sie ihm wortlos zurück. Ohne gefragt worden zu sein begann Wassily Stern zu sprechen:»Sie sollten das Angebot annehmen. Sie reisen dienstlich zu einem Historiker-kongress nach Amsterdam. Die entsprechenden Papiere liegen für Sie bereit. Genau so, wie dieser Pass.« Dann zerriss er die Fotos.

»Woher weiß ich, dass Sie echt sind und nicht aus meinem Stall oder vom KGB? Für wen arbeiten Sie und Doktor Felsenberger eigentlich?« Wassily lächelte und meinte:»Ist das so wichtig? Aus Ihrem Stall, wie Sie es ausdrücken, kann ich nicht sein. Der Trick mit der Briefmarke kam von uns und nicht von Ihrer Firma.« Da ein zweites Treffen so nicht mehr stattfinden könnte, nannte er die Modalitäten für ihre Benachrichtigung. In Anbetracht des bevorstehenden Weihnachtsfestes solle sie im Falle ihrer Ablehnung ab übermorgen, von außen sichtbar, einen Christbaum in ihrer Wohnung aufstellen. Anderenfalls bekäme sie demnächst weitere Informationen über ihre Flucht. Zum Abschied nahm er ihre Hand und küsste sie:»Den Kuss soll ich Ihnen von Alfons geben.« Dann stand er auf und ging.

Einen Weihnachtsbaum hatte sie nicht besorgt und so geschah es, dass in der zweiten Adventswoche ein dicker Briefumschlag in ihrem Briefkasten lag. Als sie ihn öffnete, kamen ein blauer Reisepass, ein Umschlag mit holländischen Gulden, die Fahr- und Platzkarte für den nächsten Tag und entsprechende Kongressunterlagen zum Vorschein. Heiß lief es ihr den Rücken herunter. Natürlich hatte sie den Tag herbeigesehnt, aber jetzt so plötzlich. Sie ging zum Fenster, ohne Licht im Zimmer anzumachen. Nein, auf der Straße war alles ruhig: kein parkendes Auto, das ihr unbekannt war, kein Mensch, der scheinbar belanglos herumstand. Der Zug fuhr siebzehn Uhr und vier Minuten ab Ostbahnhof. Schafft sie es, in der Dienststelle unbeobachtet weg zu kommen und pünktlich am Bahnhof zu sein? Sie packte in aller Ruhe die Koffer und ihre Handtasche mit den gefälschten Unterlagen und brachte sie noch am Abend zu einem Schließfach. Wenn etwas schief geht, morgen in der Dienststelle, müsste sie sich nur des Schlüssels entledigen. Ansonsten führte sie nichts Kompromittierendes bei sich. Der nächste und letzte Arbeitstag wollte und wollte nicht zu Ende gehen. Gegen sechzehn Uhr verließ sie wie immer ihre Dienststelle und schlug den Weg zum Weihnachtsmarkt an der Jannowitzbrücke ein. Im Gewühl tauchte sie unter und war sich ziemlich sicher, dass ihr niemand gefolgt war, als sie mit der S-Bahn zum Ostbahnhof fuhr. Ihre Sachen packte sie in das Schließfach und holte ihr Fluchtgepäck heraus. Der Schlüssel wanderte in die Toilette. Für alle Fälle hatte sie sich die Paketfachnummer gemerkt.

Das D-Zugabteil füllte sich, denn bis Magdeburg war der Zug für den Binnenverkehr, wie es im Reichsbahndeutsch hieß, freigegeben. Eine junge Frau mit ihrem vielleicht achtjährigen Sohn und zwei junge Männer, offensichtlich Studenten, betraten das Abteil. Hinter Magdeburg waren sie nur noch zu dritt, bis sich plötzlich die Abteiltür öffnete und ein Mann mittleren Alters, freundlich grüßend, das Abteil betrat und an der Gangtür Platz nahm. Die Stunde der Wahrheit rückte immer näher. Noch einmal ging die Burke ihre Daten, den neuen Namen, Geburtsdatum und -ort in Gedanken durch, falls sie gefragt würde. Dann war es soweit. Der Zug fuhr in den Grenzbahnhof ein. Die Zöllner interessierten sich nur für die Gulden. Sogar eine fingierte Umtauschbescheinigung der Staatsbank lag bei und damit war diese Hürde genommen. Der Grenzer, ein netter Oberleutnant in ihrem Alter, blätterte im Pass und fragte nach dem Wohin. Die Legende vom Historikerkongress konnte sie glaubhaft wiedergeben und zum Beweis hielt sie ihm die Einladung unter die Nase. Da der Offizier des Holländischen nicht mächtig war, reagierte er mit einem bejahenden Kopfnicken. Der Stempel wurde ihr in den Pass geknallt und mit einem »gute Reise« zurückgegeben. Geschafft! Die Frau mit ihrem Sohn zeigte einen britischen Reisepass, was nicht verwunderte, da sie die ganze Zeit über englisch sprachen. Der später zugestiegene Herr legitimierte sich als Bundesbürger. Jenseits der Grenze vollzog sich das Ritual erneut, jedoch wesentlich schneller. Als der Zug wieder anfuhr, stellte sich die Engländerin mit ihrem Sohn ans Abteilfenster. Von diesem und auch von dem Mann am Gang unbemerkt, steckte sie der

Burke einen Zettel zu. Angelika stand auf und ging zur Toilette. *Steigen Sie in Hannover aus und warten sie in der Bahnhofshalle.* Nachdem sie ihn gelesen hatte, verschwand der Zettel, in kleine Fetzen zerrissen, auf den Gleisen und wurde vom Nachtwind verweht. Während sie kurz vor Hannover das Abteil verließ, schickte sich auch der junge Mann an, ihr zu folgen. Ein Handkantenschlag der Engländerin ließ den Mann in den Sitz zurückfallen. Dann packte auch sie ihre Siebensachen und verließ das Abteil. Ihr Junge, der von dem Vorgefallenen nichts bemerkt hatte, wunderte sich nur, warum der Mann plötzlich schlief. Die Aktion seiner Mama war ihm entgangen. Nachdem die Engländerin, von der Burke unbemerkt, den Zug verlassen hatte, holte sie ihre Autoschlüssel aus der Handtasche und machte sich auf die Suche nach dem Wagen, den man für sie bereitgestellt hatte. Bald hatte sie das vereinbarte Kennzeichen entdeckt. Es gehörte zu einem roten VW-Käfer. Sie fuhr zurück zum Bahnhof. In der Bahnhofshalle ging sie auf die Burke zu und sprach sie im perfekten Deutsch an. Zu dritt bestiegen sie das Auto und fuhren los. Man brachte sie in eine Vorortvilla. Die junge Engländerin und ihr Sohn verabschiedeten sich und fuhren zurück. Zwei Frauen betraten den Raum, brachten der Burke etwas zu essen und verlangten die gefälschten Fluchtpapiere zurück.

Während in der Seismologischen Gesellschaft der erfolgreiche Übertritt des Stasi-Offiziers, der den Fall *Spanischer Fonds* bearbeitete, registriert wurde, ging in der Stasizentrale ein Funkspruch ein, dass die Burke in Hannover den Zug verlassen hatte. Weiter hieß es in der Meldung, dass eine Verfolgung vereitelt wurde, da der Observator von einer englisch sprechenden Mitreisenden niedergeschlagen wurde. Von beiden Frauen fehlte jede Spur... .

Der Name Felsenberger und seine Westberliner Adresse waren der Stasi bekannt. Man schlug der Burke nach ihrer gelungenen Flucht vor, nicht wieder nach Westberlin zurückzukehren, um nicht das gleiche Schicksal, wie die Familie Dietl zu erleiden. Da sich Felsenberger von seiner Familie und Berlin trennte, erledigte sich das Problem von selbst. Nach ihrer Eheschließung mit ihm, nahm sie dessen Namen an und verwischte somit ihre Spur. Beide gingen im Auftrag des Mossad nach Hamburg.

Angelika Felsenberger, geborene Burke geriet noch einmal in geheimdienstliche Schlagzeilen, als sie nach dem missglückten Geiseldrama in München, wobei die gesamte israelische Olympiamannschaft ums Leben kam, nicht nur Versäumnisse deutscher Sicherheitskräfte anprangerte sondern auch dem Mossad Versagen und Blauäugigkeit vorwarf. Wenige Wochen später verunglückte das Ehepaar Angelika und Alfons Felsenberger bei einem Bergunfall in den Dolomiten, als eine Gerölllawine niederging.

VI

Es ging lebhaft zu im Innenhof der Burgruine Scherenstein. Derartige Festivitäten hatten die altehrwürdigen Gemäuer und das, was von ihnen übrig geblieben war, seit Jahrhunderten nicht mehr erlebt. Während im Inneren Lichtergirlanden und farbige Scheinwerfer das Geschehen erhellten, wurde die Außenfassade von mehreren Strahlern erleuchtet, die die Silhouette der Ruine kilometerweit erkennen ließen. Der Treuhand war es endlich gelungen, jemanden zu finden, der die Ruine übernehmen wollte. Es wurde auch höchste Zeit. Außer ein paar Abstütz- und Erhaltungsarbeiten war seit fast vierzig Jahren nichts mehr an der Ruine zu ihrer Konservierung getan worden. Ein Nachfahre der letzten Besitzer hatte sich eingefunden und möchte sich die Burg zum Wohnsitz ausbauen und darüber hinaus im Hof und im großen Saal Veranstaltungen der unterschiedlichsten Art starten. Darüber hinaus ist vorgesehen, Teile des Heimatmuseums auf die Burg auszulagern. Sogar über die Installation eines regionalen Fernsehstudios wurde nachgedacht. Die heutige Party gab der künftige Schlossherr anlässlich des bevorstehenden Baubeginns. Neben der Familie, dem Freundeskreis waren Vertreter aus Politik und der örtlichen Wirtschaft geladen. Auch die Presse und das Fernsehen durften nicht fehlen.

Nachdem die Reden geredet, die Toasts getrunken waren, verlagerte sich das kulturelle Zentrum der Fete in die Nähe eines großen Bratspießgestells, an dem ein Jungochse gedreht wurde. Daneben waren noch mehrere Grillroste aufgebaut, auf denen Fleisch, Fisch aber auch Gemüse lagen. Der Hausherr hatte an alles gedacht und war bemüht, allen Geschmäckern etwas zu bieten. Der Andrang an diesem Grill-Center bewies, dass seine Idee richtig war. Nicht nur der Ochse wurde immer mehr ausgehöhlt, sondern auch die übrigen Fleischtöpfe leerten sich langsam aber stetig. Darüber hinaus erfreuten sich auch die Getränke regen Zuspruchs der Partygäste. Der Pegel in den Fässern und Flaschen verhielt sich umgekehrt proportional zum Stimmungspegel. Es war schon nach Mitternacht, als ein älterer, aber kräftiger Herr eine Sektflasche an die Mauer der Burg schleuderte und lallte: »Und hiermit taufe ich dich...«, weiter kam er nicht, den die Wand brach ein und gab, nachdem der Staub sich verzogen hatte, den Blick in einen Schacht frei. War es die Hitze der Grills, die das Gemäuer spröde werden ließ oder war die Wand nur provisorisch verschlossen worden und hielt deshalb dem Aufschlag der Flasche nicht stand? Nachdem man erleichtert festgestellt hatte, dass niemand verletzt war, begann man mit den Aufräumungsarbeiten. Der Alkohol hatte die Neugier und die Phantasie der Umstehenden geweckt und ein Herr schickte sich an, vorsichtig hinab zusteigen. Er brachte ein in Wachstuch gehülltes Schreiben und eine Landkarte mit nach oben.

»Da unten liegen zwei schwere Säcke«, vermeldete er. Der Hausherr war inzwischen dazu getreten und betrachtete den Brief. Außer der Jahreszahl achtzehnhundertelf konnte er den in deutscher Schrift ausgefertigten Text nicht entziffern. Die anwesenden Politiker versprachen umgehend die Bergung der Säcke und die erforderlichen archäologischen Untersuchungen beschleunigt zu veranlassen.

»Vielleicht haben wir den Spanischen Fonds gefunden?«, meinte ein Mitte Vierzigjähriger und fuhr fort: «In den Säcken liegen etwa dreihunderttausend spanische Goldmünzen. Ihr numismatischer und kulturhistorischer Wert dürfte heute mehrere Millionen US-Dollar betragen.« Die Anwesenden drehten sich nach ihm um und der Hausherr fragte nach seinem Namen.

»Ich bin Tobias Dietl. Meine Eltern wurden vermutlich wegen dieses Schatzes umgebracht.« Betretenes Schweigen war die Folge und die ausgelassene Partystimmung drohte zu kippen. Mit dem Hinweis, die Untersuchung des Fundes den Fachleuten zu überlassen und mit dem Versprechen, die Öffentlichkeit auf dem Laufenden zu halten, bemühte sich der Hausherr, dem Abend eine Wendung zu geben. Der Schacht wurde mit rot-weißem Plasteband abgesperrt und damit war auch optisch der Themenwechsel vollzogen. Trotzdem verblieben noch einige Interessierte bei Tobias Dietl, die noch mehr über die politischen und historischen Hintergründe erfahren wollten. Bei der genannten Summe zeigten sich auch bei Phlegmatikern leichte Erregungszustände. Dabei blieb völlig offen, wem das Geld eventuell zustünde. Tobias erzählte dem Häufchen Interessierter vom Schock, als er plötzlich vom Tod seiner Eltern erfuhr. Die Familie eines Onkels und die Großeltern bemühten sich, so gut es ging, die Eltern zu ersetzen und ihm eine ordentliche Ausbildung zu ermöglichen. Erst Jahre später, als Student, erfuhr er die wahrscheinlichen Hintergründe vom Tod seiner Eltern. Da sich die Interessen mehrerer Geheimdienste in dieser Sache kreuzten, war auch nach der Wende nichts Näheres über die Täter des Mordanschlages zu erfahren. Jedenfalls beschränkten sich die Bemühungen der Behörden gegenüber dem Sohn, dessen finanzielle Ansprüche zu realisieren. Täter, Einzelheiten zum Tathergang und Motiv blieben für ihn weiterhin im Dunklen. Die Schatzsuche war nicht mehr Gegenstand geheimdienstlicher Aktivitäten, sondern rückte in das Blickfeld kommerzieller Interessen und politischer Befindlichkeiten. An diesem Abend oder besser, in diesen Morgenstunden wurde über den Fortgang nur spekuliert und die »Wenn« und »Aber« bestimmten das Gespräch in diesem kleinen Kreis, der sich um Dietl geschart hatte.

Der Schrei »Alfons« klang ihr noch in den Ohren, als Angelika aufwachte. Obwohl jener denkwürdige Ausflug in die Dolomiten in Begleitung eines angeblich erfahrenen Bergführers fast zwanzig Jahre zurücklagen, litt sie nach wie vor unter Alpträumen. Eine Hand strich ihr beruhigend durchs Haar und drückte sie an sich. Horst, ihr zweiter Mann. Es war gut, ihn in solchen Nächten bei sich zu haben. Sie hatte neunzehnhundertfünfundsiebzig erneut geheiratet. Er kannte ihre tragische Geschichte, die bei ihr ab und zu Alpträume verursacht. Beide hatten sich damals im Krankenhaus kennen und lieben gelernt. Ein Autounfall hatte ihm den linken Unterschenkel gekostet. Er, damals frisch geschieden, dann der Autounfall, die Amputation, Horst Daysinger war so ziemlich am Ende. Für ihn war Angelika, durch Gesichtsverletzungen gezeichnet, eine Frau, die ihm seinen Lebensmut zurückgab. Für Angelika war die Liebe zu dem Eidgenossen nicht ganz uneigennützig. Bot sich doch damit die Gelegenheit in der Schweiz zu leben und zu arbeiten. Der Gedanke, mit einer erneuten Eheschließung den Namen wechseln zu können, war bei aller Tragik trotzdem verlockend. Als Frau Dr. Daysinger führte sie seitdem seine Buchhandlung mit wissenschaftlichem Gespür und machte sie zu einer zweiten Universitätsbuchhandlung in der Stadt. Die von ihr ausgewählten Bücher brachten dem Geschäft zunehmend Kunden aus dem Kreis der Studierenden und dem Lehrkörper ein. Damit stieg auch Daysingers Renommee in der Stadt und im Kreis der Buchhändler des Kantons. Bei einem Nordseeurlaub in den achtziger Jahren spielte Angelika dann noch einmal Hasard. Einem Abstecher nach Gadebusch, ihrem Geburtsort, konnte sie nicht widerstehen. Sie ging auf die Sechzig zu, ihr Äußeres unterschied sich, trotz ästhetischer Operationen, vom Aussehen vor dem Unfall. Legitimiert durch einen Schweizer Pass nahm sie das Risiko auf sich und das Ehepaar Daysinger reiste mit einem BMW in die Deutsche Demokratische Republik. Die Frage nach dem »Woher und Wohin« des Grenzers beantwortete sie wahrheitsgemäß mit einem Besuch ihres Geburtsortes, was anstandslos akzeptiert wurde. Dank ihrer Schweizer Franken bekamen sie auch im Hotel ein Zweibettzimmer für mehrere Tage, obwohl offiziell alles ausgebucht war. An den darauf folgenden Tagen zeigte sie Horst ihre Geburtsstadt, das Haus, in dem ihre Eltern wohnten und ihre Schule. In einem Gemüsehändler, der gerade seine Kisten herausstellte, erkannte sie einen ehemaligen Klassenkameraden, wurde aber selbst nicht wieder erkannt. So erging es ihr noch in zwei weiteren Fällen, als sie auf ehemalige Mitschüler traf. Auch der ausgefüllte Meldezettel bewirkte keine behördlichen Reaktionen. Neugierige Blicke wurden lediglich auf ihr Auto geworfen, das vor dem Hotel auf dafür bereitgestelltem Parkraum stand. Ihr Mann interessierte sich vor allem für die Buchhandlungen der Stadt und war beeindruckt, dass trotz der Tristesse im Alltag das Bücherangebot sich in seiner Vielfalt wohltuend von dem Angebot bei anderen Waren abhob. Die Frage nach Werken von Friedrich Dürrenmatt und anderen zeitgenössischen Schriftstellern seiner Heimat wurden abschlägig beantwortet. Gottfried Keller dagegen stand in verschiedenen Ausführungen und mit mehreren Werken zur Verfügung.

Angelikas letzter Auftrag, den *Spanischen Fonds* zu finden, ging ihr nicht aus dem Sinn und sie erwog, ob sie ihren Mann überreden sollte, mit ihr ins Erzgebirge zu fahren. »Hast du nicht genug Berge bei uns?«, fragte er in seinem gemütlichen Dialekt zurück. Sie unterließ es, auf ihren Wunsch zu beharren. Horst wusste nichts von ihrer Tätigkeit bei der Stasi und für den Mossad. Nach dem Tod von Alfons war auch diese Verbindung abgerissen und Angelika war nicht traurig darüber. Trotzdem betrachtete sie die Schatzsuche als ihr privates Hobby und hatte sich vorgenommen, ihrer Dienststelle zum Trotz, den Schatz ausfindig zu machen oder die Suche anderer zumindest zu begleiten. Horst Daysinger hatte mit einem Buchhändler der Stadt

Kontakt aufgenommen und man war übereingekommen, weiterhin brieflich zu verkehren. Er hatte seinem Kollegen versprochen, ihm hin und wieder ein paar Bücher für den Privatbedarf zukommen zu lassen, die er hierzulande nicht bekommt. Dafür versprach dieser, ihm über die DDR-Literatur auf dem Laufenden zu halten. Für Angelika war die Begegnung mit dem Ehepaar Kästner die erste Begegnung mit Menschen ihrer alten Heimat. Sie hatte somit wieder einen Fuß in der Tür, wenn es auch nicht die Tür war, die sie sich erhofft hatte. Aber als Ergebnis eines dreitägigen Besuches kann sie zufrieden sein, überhaupt Kontakt bekommen zu haben, zumal das Risiko eindeutig bei diesem Ehepaar liegt. Zufrieden mit sich und dem Urlaub starteten beide am nächsten Morgen zur Rückfahrt über die Autobahn Richtung Hamburg. Die Schikanen des Zolls beeindruckten sie weniger als Horst. Sie kannte die Methoden dieser Leute und sie glaubte auch herausgefunden zu haben, wer von den Frauen und Männern in Zolluniform in Wirklichkeit vom Geheimdienst war. Als älteres, kinderloses Ehepaar standen sie beide ohnehin nicht im Mittelpunkt des Fahndungsgeschehens. Wäre Angelika Daysinger, geborene Burke erkannt worden, hätten ihr mehrere Jahre Gefängnis wegen Fahnenflucht und Geheimnisverrat gedroht.

Endlich war es soweit. Das Ehepaar Kästner, Buchhändler aus Gadebusch, war zu Besuch in der Schweiz eingetroffen. Ein Besuch gleich im ersten Jahr nach der Maueröffnung hatte sich durch die Turbulenzen, die die Vereinigung mit sich brachte, verzögert. Aber die besseren telefonischen Verbindungen in alle Welt halfen, den ausstehenden persönlichen Kontakt zu überbrükken.

Man saß gemütlich auf der Veranda des Daysingschen Anwesens und schaute, nein, nicht auf die schneebedeckten Gipfel. Den Blick, den die Terrasse freigab, unterschied sich in nichts von dem anderer großstädtischer Vorstadtsiedlungen. Lediglich der Dialekt der Gastgeber gab Aufschluss über den Standort des Häuschens. Die geschäftliche Situation der beiden Mecklenburger war nicht rosig. Um eine Schließung während des Urlaubes zu vermeiden, so erzählten sie, führe die Schwiegertochter das Geschäft weiter. Der Sohn ist Bauleiter und hat glücklicher Weise keine beruflichen Probleme. Aber Dank der Auftragslage in den neuen Bundesländern ist Urlaub ebenfalls nicht machbar. Er sei, so erzählten die Kästners, in Sachsen beschäftigt und restauriere mit seiner Firma alte Burgen und Schlösser. Vor kurzem hätten sie die Arbeiten einstellen müssen, weil bei einer Party eine Mauer eingebrochen sei und ein Schatz aus vergangenen Jahrhunderten dahinter vermutet wurde. Frau Kästner schüttelte ungläubig mit dem Kopf, als ihr Mann die Erlebnisse des Sohnes zum Besten gab. Angelika stutze. Schatzsuche im Erzgebirge!

»Hat euer Sohn den Namen der Burg gewusst?«, fragte sie und fügte erklärend hinzu, dass sie sich als Historikerin bis zu ihrer Flucht mit einem ähnlichen Fall befassen musste. Sie hatte nicht einmal gelogen und ihr Interesse an den Geschehnissen auf Burg Scherenstein klangen glaubhaft. Der Name der Burg war Herrn Kästner inzwischen eingefallen und er gab Angelika bereitwillig die Telefonnummer seines Sohnes, falls sie noch Einzelheiten erfragen wolle.

Abends im Bett sagte Angelika zu ihrem Mann: »Horst, ich fahre dorthin und werde mich als Sachverständige zur Verfügung stellen. Der Fall hat mich jahrelang beschäftigt. Vielleicht liegt dort in dieser Burgruine des

Rätsels Lösung.« Zur Bekräftigung erzählte sie Horst über die Herkunft des Schatzes aus der napoleonischen Ära und die missglückten Versuche etlicher Generationen, den in den Wirren der Befreiungskriege verschollenen Schatz zu heben.

»Warte noch ab, bis unsere Gäste wieder abgereist sind. Wenn sie dortzulande etwas finden, wird es bestimmt nicht wieder in dunklen Kanälen versickern. Soweit dürften sich auch die Verhältnisse in Ostdeutschland stabilisiert haben.« Mit diesen Worten dämpfte er ihren Elan, gab ihr einen Kuss und drehte sich auf die andere Seite. Angelika konnte nicht einschlafen. Soll das der Schlüssel zum Erfolg sein? Dann bremste sie sich selbst und befürchtete, die Phantasie sei mit ihr durchgegangen. Ihre Gäste aus Gadebusch konnten den Schatz überhaupt nicht beschreiben. Was hatte man denn gefunden? Vielleicht weiß deren Sohn, der Bauleiter Näheres? Mit dem Entschluss, den jungen Mann morgen gleich anzurufen, schlief Angelika endlich ein. Im Traum erschienen ihr die Männer, die mit dem Schatz und seiner Suche in den zwei Jahrhunderten zu tun hatten. Alle trugen sie Uniform. Napoleon, der sächsische Kronprinz, die SS-Leute und ihr ehemaliger Chef. Als er sie maßregeln wollte, unterbrach Angelika ihn mit scharfen Worten. Auch sie trug wieder Uniform und alle, vom Kaiser bis zum Wachposten, standen stramm vor ihr. Der Kaiser trat hervor und dankte ihr für die mühevolle Arbeit beim Auffinden des Schatzes. Dann überreichte er ihr das Bundesverdienstkreuz. Dazu erklang die Nationalhymne der DDR. Ein unsichtbarer Chor sang dazu: »Auferstanden aus Ruinen.... .« Sie erwachte. Nächtlicher Morgen umgab sie. Verärgert über ihren absurden Traum ging sie in die Küche. Aus dem Wohnzimmer waren Stimmen zu hören. Der Fernseher lief noch. Das Nachtprogramm brachte einen Dokumentarfilm über den Sport in Deutschland. Bei einer Siegerehrung ging die DDR-Flagge am Mast hoch und die Hymne erklang dazu. Nun war ihr klar, warum im Traum diese Melodie erklang, während Napoleon sie dekorierte.

Als der Zug im Bahnhof Zoo einfuhr, schlug Angelika noch einmal ihren Pass auf, ehe sie ihn in ihrer Handtasche verstaute. Kein einziger Stempel gab über ihre Reise nach Berlin Auskunft. Ihr erster Weg führte sie in die Normannenstraße ins Stasi-Museum. Nicht, dass sie an Hand der ausgestellten Exponate und Schautafeln wesentlich Neues zu erfahren hoffte, es war vielmehr die Intuition, wie vor Jahren in Gadebusch, auf irgend etwas oder jemanden zu stoßen, das oder der ihr weiterhilft. Als sie schon gehen wollte, machte sie am Treppenabsatz halt. Statt dem Ausgang zuzustreben, blieb sie im Treppenhaus stehen und stieg in den Keller hinab. Hier war sie nur einmal in den Jahren ihrer Tätigkeit gewesen. Neben den üblichen technischen Einrichtungen hatte es, soweit sie sich erinnerte, hier unten auch ein kleines Archiv gegeben. Unbedeutende Unterlagen der Hausverwaltung, nicht wirklich Brisantes lagerte hier unten. Im Kellergang hörte sie Stimmen. An einem etwas wackeligen Tisch saßen zwei Männer und eine Frau. Sie rauchten und tranken Kaffee. Ihrer Kleidung nach gehörten sie zu einer Reinigungsfirma. Die Frau, klein, korpulent mit gefärbten Haaren, etwa um die Sechzig, kam ihr bekannt vor. Auch der Name dieser Frau viel ihr wieder ein: »Frau Dietze, sind Sie es?« Margot Dietze war seinerzeit schon Verwaltungsleiterin in diesem Trakt und hatte so etwas von einer »guten Seele« des Hauses an sich. Angelika konnte sich noch gut erinnern, dass die Dietze zum Stabsfeldwebel befördert wurde. Es war eins jener Ereignisse kurz vor ihrer Flucht, die ihr noch in Erinnerung geblieben waren und nun wieder gegenwärtig wurden. Heute ist sie noch immer hier und kommandiert die Servicedienste. Die Frau überlegte. Man sah ihr an, dass sie die Besucherin nicht erkannt hatte. Andererseits verirren sich normale Besucher oder Geschäftsleute nicht in den Keller. Misstrauisch Menschen aus ihrer Vergangenheit gegenüber, fragte sie vorsichtig:»Müssen wir uns kennen? Ich heiße Dietze, das stimmt. Und wer sind Sie?« Kaum hatte Margot Dietze die Frage ausgesprochen, fiel ihr ein, wer plötzlich vor ihr stand. Sie schlug sich mit der Hand auf den Mund und rief überrascht: Sie leben! Sind Sie es, Frau Doktor Burke?« Nun erfuhr Angelika, dass man sie nach dem Bergunfall, der selbstverständlich auch ihrer ehemaligen Dienststelle nicht entgangen war, für tot erklärt hatte. Die Dietze wusste ziemlich genau Bescheid. Nach der Auflösung des Apparates, damals im Wende Jahr, kam vieles wieder hoch. Dinge, die bisher strengster Geheimhaltung unterlagen, wurden zum Kantinentratsch degradiert. Auch der Fall Burke kam wieder ins Gespräch. Nachdem, Dank des geschickten Taktierens des Mossad, die Staatssicherheit im Zug nach Hannover die Spur verloren hatte, war es ihr später trotzdem gelungen, die verehelichte Angelika Felsenberger ausfindig zu machen. Nach dem Bergunfall glaubte man, dass beide tödlich verunglückt seien und die Akte»Burke« wurde geschlossen. Angelika erzählte, dass ihr Mann damals zu Tode kam und sie selbst mehrere Wochen auf der Intensivstation gelegen hatte. Angelika widersprach nicht der Anrede mit »Frau Doktor Burke«. Berufliches Misstrauen warnte sie, ihre jetzige Identität im Dunstkreis der ehemaligen Stasi-Zentrale Preis zu geben. Wer weiß, zu wem die Dietze noch Kontakt hat. Nun war ihr auch klar, warum vor Jahren ihr Abstecher nach Gadebusch ohne Folgen geblieben war. Das vereinfachte manches, obwohl sie gewillt war, sich mit ehemaligen Kollegen zu treffen, die ihr vielleicht etwas über den Verbleib des Schatzes und die Sucharbeiten nach ihrem Weggang sagen könnten. Von Margot erfuhr sie ein paar Namen und Adressen, soweit sie noch in Berlin wohnten. Freundlich verabschiedete sich Angelika. Als sie weg war, merkte Margot Dietze, dass sie vergessen hatte, nach dem Grund ihres Hier seins zu fragen und die Burke hatte darüber kein Wort verloren. Für den ersten Tag ihres Aufenthaltes in Deutschland konnte Angelika vollauf zufrieden sein. Sie hatte mehr erreicht, als zu erwarten war. Außerhalb der Stadt kümmerte sie sich jetzt um ein Quartier. Außerdem brauchte sie einen Mietwagen, um ins Erzgebirge fahren zu können. Falls man sie observierte, war es immer besser, ein Fremdfahrzeug zu benutzen. Das war auch der Grund, warum sie mit dem Zug nach Deutschland gekommen war. Bei all diesen Überlegungen kam sie zu dem Ergebnis, dass sie das Einmaleins der konspirativen Arbeit auch nach zwanzig Jahren nicht verlernt hatte.

Die Baustelle hatte etwas Geruhsames an sich. Kein geschäftiges Treiben vieler Bauleute, keine Arbeits-maschinen dröhnten und auch die kreisenden Ausleger der Kräne fehlten auf Burg Scherenstein. Ein Kran war zwar aufgestellt, aber er hatte gegenwärtig Pause. Einige Männer in hellen Overalls mit Pinsel und Eimerchen bewaffnet, standen neben der Baugrube. Das Objekt der Begierde, die bei der Party vor wenigen Wochen eingebrochene Wand, war fachmännisch abgestützt und die Trümmer abgetragen worden. Am Eingang des Baugeländes standen zwei Bürocontainer übereinander. Die »erste Etage« diente dem Bauleiter als Büro und Beratungsraum. Dieser wirkte etwas leger, weniger vornehm ausgedrückt, liederlich. Es war das Büro eines Mannes, der sich erstens, lieber nicht darin aufhielt, sondern draußen auf der Baustelle weilte und zweitens keine Sekretärin beschäftigte, die ab und zu einmal aufräumt. Falk Kästner saß hinter seinem Schreibtisch und tippte auf einem Laptop. Er und seine Männer konnten wegen fehlender Spezialsteine nicht so recht weiter. Aber bei solchen Restaurierungsarbeiten war der Termindruck nicht so wie auf anderen Baustellen. Genormte Arbeitsschritte, für die man den Materialeinsatz und die notwendige Arbeitszeit voraussagen konnte, gab es bei diesen Arbeiten so gut wie nicht. Unterlagen aus der Zeit der Errichtung solcher Bauwerke fehlten ganz oder waren unvollständig. Ein hohes baufachliches Können und kunsthistorisches Wissen waren dafür eher gefragt. Es klopfte. »Komm herein, Tobias.« Kästner blickte erstaunt hoch, als eine ältere Frau sein Büro betrat. Falk stand auf. Mit einem entschuldigenden Lächeln gab er ihr die Hand und sagte: »Guten Morgen, Frau ... , ich hatte eigentlich jemanden anderes erwartet.« Angelika Daysinger stellte sich vor und nahm Bezug auf ihr Telefongespräch. Weiter fügte sie hinzu: » Ich hörte es, einen Mann namens Tobias erwarten Sie.« Die Daysinger erzählte, vorerst wahrheitsgemäß, dass sie Falk Kästners Eltern zufällig vor Jahren kennen gelernt hatte und jetzt von den Vorfällen auf Burg Scherenstein erfahren hatte, als seine Eltern kürzlich zu Besuch in der Schweiz weilten. Das übrige war Legende, indem sie behauptete, als passionierte Historikerin sich mit mitteldeutscher und sächsischer Geschichte zu befassen und die Absicht besteht, ihre dabei gesammelten Erkenntnisse in einem Buch niederzuschreiben.

»Sie sind die Buchhändlerin aus der Schweiz?«, fragte Kästner, was Angelika bestätigte. »Dann warten Sie mal auf Herrn Tobias Dietl. Er betreut die Arbeiten hier als Kunsthistoriker. Er hat ebenfalls wie Sie ein ganz persönliches Interesse an diesen Ausgrabungen. Wie ich erfuhr, kamen seine Eltern bei der Suche nach diesen ...«, Kästner stockte und suchte nach dem passenden Wort, ohne zuviel verraten zu müssen» ... äh Fundsachen ums Leben. Es wird sogar gemunkelt, sie seien ermordet worden.« Als der Name Dietl fiel, erblasste die Daysinger, was Kästner nicht bemerkte, sondern seine Erläuterungen mit der Hoffnung schloss, dass Tobias bald eintreffen müsste. Angelika war sich ziemlich sicher, das richtige Versteck gefunden zu haben.

Bei dem Gedanken, dass Dietl Junior sie persönlich nicht kennen konnte und ihr jetziger Name im Rahmen der Ermittlungen gegen die Mörder seiner Eltern nicht gefallen sein konnte, wurde ihr etwas wohler. Sie musste nur aufpassen, dass sie bei Gesprächen mit ihm nicht durch ihre Detailkenntnisse in Verdacht geriet, vom Mord an seinen Eltern mehr zu wissen als der Sohn. (Sie hatte damals weder den Mordauftrag gegeben, noch war sie persönlich daran beteiligt.)

Um die Zeit zu überbrücken, führte Kästner sie zur besagten Stelle. Der Fund selber war längst bei der Denkmalpflege in Chemnitz eingelagert. Auf ihre Frage, ob es eine Liste der Fundstücke gebe, erwiderte Kästner, dass diese bei Herrn Dietl sich befinde und fügte hinzu: »Er kann Ihnen auch ausführlich über die Herkunft der Asservate berichten.« Dabei wunderte sich Falk Kästner über sich selbst, warum er gegenüber dieser Dame eine solche gewählte Ausdrucksweise gebrauchte, die auf einer Baustelle normaler Weise nicht an der Tagesordnung war.

»Wenn der Schatz bei der Denkmalpflege ist«, dachte

die Daysinger,»dann ist er dort, wo er hingehört.«
Weitere Überlegungen stellte sie vorerst nicht an, da
soeben ein blauer Renault mit Berliner Kennzeichen
vorfuhr. Der Mann, Mitte vierzig, Weißheitswinkel im
grau werdenden Haar stellte sich als Tobias Dietl vor.
Die Ähnlichkeit mit seinen Eltern war unverkennbar.
»Sie interessieren sich für den Spanischen Fonds Frau
Daysinger? Wissen Sie, dass Sie gefährlich leben? Der
Schatz hat schon viele Menschenleben gekostet. Unter
den Toten sind auch meine Eltern. Immer, wenn jemand
auf der Suche nach ihm war, starb dieser oder ein mittelbar Beteiligter. Wessen Fluch auf diesem Gold liegt,
habe ich noch nicht herausgefunden. Dabei waren die
Todesursachen völlig unterschiedlich. Angefangen bei
tödlich verlaufenden Verkehrsunfällen, über im Krieg
Gefallene bis Mord gibt es kaum eine Todesart, die bisher ausgelassen wurde. Sieben Tote in zwei Jahrhunderten habe ich gezählt. Ob die Liste vollständig ist,
kann ich nicht zweifelsfrei feststellen. Dass Dietl vom
Bergunfall Dr. Felsenbergers nichts weiß und dessen
Tod in die Liste der mittelbar Betroffenen aufzunehmen wäre, verschwieg sie. Laut erwiderte sie:»Sie
wollen mir wohl Angst machen, Herr Dietl? Wissen
Sie, was der Spanische Fonds beinhaltet? Kann man
eine Aufstellung darüber bekommen? Dietl verneinte
mit dem Hinweis, dass Privatpersonen gegenwärtig
keine Auskunft über den Umfang des Fundes erhalten.
Gleichzeitig verwies er auf die Pressekonferenz in der
nächsten Woche, auf der Einzelheiten vorgestellt werden sollen. Mit dem Hinweis, dass sie keine Jour-
nalistin sei und ohne entsprechenden Berufsausweis
sofort auffallen würde, wenn sie versuche, trotzdem
teilzunehmen, verabschiedete sie sich von Dietl.

»So wahr ich hier sitze, so lebendig stand plötzlich

Angelika Burke vor mir im Keller der Normannenstraße. Sie war gar nicht tot. Ihr habt sie bloß tot geredet, um sie drüben besser platzieren zu können. War
es nicht so, Chef?«
Margot Dietze saß auf der Veranda eines ehemaligen
Abteilungsleiters, der bei der Staatssicherheit für Kunst
und Kunstraub zuständig war. Der als Chef angeredete
schüttelte verneinend den Kopf und erzählte in kurzen
Zügen von der Maßregelung der Burke, weil sie bei der
Schatzsuche nicht weitergekommen war. Daraufhin
hatte die Burke ihre Flucht vorbereitet. Es muss, so fuhr
der alte Mann fort, Pannen gegeben haben, indem es ihr
gelang, ihre Verfolger im Zug abzuschütteln und später,
nach dem Bergunfall, als man die Meldung erhielt, sie
sei tot. Für ihn ist ihr Hiersein genauso ein Rätsel.
Dann sprach er noch über weitere Fehlschläge bei der
Fahndung nach Kunstgegenständen. Dabei kam er
auch auf das Bersteinzimmer zu sprechen. Mielke hatte
es sich in den Kopf gesetzt, dass das Zimmer von
Königsberg nach hier, in die DDR verschleppt wurde
und man es den sowjetischen Freunden schuldig sei, es
wieder zu finden. Er hatte damals schwere Zeiten, als er
dem Minister Fehlmeldung bezüglich des Bernstein-
zimmers machen musste. Als dann auch in Sachen
Spanischer Fonds kein Erfolg in Aussicht war, blieben
ihm nur personelle Konsequenzen und er musste Frau
Dr. Burke von dem Fall abziehen. Ein Nachfolger für
die Burke sei nicht gefunden worden und man habe die
Sache dann auf Eis gelegt.
Es klingelte. »Erwartest du Besuch?«, fragte die
Dietze. Als der alte Herr mit seiner Besucherin zurück-
kehrte, lächelte er und sagte: »Ich brauche die beiden
Damen wohl nicht miteinander bekannt zu machen!«
Angelika war genauso überrascht, Margot hier anzu-
treffen, wie umgekehrt. Mit der Bemerkung »so

schließt sich der Kreis«, stellte der Hausherr, der allein lebte, noch eine Tasse bereit und schenkte ein. Man möge doch den Zoff aus den schrecklichen Jahren vergessen und von gegenseitigen Schuldzuweisungen Abstand nehmen. Angelika glaubte erst, sich verhört zu haben, als von »schrecklichen Jahren« die Rede war und dachte sich ihren Teil. In der Absicht, die Vergangenheit nicht über Gebühr zu strapazieren, erzählte sie, dass es ihr keine Ruhe gelassen habe, etwas über den Fortgang ihrer damaligen Nachforschungen zu erfahren. Auch im Exil hätte sie im Rahmen ihrer beschränkten Möglichkeiten nach Hinweisen über den Verbleib des Schatzes geforscht. Jetzt sei sie offenbar fündig geworden und berichtete von ihrem Aufenthalt auf der Burgruine Scherenstein. Der alte Herr hatte aufmerksam zugehört. Auf der bevorstehenden Pressekonferenz präsent zu sein, hielt er nicht für das Problem, da er einen heißen Draht zu Journalisten habe. Wenn dort konkrete Angaben an die Presseleute gegeben werden, dann erfahre er es auch. Problematischer verhielte es sich mit Details, die der Denkmalschutz in Chemnitz nicht zu veröffentlichen gedenke. Soweit reichen seine Beziehungen nun nicht mehr. Angelika versprach, eventuell auch dort zu recherchieren, wenn es denn erforderlich wäre. Auf die Frage, wo sie wohne und wie man sie telefonisch erreichen könne, gab sie lediglich eine Handynummer bekannt. Dieses Handy hatte sie sich auf der Baustelle von Falk Kästner geborgt. Denn ihr eigenes mit Schweizer Nummer wollte sie ihrem ehemaligen Chef nicht nennen.

Als die Daysinger gegangen war, sagte der Hausherr: »Ich vermute, sie lebt in Süddeutschland, vielleicht auch in Österreich oder der Schweiz. In ihrer Sprache haben sich so Wendungen eingeschlichen, die hierzulande nicht üblich sind.« Dann machte er eine Pause und nickte verneinend mit dem Kopf: »Ich habe sie immer mit Frau Doktor Burke angesprochen. Wie sie jetzt wirklich heißt, wissen wir nicht einmal.«

Das Sonnenlicht wurde durch naturfarbene Leinenvorhänge gedämpft und gestattete ein blendfreies Arbeiten im ganzen Konferenzraum. Neben dem Podium lagen in einer Vitrine Teile des auf Burg Scherenstein geborgenen Schatzes im Scheinwerferlicht. Man bediente sich stromsparender Minischeinwerfer, wie sie für Schaufensterauslagen aber auch in Büros heute des Öfteren zum Einsatz kommen. Neben der Auslage standen zwei Bewaffnete, die den zahlreichen Fotografen und Kameraleuten bereitwillig Platz machten. Innenministerium und Denkmalschutz hatten zu einer gemeinsamen Pressekonferenz geladen. In einer überregionalen Zeitung konnte man später darüber lesen. Obwohl eigentlich nicht der Stil dieser Zeitung, titelten sie mit der fettgedruckten Überschrift: **Tod-Rot-Gold oder die Schatzsuche auf Deutsch.** Mit leichter Ironie schilderte dann der Reporter die fast zweihundertjährige Suche.

Man fühlte sich in die Zeiten der Schatzinsel eines Louis R. Stevenson zurückversetzt, wenn man dem Glauben schenken soll, was uns Historiker, Juristen und Denkmalschützer auf dieser Pressekonferenz darboten. Etwa zehn Tote hat es seit dem mysteriösen Verschwinden des Goldes Anfang des 19. Jahrhunderts bis heute gegeben. Kein Geheimdienst von Rang und Namen, der bei der Suche nicht beteiligt gewesen wäre. Ob der Sicherheitsdienst der Himmlerschen SS oder Mielkes Staatssicherheit, Berejas KGB, auch der israelische Mossad, alle hatten sie bei dieser abenteuerlichen Schatzsuche ihre Hände im Spiel. Wie einst Jim Hawkins in der Seemannstruhe die Karte

der Schatzinsel fand, so entdeckte in den 1930er -
Jahren ein Antiquar zufällig einen, von königlicher
Hand geschriebenen, Hinweis auf das spanische Gold.
Das Verwirrspiel im Stevensonschen Roman fand
ebenfalls seine groteske Wiederholung. Was auf der
Insel der ausgesetzte Ben Gun vollbrachte, als er den
Schatz ausgrub und umlagerte, vollzog im hier vorge-
stellten Krimi die SS. Deshalb war die Suche in den
Nachkriegsjahren vergeblich und nur Kommissar
Zufall brachte den Schatz zum Vorschein.

So interessant und aufschlussreich sich das Geschehen
um die Bergung des Goldes auch anhörte, ungeteilte
Aufmerksamkeit fanden auch die Ausführungen der
Kunsthistoriker über den wissenschaftlichen und vor
allem finanziellen Wert des Fundes. Der Feingold-
gehalt wird auf mehrere Tonne beziffert, die Zahl der
Münzen mit 285.000 Stück nach vorläufigen Zähl-
ungen. Die anwesenden Numismatiker wussten zu
berichten, dass es sich bei der Mehrzahl der Münzen
um eine Sonderprägung handelte, deren Sammlerwert
heute etwa bei dreißig Millionen US-Dollar liegen
dürfte.

Was nun kam, hat mit dem Stevensonschen Happy End
nichts mehr gemein. Im Roman werden die bösen
Seeräuber zurückgelassen und die Gutmenschen teilen
das Geld friedlich im gegenseitigen Einvernehmen
unter sich auf. Nicht so in der Bundesrepublik am
Ausgang des 20. Jahrhunderts. Nur soviel dazu: ob der
Bund, der Freistaat Sachsen oder das Königreich
Spanien Besitzer dieses einmaligen Fundes werden,
entscheiden vermutlich spätere Generationen. Man
hat zweihundert Jahre gebraucht, um das Gold zu fin-
den. Wenn man nur ein Zehntel dieser Zeit benötigt, um
über den rechtmäßigen Besitzer zu entscheiden, verge-
hen mindestens noch einmal zwanzig Jahre und mein

Nachfolger wird Sie, lieber LeserIn, dann frühestens 2015 über den Stand der Dinge informieren. In einer Presseerklärung wurde bekannt gegeben, dass nach Abschluss der Sichtungs- und Restaurierungsarbeiten die Ausstellung des Fundes auf Burg Scherenstein erfolgen soll.

VII

Nach Golde drängt,
Am Golde hängt
Doch alles, Ach wir Armen!
(MARGARETE)

Dieses Zitat ging Angelika Daysinger durch den Kopf, nachdem sie den Artikel über den Schatz gelesen hatte. Der Zug legte sich leicht quietschend in eine Kurve. Sie blickte kurz auf. Ein Bahnhofsschild huschte vorüber. Auf dem Bahnsteig am Nebengleis warteten einige Leute auf ihren Zug. Angelika blickte durch alle hindurch. Auf der Pressekonferenz war sie nicht mehr gewesen. Ein Ehemaliger rief sie hinterher an und sagte ihr nur, dass in der kommenden Wochenendbeilage der Regionalzeitung ein ausführlicher Artikel dazu erscheinen wird. Heute früh auf dem Bahnhof hat sie ein Exemplar erworben und auf der Heimfahrt im Zug gelesen. Jetzt ist es unwiderruflich, das Kapitel ihres Lebens unter dem Decknamen Spanischer Fonds ist abgeschlossen. Sie hatte noch das Handy und den Mietwagen zurückgebracht und war abgereist. Auf nochmalige Besuche bei Kollegen verzichtete sie, genauso wie auf ein erneutes Wiedersehen mit Herrn Dietl, dem Kunsthistoriker. Was hätte es gebracht, wenn sie ihm Hintergründe zum Tod seiner Eltern erzählt hätte? Sie konnte sich auch mit Rücksicht auf ihren Mann nicht über alle Maßen exponieren. Ihm wurde ihr bisheriges Engagement bereits zu viel. Was sie wissen wollte, hat sie erfahren und es bereitete ihr Genugtuung, dass andere nach ihr den Schatz ebenfalls nicht gefunden hatten, was sie als indirekte Rehabilitierung empfand. Draußen vor dem Fenster lief der Loreley-Felsen vorbei.

Ich weiß nicht was soll es bedeuten
Daß ich so traurig bin;
Ein Märchen aus alten Zeiten,
Das kommt mir nicht aus dem Sinn.

Heinrich Heine, dass wusste sie auf Anhieb – aber das Verschen mit dem Golde? »Eigentlich eine schwache Leistung für eine Buchhändlerin«, dachte sie bei sich. Es war Mittagszeit. Sie erhob sich, um im Speisewagen etwas zu sich zu nehmen. Die Preise waren gepfeffert in den rollenden Gaststätten. Aber auf Schweizer Franken umgerechnet, blieb die Entenbrust mit Holländischer Soße im Reisrand doch erschwinglich und verdarb einen nicht schon beim Lesen der Speisekarte den Appetit. Der Speisewagen füllte sich. Ein Mittvierziger stellte ihr die Standardfrage in Restaurants nach dem freien Platz. Angelika bejahte. Der Mann hielt eine Zeitschrift unter dem Arm geklemmt. Nachdem er Platz genommen hatte, entfaltete er das Journal. Es entpuppte sich als ein Finanzmagazin. Als die Getränke serviert wurden, steckte er die Zeitschrift weg und begann mit ihr, der älteren Dame am Tisch, ein Gespräch:
»Ich las gerade, dass man in Sachsen einen Goldschatz für umgerechnet fünfzig Millionen Mark gefunden haben soll. Sehr bemerkenswert, sehr bemerkenswert. Unsereins fährt jedes Jahr nach Kanada zur Gold-

wäsche und dann liegen die besten Stücke faktisch vor der Haustür. Ich bin, müssen sie wissen, leidenschaftlicher Goldsucher.« Dass sie das nicht wissen müsse, dachte Angelika bei sich, fühlte sich aber gemüßigt, das an sie gerichtete Gespräch fortzuführen: »Von dem Schatz in Sachsen habe ich auch gehört. Der hohe Wert, den sie nannten, beruht aber nicht allein auf dem Goldgehalt, sondern auf der numismatisch-historischen Dimension des Fundes.«

»Sie verstehen etwas davon?«, fragte er erstaunt zurück. »Ich bin Kunsthistorikerin und habe auch zeitweise mit der Suche nach eben diesem Schatz beruflich Berührung gehabt. Aber eine Frage zur Goldsuche. Kann man davon leben, Herr ...?«

»Nein, gnädige Frau. Verzeihung, ich habe mich noch nicht vorgestellt: Müller-Schwab mein Name. Goldsuche ist wie Angeln. Ein Angler erwartet auch nicht, seinen Lebensunterhalt damit zu verdienen. Angler und wir haben zweifellos Gemeinsamkeiten: man braucht Geduld und ist der Natur sehr nah. Goldsuche ist eher ein teures Hobby. Wenn man einmal ein Nugget findet, dann hebt man es auf. Aber man gönnt sich ja sonst nichts.« Dabei lächelte Müller-Schwab. Das Essen kam zur gleichen Zeit. Ihr Gegenüber hatte sich ein Eisbein bestellt und legte mit den Worten »dann wollen wir mal, auch Ihnen guten Appetit«, los. Während beide schweigend aßen überlegte Angelika, ob das Zufall war oder Müller-Schwab auf sie angesetzt wurde. Eher Zufall glaubte sie. Wenn ich fünfundzwanzig Jahre jünger wäre, hätte er mich vermutlich gefragt, ob ich mit ihm auf die Zugtoilette gehen würde. Sie ertappte sich bei dem Gedanken, dass es ihr gar nicht so unangenehm wäre... .

»Warum lächeln Sie, gnädige Frau?« Mit Genugtuung bemerkte sie, dass er sie schon zum zweiten Mal mit der so ungewohnten Anrede bedachte. Angelika löste sich von ihren obszönen Visionen und erwiderte: »Als ich von dem Schatz und seinem heutigen Wert las, fiel mir ein Zitat vom Golde, an dem alles hängt, ein, aber nicht dessen literarische Herkunft. Darüber grüble ich jetzt noch.« Während Angelika dieses halblaut zitierte, hatte ihr Tischnachbar die Antwort parat: »Margarete aus Goethes Faust.« Müller-Schwab war im Bankgewerbe tätig, wie aus der weiteren Unterhaltung hervorging. Er dozierte über Gold und Geld. »Die Zeiten der Goldwährungen sind vorbei. Das heißt nicht, dass Gold keinen Wert besitzt. In Krisenzeiten, bei Währungseinbrüchen ist die Anlage in Gold durchaus sinnvoll und der gute alte Goldbarren hat noch keineswegs ausgedient. Gold spielte schon im Altertum seine Rolle als Geld. König Krösus war es, der bereits im sechsten Jahrhundert vor Christi sein Konterfei ins Gold schlagen ließ und der Goldmünze ihren Weg durch die Geldgeschichte ermöglichte. Mit Beginn des Ersten Weltkrieges verschwanden die Goldmünzen in Deutschland vom Markt und fanden auch keine Wiederauferstehung. Heute, und dabei griff er in seine Brusttasche, zahlen wir mit Plastekarten, einem Material, das die Geldgeschichte bisher nicht kannte und erst in der zweiten Hälfte unseres Jahrhunderts ihren Einzug fand. Das Papiergeld ist älter, als es die meisten Menschen vermuten. Als Wechsel erblickte es schon im Mittelalter das Licht der Welt. Die erste Papierbanknote, die parallel zur Münze in den Umlauf kam, wurde bereits Anfang des 18. Jahrhunderts in Deutschland gedruckt.«

Angelika unterdrückte dezent ein Gähnen, was ihr Gegenüber veranlasste, das Thema zu wechseln und auf ihr offensichtliches Berufsfeld einzugehen. »Kunstwerke schockieren ja hin und wieder die Öffentlichkeit mit exorbitanten Versteigerungswerten und Kaufpreisen, die denen von Flugzeugen, Luxuslimousinen und Schlössern in nichts nachstehen.«

»Da haben Sie Recht«, erwiderte Angelika und fuhr fort:»Journalisten fragen öfters im Louvre, der Eremitage und anderen großen Kunstsammlungen nach dem Wert weltberühmter Bilder. Während man in Paris, Rom, Amsterdam und anderen Hochburgen der Kunst im Westen sich zu Preisangaben zurückhaltend äußert, war es in ehemals kommunistischen Ländern üblich, auf diesbezügliche Fragen mit Naivität zu reagieren und die unprofessionelle Gegenfrage zu stellen: Was kostet die Sonne? Die Sonne ist unbezahlbar! Es mag daran liegen, dass Geld eine untergeordnete Rolle in diesen Ländern spielte.«

Der Zug wurde langsamer, man näherte sich Basel. Die Rechnungen waren bezahlt. Mit Handschlag und der versicherten Freude, sich kennen gelernt zu haben, verabschiedete man sich.

* * *

Mit Ausnahme historischer Persönlichkeiten sind Namen und Personen frei erfunden. Ähnlichkeit mit lebenden oder verstorbenen Personen sind rein zufällig und nicht beabsichtigt.

Nachwort

Die Geschichte ist frei erfunden.

Nicht erfunden ist die Tatsache, dass die Napoleonischen Kriege mit dem Raub von Kunst- und Kulturgütern zum Wohle Frankreichs einhergingen. Auch erhebliche finanzielle Mittel wechselten in dieser Zeit ihren Besitzer. Napoleon Bonaparte betrat als verarmter Brigadegeneral a. D. die weltpolitische Bühne und verließ sie als reicher Mann. Sein Privatvermögen wurde auf mehrere hundert Millionen Goldfranc geschätzt.

In den 1960er Jahren geisterten Artikel durch die sowjetische Presse, wonach das Wasser einiger ostpreußischer Seen einen erhöhten Goldgehalt aufweiße. So seien Napoleon auf seinem Vormarsch 1812 in Russland ein Teil der russischen Kriegskasse in die Hände gefallen. Das Gold ist seit dem unauffindbar. Ob Hirngespinste, Zeitungsenten (»Sommerloch«) oder reale Hintergründe – Goldfunde oder -verluste (auch angebliche) haben schon immer die Phantasie der Menschen angeregt.

Die aus der Nichtzeit kamen ...

I

»Meine Damen und Herren! Dieser Tag ist ein Meilenstein nicht nur in der Wissenschaftsgeschichte unseres Institutes, sondern auch für unser ganzes Land. Die Zeit, in der epochale Erfindungen am Küchentisch realisiert werden, ist ein für allemal vorbei. Ich glaube....«

Doktor Pullmann hörte nicht mehr hin, was sein Chef, Professor Buch, am Rednerpult zum Besten gab. Er kannte den Text, denn er hat das Referat, oder besser die Festrede, maßgeblich mit ausgearbeitet. Pullmann wusste, was der Professor dem staunenden Publikum alles an physikalischem Fachvokabular vortragen würde. Die Mehrzahl der Zuhörer aus Wirtschaft und Politik waren Juristen, Betriebs- und Volkswirte, allenfalls Techniker aber keine Physiker. Der Doktor hatte sich Mühe gegeben, den Vortrag relativ populärwissenschaftlich zu formulieren, was ihm die Kritik des Chefs einbrachte: »Gymnasiastenniveau, Herr Kollege!« Erst als ihm Pullmann klar machte, dass sich die überwiegende Mehrheit seiner Hörer mit Physik nur bis zur Abiturstufe auseinander gesetzt hat, willigte Buch ein. Der Professor war etwas nervös, was nach den Vorfällen der letzten Wochen auch nicht verwunderlich war. Die Eröffnung des Institutes auf dem Gelände des ehemaligen Atomkraftwerkes, am Ufer des Greifswalder Boddens hing an dem sprichwörtlich seidenen Faden, als der Probebetrieb nach einer gravierenden Panne abgebrochen werden musste.

II

Der Morgen war noch kühl, als sich der Geländewagen vom Typ Mercedes G in Richtung Übungsgelände in Bewegung setzte. Hinter dem Lenkrad saß der Gefreite Scholz und neben ihm Oberleutnant Bär. Nachdem sie das Kasernentor passiert hatten, schaute der Offizier routinemäßig auf seine Uhr und verglich diese mit der am Armaturenbrett. Die Armbanduhr zeigte neben der Uhrzeit noch eine »2«. Sie stand für den 2. Mai 2000. Drei freie Tage lagen hinter ihnen. Bär war nicht das, was man einen Morgenmuffel nennt, aber nach einer längeren dienstfreien Periode, wie ihm das letzte Wochenende eine bescherte, brauchte er schon etwas mehr Zeit, um wieder in die Gänge zu kommen. Deshalb ließ er seinen Kopf leicht vornüber fallen, schloss seine Augen und bemerkte vorerst nichts von der Nebelwand, die plötzlich vor dem Wagen aufzog. Erst das Fiepen, wie von einem übersteuerten Mikrofon, ließ ihn wieder munter werden. »Wo sind wir?«, fragte er den Fahrer. »Kurz vor Greifswald, Herr Oberleutnant.« Das Fiepen wurde stärker, so schnell, wie es aufgetreten war, brach es wieder ab. Auch der Nebel lichtete sich allmählich und strahlender Sonnenschein empfing die Fahrer. War es vor der Nebelwand noch etwas diesig und kühl, leuchtete jetzt der Himmel im satten Blau und die Luft war merklich wärmer. »Wie im April«, kommentierte der Fahrer das Wetter, bevor ihn eine Straßensperre zwang, auf die Bremse zu treten. Ein Uniformierter mit einer Signalkelle forderte zum Halten auf und verlangte die Papiere. Er trug Wehrmachtsuniform und Stahlhelm. Vor seiner Brust baumelte ein nierenförmiges Metallschild an einer Kette. Ein Feldgendarm im Range eines Oberfeldwebels stand leibhaftig vor ihnen. »He Kumpel, lass uns durch!«, meinte der Fahrer etwas schnoddrig und Bär fügte etwas besänftigend hinzu: »Wir sind im Dienst.« Der Feldgendarm ließ sich nicht aus der Ruhe bringen und verlangte Ausweis und Fahrzeugpapiere und fragte nach dem Woher und Wohin. Bär wurde leicht ungehalten und Scholz, sein Fahrer, meinte, ob er hier im falschen Film gelandet sei. Erst nach nochmaliger Aufforderung machten die beiden das Spiel mit und gaben ihre Papiere heraus. Ratlos umkreiste der »Kettenhund«, so nannte man die Feldgendarmen im Landserjargon, den Kübelwagen. Der Stern auf dem Kühlergrill kam ihm bekannt vor, aber schon das Nummernschild erregte Misstrauen. Statt des ihm bekannten »DW« für »Deutsche Wehrmacht«, stand ein »Y« vor der Nummer. Und dann die Uniform der beiden! Als Oberleutnant und Gefreiter hatten sie sich vorgestellt, was mit den Angaben in den Ausweisen übereinstimmte. Als der Feldgendarm ihnen die Weiterfahrt nach Greifswald verbieten wollte, weil die Russen seit vorgestern in der Stadt seien, wurde es auch Bär zuviel. Von Filmaufnahmen wisse er nichts und für psychologische Tests stehe er auch nicht zur Verfügung, außerdem möchte er jetzt den Vorgesetzten sprechen. Inzwischen waren die anderen an der Straßensperre auf das Fahrzeug und seine merkwürdigen Insassen aufmerksam geworden und hatten ihren Chef verständigt. Ein Offizier, etwa im Alter Bärs, trat heran. Er stellte sich mit »Hauptmann Gabriel« vor und erläuterte den beiden die Lage. Allmählich dämmerte es bei Bär und er fragte nach dem Datum. »Heute haben wir den zweiten Mai neunzehnhundertfünfundvierzig«, wurde ihm erwidert. Bär griff wortlos in seine Tasche und holte einen Notizkalender hervor, den er dem Hauptmann überreichte. Dieser strich ehrfurchtsvoll über den Ledereinband mit der goldenen 2000 darauf.

Zwei Granateinschläge in unmittelbarer Nähe zwangen alle, sich flach auf den Boden zu werfen. Als sich der Rauch verzogen hatte, forderte Gabriel die beiden auf, ihm in seinen Unterstand zu folgen. Bär setzte sich nach hinten und der Wehrmachtsoffizier zeigte dem Fahrer den Weg. Am Himmel tauchten drei Ju 87 auf.

»Ich hielt sie für ein Spezialkommando aus Peenemünde. Doch nachdem sie mir zu verstehen gaben, aus dem Jahre zweitausend zu sein, sind sie womöglich ein Opfer der Experimente in der Versuchsanstalt geworden. Ich wusste gar nicht, dass die noch arbeiten. Ich dachte, das Gelände wäre längst geräumt«, meinte der Hauptmann.

»Haben Sie, bevor wir die Straßensperre erreichten, die Nebelwand gesehen und das Fiepen gehört?«, fragte Bär.

»Das Fiepen, wie Sie es nennen, haben wir auch gehört. Hatten aber keine Erklärung dafür, da in diesem Augenblick weder Granaten noch Flugzeuge in der Luft waren. Dann standen Sie plötzlich vor uns. Deshalb vermutete ich, dass Ihr Erscheinen ein Resultat der Experimente in der Versuchsanstalt sei.« Gabriel informierte seine Gäste darüber, dass er der Bataillonskommandeur sei und einen aus Infanteristen, Pionieren und Panzern zusammen gewürfelten Haufen befehlige, der nach den Schlägen der Russen auf Anklam übrig geblieben war. Greifswald habe sich ergeben und die Garnison sitzt in Gefangenschaft. Seine Aufgabe sei es, dem Gegner den Weg nach Westen zu verlegen.

III

Der Professor hatte seine Rede beendet. Inzwischen war der Staatssekretär ans Rednerpult getreten und würdigte in dringlichen Worten die bahnbrechende Bedeutung des Institutes. Pullmann schaltete auf

»Durchgang«. Er erinnerte sich des denkwürdigen 2. Mais. Der neue Quantenadapter, das Herzstück der Anlage, sollte seinen ersten kompletten Testlauf absolvieren. Bisher waren nur bestimmte Aggregate einzeln getestet worden und hatten im Wesentlichen das gebracht, was von ihnen erwartet wurde. Professor Buch konnte auch die fertige Dokumentation für die Arbeit am Quantenadapter vorlegen, insbesondere die theoretischen Grundlagen, an denen er, Dr. Walter Pullmann, maßgeblichen Anteil hatte. Ja, es war schon sensationell: fast ein-hundert Jahre nach Einsteins berühmter Formel $E = m \cdot c^2$ war es gelungen, aufbauend auf den Erkenntnissen des großen Gelehrten, der Zeit ihren skalaren Charakter zu nehmen und Zeit zu e r z e u g e n. Die vergleichsweise simple Formel, Zeit ist der Quotient aus Geschwindigkeit und Beschleunigung, war die Grundlage dieser epochalen Erfindung.

Der Adapter lief. Dr. Pullmann saß mit Frau Dr. Krems-Lasker, der Laborleiterin, vor den Anzeigegeräten. Hinter ihnen stand Frau Bach und hakte, in ihrer Eigenschaft als Protokollführerin die Chekliste ab. Hauptstromkreis – ja, Spannung, Frequenz, Kühlstromkreislauf angelaufen und so weiter und so fort... . Auf dem Bildschirm baute sich die Arbeitskurve auf. Das Geschwindigkeits-Beschleunigungs-Diagramm musste einer logarithmischen Kurve folgen. Diese gelbe Kurve schnitt exakt bei 2,718 die Marke 1. Nachdem Frau Dr. Krems-Lasker die orangene Taste gedrückt hatte, wurde das Magnetfeld aufgebaut und mehrere hundert Tesla drückten das Medium in den Adapter. Doch plötzlich öffneten sich bei etwa fünfhundert Kelvin die Lüftungsklappen. Das hätte erst bei eintausend Kelvin erfolgen dürfen. Dafür hatten die Tesla-Werte den roten Gefahrenbereich auf der Skala erreicht. Dr. Pullmann war aufgestanden und stellte sich hinter die Laborleiterin. Seine rechte Hand ruhte auf ihrer Schulter.

»Was macht denn die Arbeitskurve?«, fragte Pull-mann und zeigte auf die Linie, die sich vom Gelb zum Violetten hin verfärbte. Der Marke eins stand jetzt ein Wert von 3,142 gegenüber. »Das ist doch Pi! Ein Logarithmus mit der Zahl Pi ist mathematisch völlig ungebräuchlich«, stellte er kopfschüttelnd fest. Der Rest seiner geäußerten Vermutungen ging in einem schrillen Pfeifton unter. Die Laborleiterin wollte das Magnetfeld reduzieren, doch der Tesla-Wert ließ sich nicht regulieren. Nachdem einige Versuche, das Magnetfeld in den Griff zu bekommen, gescheitert waren, schloss Dr. Pullmann seinen Laptop an und versuchte, ein Havarieprogramm zu starten. Inzwischen bemerkte Frau Bach den Nebel draußen und vermutete, dass die Nebelbildung mit den geöffneten Lüftungs-klappen zusammenhing. Inzwischen hatte sich die violette Arbeitskurve stabilisiert und das Havarie-programm war angelaufen. Trotz aller gebotenen Eile waren über sechs Minuten vergangen, seitdem der Pfeifton die Arbeitshalle durchzog. Die Tesla-Werte gingen zurück, um gleich darauf erneut in die Höhe zu schnellen. Ausschläge zwischen zwölf und sechs-hundertzwanzig Tesla wechselten einander ab. Das Magnetfeld begann zu pulsieren. Auf dem Monitor zer-bröselte die violette Arbeitskurve und der schrille Pfeifton war in ein Fiepen übergegangen. Da das Betriebssystem des Quantenadapters ausgefallen war, hatte der Laptop die Steuerung der Anlage übernom-men und es gelang Pullmann, diese herunter zu fahren. Das Magnetfeld fiel allmählich zusammen und die Arbeitskurve verfärbte sich erneut und ging in eine rote Lineare über als Zeichen dafür, dass der Adapter seine Arbeit eingestellt hatte. Der Nebel verzog sich und der unheimliche Ton, den sich niemand erklären konnte, brach ab. Was war geschehen?

Dr. Pullmann drückte auf der Tastatur seines Laptops herum und betrachtete das Analyseprogramm. Die Messwerte des Versuchs liefen über den Bildschirm. Bisher nur Nebengrößen, doch dann kamen die Hauptparameter Geschwindigkeit und Beschleunigung. Mit dem Cursor klickte er das Rechenprogramm an, um den erzielten Zeitwert zu erhalten. 1,7 Milliarden Sekunden aber mit einem Minus versehen und rot unterlegt, zeigte der Bildschirm. Dr. Pullmann erblasste: »Wir haben die eins Komma sieben Milliarden Sekunden nicht erzeugt sondern v e r l o r e n.« Inzwischen war der Professor hinzugetreten. Er griff nach seinem Taschenrechner, kniff die Augen zusammen und murmelte im Selbstgespräch die entsprechende mathematische Formel. Nachdem er die Werte eingetippt hatte, las er das Ergebnis laut vor:

»Die eins Komma sieben Milliarden Sekunden entsprechen fünfundfünfzig Jahren. Das heißt im Adapter und, was den Nebel anbelangt, in einem uns noch nicht bekannten Gebiet, geriet die Zeit außer Kontrolle. Vermutlich gibt es jetzt einen Landstrich, der zum zweiten Mai neunzehnhundertfünfundvierzig zurückgekehrt ist. Wir müssen feststellen, ob Menschen zu Schaden gekommen sind.« Frau Krems-Lasker sprang auf und rannte hinaus. Pullmann folgte ihr. Sie standen gemeinsam auf dem Hof. Nichts geschah. »Über dem Eingang hängt eine Uhr«, erinnerte sich die Laborleiterin und wollte losgehen. »Die Uhr zeigt die Tageszeit aber nicht das Jahr an«, erwiderte Pullmann und hielt sie zurück. »Trotzdem, ich kann hier nicht ruhig stehen bleiben. Komm mit, Walter!«

Wenn sie allein waren, duzten sie sich. Eigentlich gab es keinen Grund, ihre Beziehungen geheim zu halten. Er,

Walter Pullmann war geschieden, sie lebte von ihrem Mann getrennt, der in der Hauptstadt beruflich und privat Fuß gefasst hatte. Als sie zum Eingang kamen, war nichts Auffälliges festzustellen. Die Uhr über der Pförtnerloge ging konform mit ihren Armbanduhren und auch sonst schien alles unverändert.

»Gut, das ich Sie sehe, Herr Doktor Pullmann«, sprach ihn ein Mann vom Wachdienst an und fuhr fort: »Vor wenigen Minuten waren alle Telefone tot und aus dem Kasten der Zentraluhr kamen so komische Geräusche, als ob jemand die Zeiger anhält, diese aber weiterlaufen wollen.«»Ist ihnen sonst etwas aufgefallen?«, fragte Krems-Lasker erwartungsvoll. Aber der Mann in der Pförtnerloge wusste nichts anderes zu berichten. Da er noch derselbe Mann war, wie vor dem Versuch, schien tatsächlich keine größere Havarie eingetreten zu sein. Der Erntewagen, von zwei Ochsen gezogen, erregte kein Misstrauen. Solche Fahrzeuge sind auch heute noch aus dem ländlichen Mecklenburger Straßenbild nicht wegzudenken. Den drei Ju 87 am Himmel hatte man jedoch keine Beachtung geschenkt, zumal das Motorengeräusch im Normalflug dem von Sport- und Geschäftsmaschinen ähnlich war. Im Aufenthaltsraum des Werkschutzes dagegen lief nur noch ein Grießeln über den Bildschirm des Fernsehgerätes, denn ein Empfang war nicht mehr gegeben. Der davor sitzende Wachmann war eingeschlafen und hatte den Ausfall nicht bemerkt. Ein Anderer, der dazu kam, schüttelte den Kopf und löste das Problem, indem er eine Video-kassette einlegte.

Professor Buch hatte inzwischen einen Krisenstab einberufen, nachdem er bemerkt hatte, dass die Telefonleitungen nach außen tot waren. Nur Gespräche innerhalb des Hausnetzes waren noch möglich. Er entschloss sich, den Kontakt zur Außenwelt durch einen Boten wiederherzustellen. Aber wen schicken? Und wer müsste zuerst benachrichtigt werden? Der Krisenstab wurde für elf Uhr einberufen. Bis dahin wollte Buch Klarheit haben. Es musste jemand zum Rathaus und zum Landkreis fahren.

»Habe ich alles: Laptop, das Protokoll des Professors über die Havarie, mein Handy, Fahrzeugpapiere, Ausweise?« Im Selbstgespräch ging Rainer Dolse noch einmal seine gedachte Checkliste durch, bevor er sich in seinen Wagen setzte, um im Auftrag des Professors persönlich Bericht über die Havarie zu erstatten und für die Wiederherstellung der telefonischen und visuellen Verbindungen zu sorgen. Als er auf der Landstraße den Ochsenkarren überholte, machte er sich noch keine Gedanken darüber, dass etwas geschehen sein könnte. Erst der entgegenkommende Lastwagen mit dem Badeofen hinter dem Fahrerhaus, aus dem es qualmte und stank, machte ihn stutzig. Das sah aus wie eine Holzgasanlage. Holzgas hatte als Treibstoff für Lastwagen im und einige Jahre nach dem Krieg gedient. Dunkel kamen Kindheitserinnerungen hoch. Alte Fotos fielen ihm wieder ein, auf denen er solche Provisorien und Erfindungen des Mangels gesehen hatte. Erschrocken hielt er an. Wenige Meter neben der Landstraße rauchte das Wrack eines Flugzeuges mit dem Hakenkreuz am Seitenruder. Dolse stieg aus und umkreiste das zerborstene Flugzeug, beziehungsweise das, was von ihm übrig geblieben war. Jetzt begriff er, was Pullmann gemeint hat, als er sagte: »Wir haben Zeit verloren.« Schlagartig war er sich bewusst, dass er auf einer deutschen Landstraße im Frühjahr neunzehnhundertfünfundvierzig, wenige Kilometer hinter der Front stand. Er kramte in seinen Geschichtskenntnissen und überlegte, wer von den alliierten Truppen ihm zuerst gegenüberstehen könnte. Doch bevor es dazu kam, wurde er von hinten regelrecht angeblafft: »Was machen Sie hier? Wer sind Sie überhaupt? Ihre Papiere!« Hinter Dolse stand ein typischer Polizist der Naziära. Auf dem rechteckigen Schädel des noch jungen Mannes thronte ein Tschako, dass den kantigen Eindruck noch verstärkte. Eng stehende Augen, die man gemeinhin Verbrechervisagen zuordnet, ruhten auf Dolse. Der Blick war ein Gemisch aus Neugier und Herablassung. Der Physiker schaute an sich herunter. Sein Aussehen musste Misstrauen erzeugen: hellgraue, modisch anliegende Hosen, dazu eine Lederjacke, bügelfreies Hemd und eine leuchtend blaue Krawatte aus einem Material, dass zu dieser Zeit für Textilien noch nicht verwendet wurde. Die ele-ganten Schuhe aus geflochtenem Oberleder sahen auch nicht nach Kleiderkarte im sechsten Kriegsjahr aus. Dazu sein Auto, das erst recht nicht in diese Zeit passte. Blitzartig fiel ihm eine mögliche Ausrede ein, die er dem Polizisten glaubhaft vermitteln könnte. Von der Heeresversuchsanstalt war da die Rede, von der Verlagerung wichtiger Teile der Wunderwaffe, die er mit sich führe und testen müsse. Zur Bekräftigung seiner Worte ließ er den verdutzten Beamten einen Blick in seinen Wagen werfen und auf dem Beifahrersitz Platz nehmen. Er schaltete den Laptop ein, nachdem er diesen über den Zigarettenanzünder angeschlossen hatte. Der aufleuchtende Bildschirm faszinierte den Polizisten derart, dass er sein berufliches Misstrauen aufgab und das Geschehen auf dem Computer atemlos verfolgte. Dolse erzählte ihm etwas von einem Steuergerät für die Wunderwaffe, dass er hier mit sich führe. Auf dem Bildschirm hatte sich das Programm inzwischen stabilisiert und zeigte die Karte von Ost-Mecklenburg. Der Bereich des Institutes war rot eingerahmt. Der Polizist

erkannte die Landkarte und fragte, was denn das einge-
rahmte Feld zu bedeuten habe. Mit der Antwort, dass es
sich dabei um die Absturzstelle des Flugzeuges handle,
war Dolse bei der Halbwahrheit geblieben.

Mit ein paar Griffen taktete sich der Physiker in das
Zeitprogramm des Adapters ein und klickte die rot
markierte Fläche an. Auf dem Bildschirm wurde ein
neues Menü-Fenster sichtbar, in dem der Wert der verlorenen Zeit eingetragen war zu dem Zeitpunkt, als der
Versuch abgebrochen werden musste. Dolse griff zu
den Unterlagen, die ihm Professor Buch mitgegeben
hatte. Der Wert auf dem Bildschirm stimmte mit der
Protokolleintragung des Professors überein.

Während seiner Recherchen hatte er den neben ihm
sitzenden Polizisten völlig vergessen. Erst mit der
Aufforderung, sich nun endlich auszuweisen und mit-
zukommen, brachte sich dieser wieder in Erinnerung.
Der Versuch, den Mann loszuwerden, schlug fehl.
Dolses Hinweis, dass er nach Greifswald müsse, konterte der Wachtmeister mit dem Vorwurf, er wolle mit
den wichtigen Unterlagen zu den Russen überlaufen.
Dolse versprach, gleich zur Verfügung zu stehen, er
wolle nur noch seine Berechnung abschließen. Damit
konnte er den immer nervöser werdenden jungen Mann
an seiner Seite beruhigen. Dieser hatte bereits seine
Null-acht gezogen. Dolse korrigierte den Zeitwert von
minus 1,7 Milliarden Sekunden auf plus 1,7 Milliarden
und verschob den Wert mit der Maus in dem roten
Rahmen auf der Landkarte. Mit dem Schlag auf die
Enter-Taste setzte das Fiepen ein, wie er es aus dem
Werk kannte. Dolse startete den Motor und fuhr los.
Kaum waren sie über einen kleinen Hügel, empfing sie
eine dichte Nebelwand, die er, ohne vom Gas zu gehen,
durchbrach. Als Dolse die Pistole an seiner Schläfe
spürte, packte ihn Wut. Mit einem kräftigen Hand-

kantenschlag, die man dem unscheinbar wirkenden Mann nicht zugetraut hätte, schlug er gegen den Lauf der Waffe. Der Schuss, der dabei losging, blieb in der Kopfstütze stecken und die Pistole landete auf der hinteren Sitzbank. Schlagartig endete der Fiepton und der Nebel lichtete sich umgehend. Vor ihnen war die Straße asphaltiert und die Sonne schien freundlich vom Maihimmel herab. Nun gab Dolse richtig Gas. Die Tachonadel schnellte auf 120 hoch. Der Polizist wurde blass und kniff die Lippen zusammen. Die Situation überforderte ihn immer mehr. Erst die neuartigen Geräte in diesem Auto, dann seine plötzliche Entwaffnung durch diesen merkwürdigen Zivilisten. Er fühlte sich zunehmend als Versager und der Situation nicht mehr gewachsen.

Am Straßenrand standen zwei Mädchen und winkten, um mitgenommen zu werden. Als Dolse nahe genug herangekommen war, sah er, er war wieder in der Gegenwart angekommen. Die Mädchen trugen Jeans und T-Shirts mit Kapuzen. Er bremste den Wagen scharf ab und sein Beifahrer, der keinen Gurt angelegt hatte, hatte Mühe, das Bremsmanöver unbeschadet zu überstehen. Als der Wagen stand, drehte sich Dolse um und steckte sich die Waffe ein, bevor die beiden Anhalterinnen etwas bemerkten. Dem Polizisten versprach er, ihn an der nächsten Polizeistation abzusetzen. »Ihre Waffe bekommen Sie selbstverständlich zurück«, konnte er gerade noch sagen, ehe die beiden Mädchen, erfreut eine Mitfahrgelegenheit gefunden zu haben, die Türen aufrissen und sich auf die hinteren Plätze fallen ließen. Der Polizist starrte die beiden wie Wesen aus einer fernen Welt an. Auch die Mädchen beäugten den Beifahrer aufmerksam. Einen Polizisten vor sich zu haben, kam ihnen dabei nicht in den Sinn. Die eine, die sich mit Manuela vorstellte, fragte noch, welchem Trachten- oder Schießverein er denn angehöre. Der Mann in seiner Uniform saß da mit versteinertem Gesicht und antwortete nicht. Um die Situation zu überspielen, fragte Dolse sie nach ihrem Wohin. Als die Mädchen als Ziel ebenfalls Greifswald nannten, konnte sich der Polizist die Frage nicht verkneifen, wer denn nun den Verstand verloren habe. »Warten Sie es ab, Herr Wachtmeister, es klärt sich alles auf. Sehen Sie, vor uns liegt Greifswald.« Bei diesen Worten passierten sie das gelbe Ortseingangsschild. »Aber wieso...?«, stotterte er. Beruhigend legte Dolse seine Hand auf die seine. »Glauben Sie nun, dass ich kein Deserteur bin?« An dem weißen Wegweiser mit der Aufschrift *Polizei* bog der Wagen ab und hielt vor dem Klinkerbau aus der Gründerzeit an. Das Gebäude kam unserem Polizisten bekannt vor und sein Gesicht entkrampfte sich. Dolse gab ihm, von den Mädchen unbemerkt, seine Pistole zurück und verabschiedete sich. Der Wachtmeister bestand nicht mehr auf der vorläufigen Festnahme und ließ ihn weiter fahren. Von den Fahrzeuginsassen unbemerkt, notierte er sich, bevor er das Gebäude betrat, noch das Fahrzeugkennzeichen.

»Der war wohl von gestern?«, meinte die Kurzhaarige, die auf den Namen Silvia hörte. »Das kann man so sagen«, entgegnete Dolse und konnte ein Schmunzeln nicht unterdrücken.

IV

»Melde, Herr Hauptmann, in dem Wäldchen nördlich von uns liegen deutsche Panzer unbekannten Typs. Deren Kommandeur wartet vor ihrem Unterstand.« Diese Meldung erstattete ein Unteroffizier, der den Ankömmlingen entgegentrat. Bär und Gabriel stiegen aus und befahlen dem Fahrer, den Wagen unter den Bäumen abzustellen und zu tarnen. Scholz hörte nur unkonzentriert zu, fuhr den Wagen, wie befohlen, unter eine Baumgruppe, verzichtete aber auf weitere Tarnmaßnahmen und rannte zu den anderen zurück. Auch der empörte Zuruf der anderen Fahrer konnte ihn nicht daran hindern.

»Herr Oberleutnant, hat der Unteroffizier von der Wehrmacht seinen Namen genannt?« fragte der Fahrer atemlos. Bär blickte zerstreut auf. Die Anwesenheit der Panzer, unter der Führung des Oberfeldwebels Homann, stellte ihn vor eine völlig neue Situation. Nur beiläufig fragte er: »Was ist mit diesem Unteroffizier?«

»Er ist mein Großvater und heißt Richard Scholz.« Für einen Moment zweifelte der Oberleutnant am Geisteszustand seines Fahrers. Doch dann wurde er sich des Kuriosums erneut bewusst, in dem sich die Männer der Bundeswehr befanden. Bär ermunterte ihn, diesen Unteroffizier, der wie ein größerer Bruder wirkte, darauf hin anzusprechen. Der junge Scholz brauchte gar nicht lange zu warten, da trat dieser an ihn heran und machte ihm unmissverständlich klar, dass er den Wagen nicht ordnungsgemäß getarnt habe. Torsten Scholz versprach das umgehend nachzuholen. Doch erst einmal wollte er Gewissheit haben, dass sein Gegenüber Richard Scholz hieß und sein Großvater sei. Erneut stand er einem Manne gegenüber, der seine geistige Verfassung in Frage stellte.

»Um Großvater zu werden, müsste ich erst einmal Vater werden. Ich habe zwar von ihrer merkwürdigen Herkunft gehört, hielt das aber für eine Ente, die man aus Geheimhaltungsgründen verbreitet.« Torsten erzählte seinem Großvater, dass er im Jahr 2000 lebe und dessen Jugend- und Soldatenzeit von Fotos her kenne. Irrtum ausgeschlossen, zumal der Name stimmt. »Du bist vor zwei Jahren mit achtundsiebzig gestorben, Opa«, fügte er leise und traurig hinzu. Der Unteroffizier starrte seinen vermeintlichen Enkel an und wusste nicht, was er von all dem halten sollte. Plötzlich löste sich ein befreiendes Lachen und er umarmte den jungen Mann: »Wenn das stimmt, was du sagst, dann komme ich hier mit heiler Haut davon und überlebe den Krieg.«

»Ja Großvater, so ist es. Am linken Unterschenkel hast du eine große Narbe von einem Granatsplitter«, fügte Torsten erklärend hinzu. Demonstrativ zog der Unteroffizier seinen Stiefel aus und schob das Hosenbein hoch. An der Wade leuchteten eine frische rote Narbe und daneben in schöner Regelmäßigkeit die Einstiche der Naht, die der Chirurg gelegt hatte. »Liegt jetzt ein viertel Jahr zurück«, erklärte der Großvater. Nachdem der Enkel sein Wissen um die Narbe kundgetan hatte, war jeder Zweifel ausgeschlossen. Woher sonst sollte der junge Bursche, der erst wenige Minuten hier und dem er bisher nie begegnet war, von der Verwundung wissen?

Zum Staunen blieb jedoch keine Zeit. Ein gegnerischer Panzerangriff, kombiniert mit aufgesessener Infanterie, die unverwechselbare russische Angriffstaktik, wurde gemeldet. »Wenn Sie uns nicht helfen, werden wir die Stellung kaum halten können«, rief der Hauptmann den Männern der Bundeswehr zu und unterstellte sie gleichzeitig seinem Kommando. Trotz der dubiosen Situation, in der sich die Leopard-Besatzungen befanden, überquerten sie doch rechtzeitig die deutschen Gräben und fingen den Gegner im Vorfeld der Hauptkampflinie ab. Den fünf Leoparden standen etwa fünfzehn T 34 gegenüber. Die russische Infanterie war längst abgesessen, als die Panzer ihre Kämpfe eröffneten. Als die Russen fünf Panzer auf sich zukommen sahen, hatten sie keine Ahnung, was da im

wahrsten Sinne des Wortes auf sie zu rollte. Routinemäßig versuchten die Flügelpanzer eine Umfassung, um ihnen den Rückzug abzuschneiden. Trotz fehlender Kampferfahrung befahl Homann seinen Panzern zur rechten und zur linken, diesem Vorstoß zu begegnen. Mit der Geschwindigkeit eines schnell fahrenden PKWs rasten die Leoparden den T 34 entgegen und schossen sich den Weg frei. Es musste schnell gehen, wollte man den technischen Vorteil einer größeren Reichweite und besseren Manövrierfähigkeit nicht einbüßen. Wenn es den Russen gelänge, sie einzukreisen und aus relativ kurzer Entfernung zu beschießen, wäre dieser Vorteil verspielt. Die zahlenmäßige Überlegenheit an russischen Panzern hätte gefährlich werden können. Auf die Durchschlagsfestigkeit ihrer Panzerung wollten sich die Besatzungen nicht unbedingt verlassen. Die hohe Geschwindigkeit war auf die Entfernung noch nicht erkennbar, umso mehr jedoch die präzisen Einschläge und Treffer. Nach fünf Schüssen waren bereits vier T-Panzer zum Stehen gekommen. Ein brennender Leopard blieb, Dank funktionierender Feuerlöschanlage, einsatzfähig. Nachdem über die Hälfte der angreifenden T 34 abgeschossen waren und die Deutschen noch Verstärkung durch einige Tiger-Panzer erhalten hatten, zogen sich die Russen zurück. Es waren noch keine dreißig Minuten vergangen, da tauchten die deutschen Panzer vor den russischen Stellungen auf. Ein gut getarntes Pak-Geschütz zerschoss einem Leoparden die Kette, konnte aber nicht verhindern, danach von diesem höchst selbst abgeschossen zu werden. Die deutsche Besatzung beeilte sich, nachdem sie noch einige Granaten abgefeuert hatte, so schnell wie möglich wegzukommen und verließ ihr angeschossenes Fahrzeug.
Auch die übrigen Panzer setzten, nachdem der Gegner

seine Gräben geräumt hatte, die Verfolgung nicht fort. Die Treibstoffsituation ließ größere Aktionen nicht mehr zu. Und so zog man sich in die Ausgangsstellungen zurück und überließ es den Kameraden von der Wehrmacht, aus dem erfolgreichen Gegenangriff einen Sieg zu machen.

V

Die Virtuosin in ihrem langen Kleid war eine Augenweide. Auch die Männer, die nichts für Violin-sonaten übrig hatten, folgten aufmerksam dem Geigenspiel. Unter dem schulterfreien Samtkleid schauten nur die Schuhspitzen heraus. Wenn auch unterhalb des Dekolletés keine Haut mehr sichtbar war, konnte sich jeder von der Richtigkeit des Spruches aus vorchristlicher Zeit überzeugen, dass ein gesunder Geist nur in einem gesunden (und gut gebauten) Körper ruht. Dieser Spruch hatte nichts an Aktualität eingebüßt. Diese und andere Gedanken gingen Pullmann durch den Kopf, während er der Violine lauschte. Ein Blick auf den Programmzettel auf Hochglanzpapier sagte ihm, dass es sich um ein Stück von Mozart handelte. Selbst die Nummer des Köchelverzeichnisses fehlte nicht. Mit einem senkrechten Abschwung des Geigenbogens ging dieser Satz zu Ende. Einige Sekunden der Stille schlossen sich an, bevor das unvermeidliche Hüsteln und Räuspern des Publikums einsetzte. Mit einem kurzen Blickkontakt verständigte sich der Dirigent mit der Solistin, dann folgte der nächste Satz. Als ob sie die erotischen Abschweifungen ihres Nachbarn während der Darbietung durch die junge Künstlerin erraten hätte, griff Renate, während die Violine erneut einsetzte, nach seiner Hand. Die turbulenten Ereignisse der letzten Tage hatten die beiden Wissenschaftler auch persönlich näher gebracht. Walter spürte ihren Händedruck und drehte ihr sein Gesicht zu. Der Blick wurde erwidert. Ihm kam wieder jener Abend ins Gedächtnis, an dem ihnen erstmalig, nach Behebung der Havarie, gestattet wurde, dass Institutsgebäude zu verlassen.

»Mach dir es bequem. Fühl dich wie zu Hause.« Diese Aufforderung war an Renate Krems-Lasker gerichtet, während Walter Pullmann die Wohnungstür aufschloss und seine Kollegin sacht hinein schob. »Für mich bitte nur ein Glas Wein oder Saft. Ich möchte jetzt nichts Warmes trinken.« Erst als er den Silvaner entkorkt hatte, die Gläser in der Hand hielt, merkte er, dass Renate nicht im Wohnzimmer saß, wo er sie vermutete. Sein Ruf nach ihr wurde nur durch ein kurzes »Hier!« beantwortet. Es kam aus seinem Schlafzimmer. Sie stand vor dem Spiegel und bürstete sich ihr Haar. Bekleidet war sie nur mit einem schwarzen Slip. Lächelnd nahm sie das volle Weinglas und prostete ihm aufmunternd zu. Ihr Anblick irritierte ihn etwas. Nicht, dass er eine solche Entwicklung ihrer Beziehung ausgeschlossen hätte, aber die plötzliche Konfrontation mit seinen Sehnsüchten stellte eine freudige Überraschung dar. Ihre Brüste waren wohlgeformt und zeigten noch jugendliche Festigkeit, ohne durch exorbitante Größe alle männliche Aufmerksamkeit auf sich zu ziehen. So entging ihm nicht, dass der transparente Slip, den darunter verborgenen Haarwuchs symmetrisch in Form eines gleichschenkligen Dreiecks abdrückte. Der Ansatz von Bauch und die leichten Pölsterchen auf den Hüften unterstrichen ihre Fraulichkeit, was ihn mehr faszinierte als der schlanke Körper eines jungen Mädchens. Behutsam stellte er, nachdem sie angestoßen hatten sein Weinglas ab, zog ihr den Slip vom Körper und hob sie, in den Kniekehlen haltend, hoch, was sie mit einem schreckhaften »Huch!« kommentierte. Ihren Körper mit den angewinkelten Beinen drehte Walter in Richtung Spiegel. Zwischen ihren Schenkeln wurde das pflaumenförmige Etwas deutlich sichtbar, dem jetzt seine ganze Aufmerksamkeit galt. »Eigentlich wollte ich schon im Bett liegen, wenn du kommst.« Da sie ihn dabei ansah, war ihr entgangen, welchem Körperteil sein Blick im Spiegel galt. Ohne zu antworten legte er sie auf dem Doppelbett ab, von dem er sich auch nach seiner Scheidung nicht getrennt hatte. Dann riss er sich im Eiltempo seine Sachen vom Leib und platzierte sich neben ihr, damit sie, wie er sich ausdrückte, nicht lange frieren müsse... .

Inzwischen waren schon einige Stunden vergangen, seit der Professor seinen Mitarbeiter Dolse nach Greifswald entsandt hatte, um persönlich von der Havarie zu berichten. Außer dem Verlust der Telefon- und Fernsehverbindung zur Außenwelt war bisher nichts passiert, was die Menschen im Institut als bedrohlich oder gar lebensgefährlich empfunden hätten. Erst als der Wind sich drehte, war aus westlicher Richtung Geschützdonner und Kampfeslärm von der Front her zu vernehmen und es drohte eine Panik auszubrechen.
Dolse brauchte eine Weile, ehe er den zuständigen Abteilungsleiter fand. Er berichtete ihm von der Havarie und wie es ihm gelungen war, aus dem »Jenseits« zurückzukommen. Ungläubigkeit stand auf den Gesichtern seiner Zuhörer. Einer bestätigte lediglich, dass keine Telefonate mit der Versuchsstation möglich seien und die Leitung schon seit Stunden tot sei. Um seine Behauptungen zu beweisen, forderte Dolse, doch bei der Polizei anzurufen: »Ich habe unter-

wegs einen Polizisten von neunzehnhundertfünfundvierzig mitgenommen und ihn bei seinen heutigen Kollegen abgeliefert. Der Polizeiwachtmeister heißt Harald Ponske.« Der Anruf bei der Polizei bestätigte das Gesagte. Es wäre heute tatsächlich ein lebendes Polizistenfossil hier aufgetaucht und man stünde vor der Entscheidung dem Manne zu glauben oder ihn in die Psychiatrie einzuweisen. Am Telefon bestätigte Dolse dem Revierleiter, den Mann tatsächlich mitgebracht zu haben und berichtete ihm in polizeiverständlicher Weise von der Havarie. Den Vorwurf nicht sofort bei der Polizei vorbeigekommen zu sein wiegelte Dolse ab. Die technische Behebung des Schadens und die Rettung der Menschen hätten doch Vorrang.

Den Vorschlag, sofort zum Institut zu fahren, lehnte er ab. »Sie werden nichts vorfinden«, erklärte der Physiker. Zur Demonstration schaltete er seinen Laptop ein und zeigte auf den eingerahmten Bereich der Landkarte, die auf dem Bildschirm aufleuchtete. »Was war dort neunzehnhunderfünfundvierzig?«, fragte er und lieferte zugleich die Antwort: »Wald und Wiese. Wenn sie Pech haben, stoßen sie auf russische Streitkräfte oder auf Wehrmachtseinheiten.«

»So kommen wir nicht weiter«, meinte der Abteilungsleiter und forderte, sich mit dem physikalischen Institut der Universität in Verbindung zu setzen. Dort legte Dolse vor den Fachkollegen noch einmal die Havariesituation dar und untermauerte seine Ausführungen mit den von Professor Buch erhaltenen Unterlagen. Buch war eine anerkannte Kapazität und die Kollegen von der Universität hatten begriffen, was geschehen war. Sie selber verfügten in ihren Labors über keine derartigen Anlagen wie im Institut. Blieb nur die Möglichkeit, eine Verbindung zu den »Eingeschlossenen« herzustellen. Aber wie? Dolse lehnte den Vorschlag ab, erneut in die Vergangenheit zurückzukehren. »Schiffsbrüchige berge man, indem sie aus dem Wrack herausgeholt oder, auf dem Meer treibend, aufgenommen werden, aber nicht, indem der Retter auf das Wrack klettert oder ins Rettungsboot springt.« Mit diesem Vergleich begründete er seine Ablehnung und machte noch einmal deutlich, dass eine Havariesituation vorläge, wenn auch keine akute Lebensgefahr für die im Zeitfenster Eingeschlossenen besteht. Vielleicht funktionierte die drahtlose Verbindung über das Handy in Verbindung mit der Zeitsoftware, die auf Dolses Laptop installiert war. Die Physiker setzten sich zusammen. Zuerst überspielten sie die Werte vom Laptop in ihren Rechner. Er war doch etwas leistungsfähiger als der Laptop. Die Kunst bestand darin, die Handy- oder Festnetznummern des Institutes aus der Vergangenheit heraus zu aktivieren.

VI

Am Rednerpult stand Professor Doktor Doktor Norbert Stockfisch, der Dekan der Fakultät und seines Zeichens ebenfalls Physiker. Nein, seinem Namen machte er keine Ehre. Engagiert, humorvoll, eher Manager als Gelehrter führte er seinen Lehrstuhl und die Fakultät. *»Was man den Geist der Zeiten heißt, ist oft der Herren eigner Geist, in dem die Zeiten sich bespiegeln... .* Als der Dichterfürst, meine Damen und Herren, diese Worte seinem Faust in den Mund legte, konnte er von den jüngsten Ereignissen, ich will es vorsichtig ausdrücken, die uns in Bedrängnis brachten, noch nichts wissen. Ich bin überzeugt, die Beteiligten und Betroffenen werden diese Worte heute und hier aus ihrer Sicht neu interpretieren... .«
Pullmann dachte an den Augenblick zurück, als das

Telefon klingelte. Erst glaubte er wieder an so einen Anruf vom Sicherheitsdienst, dass vielleicht vergessen wurde, einen Kellerschlüssel abzugeben. Dann vernahm er die Stimme von Norbert Stockfisch am anderen Ende. Den Kollegen draußen war es gelungen, wenigstens telefonisch Kontakt zu den Zeitversetzten herzustellen. Stockfisch und Pullmann waren alte Studienfreunde. Sie hatten viele Gemeinsamkeiten in ihrer Jugend. Wie sich später herausstellte, auch eine Zeit lang das gleiche Mädchen, dem sie ihr Interesse, ihre Liebe und das schmal bemessene Geld widmeten. Sie hieß Elvira, hatte sich aber dann von der akademischen Jugend ab- und dem Mittelstand (Fa. Kubek KG, Fischereibedarf) zugewandt. Norbert und Walter nahmen es gelassen. Sie stellten im Nachhinein fest, dass sie nicht nur Brüder im Geist, sondern offensichtlich auch in der Erotik seien. Nach dem Studium trennten sich ihre Wege dienstlich und privat. Erst als Pullmann mit der Einrichtung des Institutes wieder in die räumliche Nähe zu Stockfisch gerückt war, kam es zu einer lockeren Wiederbelebung der alten Freundschaft. Umso überraschter war Pullmann, als aus der zeitlichen Isolierung heraus die Stimme seines Studienfreundes erklang. Mit dem gelungenen Anruf war das Problem noch nicht gelöst.

Aber alle im Würgegriff der Nichtzeit befindlichen hatten neuen Mut gefasst. Wussten sie doch, dass es einem von ihnen gelungen war, in die Gegenwart zurückzukehren und eine Verbindung herzustellen.

»Tak, tak, tak, klick.«
»So, nun habe ich noch einen Gurt«, sagte der Gefreite zu seinem Unteroffizier, der neben ihm auf der Grabenkante hockte. Routiniert wurde der Patronengurt gewechselt und das Maschinengewehr feuerbereit

gemacht. In der Ferne tauchten erneut Panzer auf. Neun, es konnten auch elf sein und dahinter die Infanterie. So genau war das auf die Entfernung ohne Glas nicht zu erkennen. Die Soldaten warteten, bis der Gegner näher heran war. Die Pak neben ihnen eröffnete das Feuer. Die Einschüsse lagen neben oder vor den Panzern. Am Aufblitzen der Panzerkanonen erkannten sie, dass der Russe das Feuer erwiderte. Die Granaten schlugen in gefährlicher Nähe ein. Die Gefahr, die von der deutschen Pak für die Russen ausging, schien nicht allzu groß zu sein. Kein Wunder bei den ausgeleierten Rohren. Ein ordentlicher treffsicherer Schuss war mit diesen Geschützen selten geworden. Auch die Männer in den russischen Panzern kannten das wachsende Dilemma der Deutschen und sahen in der Pak keine wesentliche Gefahr für sich. Noch einige Meter näher heran und die Pak würde von ihnen erfolgreich unter Beschuss genommen werden. »Wenn der Gurt halb leer ist, dann ab nach hinten«, befahl der Unteroffizier. Er und seine Männer hatten keine Lust, sich überrollen zu lassen. Plötzlich krachte es erneut hinter ihnen. Drei Abschüsse waren zu hören und drei Panzer blieben brennend stehen. Kurz darauf überquerte ein Tiger die Gasse neben dem Schützengraben, gefolgt von fünf Ungetümen, die die Soldaten noch nie gesehen hatten. Die Motoren brummten vergleichsweise leise im Gegensatz zu dem Krach, den der eigene Panzer machte. Kaum hatte der Führungspanzer die Gräben passiert, schoss er eine Leuchtkugel ab und die nachfolgenden Panzer gingen zur Gefechtsordnung über. Schnell überholten sie den Tiger, der sie herangeführt hatte, und schwärmten auf dem Gefechtsfeld aus. Die Männer in den Gräben hatten sich überrascht aufgerichtet, um das Manöver dieser neuen Kampfmaschinen zu beobachten. »Die Wunderwaffe«, flüsterte ein junger Rekrut, der gerade noch die Schulbank gedrückt hatte. Ein älterer Mann mit der Binde des Volkssturms am Ärmel schüttelte nur ungläubig und wortlos seinen Kopf. Der Turm dieser Panzer war wesentlich flacher als bei den bisher bekannten Modellen, und was besonders auffiel, war, dass sie während der Fahrt schossen und dabei trafen. Der Gefreite hinter seinem MG sah mit eigenen Augen, wie eine russische Granate auf dem Turm eines der Panzer aufschlug, explodierte und dieser doch unbeschädigt seine Fahrt fortsetzte. Von den russischen Panzern waren noch zwei oder drei übrig. Die Infanterie, die begleitend nebenher gelaufen war, hatte längst Reiß aus genommen.»Vorwärts!«, ertönte der Befehl und die Soldaten der Wehrmacht schöpften Hoffnung und rannten los. Der Gefreite klemmte sein Maschinengewehr unter den Arm und vergaß, dass er fast keine Munition bei sich hatte. Halb links hatten einige Russen Stellung bezogen und ihre Panzerfaust auf einen der Leoparden gerichtet. Mit einem kurzen Feuerstoß aus seiner Waffe vereitelte der Deutsche deren Tun.

Die Panzer unter der Führung des Oberfeldwebels Homann hatten inzwischen die russischen Stellungen erreicht und durchbrochen. Mehrere russische Panzerabwehr-Geschütze lagen neben einer Baumgruppe in Stellung und versuchten, das weitere Vordringen der Deutschen zu verhindern. Auch hier erwiesen sich die größere Reichweite und Präzision der Panzerkanonen als taktischer Vorteil. Nach zwei, drei gezielten Schüssen war weder von den Bäumen, noch von dem, was darunter gestanden hatte, viel übrig geblieben. Nur einige qualmende Granattrichter und Reste von Geschützteilen verrieten dem Betrachter die ehemalige Stellung der Russen. Beim Erscheinen russischer Jagdbomber am Himmel befahl Homann:»Einnebeln!« und die Leoparden verschwanden hinter einer Nebelwand, hatten aber rechtzeitig ihre Marschrichtung geändert. Einige Bombenabwürfe blieben somit glücklicherweise folgenlos. Trotzdem war sich der Panzerkommandant klar, dass es nicht ewig so weitergehen konnte. Als heute Morgen die Bitte an ihn herangetragen worden war, erneut in das Kampfgeschehen einzugreifen, hatte er sich nur unter der Bedingung dazu bereit erklärt, dass ihnen ausreichend Treibstoff bereitgestellt würde. Das Dieselöl des Jahres 1945 war für die Vielstoffmotoren der Leoparden geeignet. Wesentlich kritischer gestaltete sich der Munitionsverbrauch. Da konnte ihnen die Wehrmacht keine adäquaten Granaten zur Verfügung stellen.

Die Tiefflieger waren abgedreht und der künstliche Nebel verflogen. Vor ihnen lag eine der typischen Mecklenburger Chausseen mit ihrem dichten Baumbestand. Die Kronen der Bäume bildeten ein Dach über der Landstraße und waren somit ein idealer Sichtschutz vor feindlichen Fliegern. Bemüht, keinen der alten Chausseebäume zu beschädigen, reihten sich die Panzer in Marschordnung auf der Straße ein. Da die Männer der Bundeswehr nicht genau wussten, wo sie waren, nutzte ihnen auch ihre Landkarte nichts, die sie bei sich hatten. Sie entschlossen sich dann, nach Südosten zu marschieren. Ein Führungspanzer sollte etwa hundert Meter vorausfahren, um eventuelle Feindberührung rechtzeitig melden zu können. Sie waren noch keine zehn Minuten auf der Chaussee, da meldete der Führungspanzer einen Stau durch eine russische Fahrzeugkolonne. Ein Lastkraftwagen lag mit Achsenbruch fest und stand quer, so dass die Straße in beiden Richtungen unpassierbar war. Hinter dem defekten Fahrzeug stauten sich Lastkraftwagen, Pferdefuhrwerke, kurzum alles, was der russische Nachschub an Transportmitteln einsetzte. Emsig bemühten sich die Soldaten des Trains, den Wagen von der Fahrbahn zu schieben, was jedoch ohne technische Hilfsmittel ein aussichtsloses Unterfangen blieb. Das plötzliche Auftauchen der Panzer unterbrach die Bergungsarbeiten. Zuerst dachten sie, es seien eigene. Erst als die Panzer unmittelbar vor ihnen hielten und das schwarze Balkenkreuz sichtbar wurde, brach Panik aus. Die große Masse der Russen rannte durcheinander und ergriff die Flucht. Nur ein beherztes Häuflein scharte sich um den Kommandeur der Nachschubeinheit und ging im Straßengraben in Stellung. Die Männer in den Panzern hatten gleich erkannt, dass sie den Gegner vor sich hatten. Die Fuhrwerke, das Geschirr, mit denen die Pferde eingespannt waren, und selbst die Lastkraftwagen wirkten so primitiv und passten so wenig in ihr Bild von deutscher Technik. Letzter Zweifel wurde ausgeräumt, als sie die kopflos gewordenen Soldaten bei ihrer Flucht vor sich sahen. Die Käppis und Stahlhelme legitimierten sie als zum Gegner gehörig. Die Panik und Kopflosigkeit der meisten passte auch nicht in das Bild, dass sie sich von ihren Großvätern machten. Homann überlegte, ob er den ganzen Konvoi zusammenschieben sollte, um sich die Durchfahrt zu erzwingen, zumal die Mehrzahl der Männer ohnehin geflohen war. Zwei Umstände ließen ihn jedoch zögern und er befahl: »Stopp!« Bei der Flucht hatten die Kutscher ihre Pferde im Stich gelassen und die armen Tiere, die übermüdet in ihren Deichseln hingen, wären Opfer seiner Attacke geworden. Und dann war da noch der Sanitätswagen mit dem roten Kreuz auf Dach und Türen. Die beiden Männer in der Fahrerkabine waren sitzen geblieben. Der eine trug einen weißen Kittel über der Uniform, vermutlich war er ein Arzt. Sie harrten mit zusammengekniffenen Lippen aus und waren gewillt, das Schicksal der auf der Ladepritsche liegenden Verwundeten zu teilen. Der Spitzenpanzer hatte sich bis auf etwa fünfzig Meter dem defekten, zur Straßensperre gewordenen Lastkraftwagen genähert und hielt an. Stille lag über der Szene. Niemand und nichts bewegte sich. Kein Mensch war mehr zu sehen, von den beiden im Sanitätswagen abgesehen. Die in Deckung gegangenen Russen hatten sich gut getarnt. Trotzdem wussten die Männer in ihren *Leoparden*, wo etwa die gegnerischen Soldaten lagen. Homann beriet sich mit den Männern seines Panzers. Sollte er die Luke öffnen und mit den Russen sprechen? »Tu es nicht!« rieten ihm seine Soldaten. Da kam dem Oberfeldwebel eine Idee. Über Funk dirigierte er einen seiner Panzer von der Straße herunter in das angrenzende Getreidefeld mit der Absicht, die in Stellung gegangenen Russen in die Zange zu nehmen und von hinten angreifen zu können. Der Panzer ruckte an. Vorsichtig, sich zwischen den Alleebäumen hindurch manövrierend, rollte er in das Feld, richtete seine Kanone auf die im Graben in Stellung gegangenen Russen und hielt. Jetzt öffnete Homann seine Luke, stemmte sich auf den Turm hinaus und hob beide Hände. Der russische Hauptmann begriff: die Deutschen wollten verhandeln. Mit einer Geste gebot er seinen Männern, die Waffen herunter zu nehmen. »Wer ist der Kommandant dieser Kolonne?«, fragte der Oberfeldwebel laut in Richtung Straßengraben. Der Hauptmann erhob sich zusammen mit einem älteren Feldwebel, den er als Dolmetscher ausersehen hatte. Die beiden traten an den Deutschen heran. »Was war das für ein Mensch?«, dachte der russische Hauptmann. Auf dem Tarnanzug des Deutschen war nirgends ein Hakenkreuz zu erkennen, und außerdem grüßte dieser Mann militärisch und nicht mit ausgestrecktem Arm, dem so genannten Hitlergruß. Mit »Oberfeldwebel« stellte er sich vor. Auch die Schulterstücke eines deutschen Oberfeldwebels hatte er anders in Erinnerung. Diese, seines Gegenübers ähnelten vom Prinzip denen der russischen Feldwebel, die ebenfalls ohne Sterne, nur aus unterschiedlich angeordneten Balken und Streifen bestehen. Der Mann wirkte ausgeglichen, ruhig und ausgeruht, nicht wie ein Soldat, den man seit nunmehr zwei Jahren von Niederlage zu Niederlage westwärts getrieben hatte. Er machte eher den Eindruck wie aus einer anderen Welt. Dieser Anschein wurde verstärkt, als die Russen den Panzer, dem der Deutsche entstiegen war, aus nächster Nähe vor sich sahen. Verglichen mit diesem, wirkten die eigenen eher wie Spielzeug. Der lange, flache Turm und der mächtige Lauf der Panzerkanone stachen ins Auge.

»Ich schlage Ihnen vor, bei der Bergung des defekten LKWs zu helfen. Wir werden diesen von der Straße ziehen. Danach kann jeder seiner Wege gehen, so, als wären wir uns nie begegnet«, schlug der Oberfeldwebel der Bundeswehr dem sowjetischen Hauptmann vor. Dieser nickte bestätigend. Beide grüßten sich militärisch und gingen auseinander. Die Hände reichten sie sich dabei nicht. Die Männer machten sich an die Arbeit. Der defekte Lastkraftwagen führte glücklicher Weise eine Stahltrosse mit. Homann dirigierte einen zweiten Panzer auf das Feld und seine Männer befestigten die Stahltrosse an diesem. Behutsam, ohne den Wagen umzukippen zog der Panzer den LKW von der Straße, so dass die Ladung unbeschädigt blieb und jederzeit abgeholt werden konnte. Mit großer Sorge hatte der Militärarzt die Aktion verfolgt. Als der Lastkraftwagen auf dem Feld abgehängt wurde, ging er spontan auf Homann zu und drückte ihm dankbar die Hand. Durch Gesten und in gebrochenem Deutsch machte er ihm klar, dass zwei wertvolle Kartons mit Antibiotika auf dem Wagen lagen, die Dank der behutsamen Vorgehensweise unbeschädigt geblieben waren. Beide Konvois setzten sich in Bewegung. Bei den Russen gab es noch eine Schwierigkeit. Einige Fuhrwerkslenker hatten die Flucht ergriffen und die verwaisten Wagen mussten nun durch andere Soldaten besetzt werden. (Die Flüchtigen wurden später von der eigenen Militärpolizei aufgegriffen und erschossen.) Der Train schien unendlich lang. Weiter hinten hatten die Fuhrleute und Fahrer nicht mitbekommen, was sich an der Spitze inzwischen abgespielte. Sie warteten geduldig, bis es weiterging. Den nun entgegenkommenden Panzern schenkten sie kaum Beachtung und hatten auch nicht mitbekommen, dass es der Feind war, der so friedlich im Gegenverkehr an ihnen vorbeirollte.

Es begann zu regnen, was den Panzerfahrern wenig Sorge bereitete. Problematischer war der Umstand, dass die Alleebäume zurückblieben und die Kreuzung, der sie sich näherten, für Flugzeuge gut einsehbar war. Die einzige Sicherheit boten im Augenblick die tief liegenden Wolken, die jede Bodensicht verwehrten. Als der Regen sich verdichtete und der Wolkenvorhang keine Lücken mehr aufwies, ließ Homann seine Panzer bis zur Kreuzung vorrücken. Wegweiser fanden sie nicht und ihre Karten erwiesen sich nach wie vor als unnütz. Nebel kam auf. Ein Pfeifen, wie man es von übersteuerten Mikrofonen her kennt, setzte ein und erstickte jedes Gespräch. Der Lärm schwoll an und die Männer in den Panzern rissen sich die Kopfhörer herunter und pressten instinktiv ihre Hände auf die Ohren. Die Straße erzitterte wie bei einem leichten Beben. Mit einem Schlag erstarb der Ton und der Nebel begann sich langsam zu lichten. Es hatte aufgehört zu regnen und die Sonne kam hervor. Das Kopfsteinpflaster war einer Bitumendecke gewichen und die Straßenkreuzung befand sich mitten in einem kleinen Vorort, einer Mischung aus Wohn- und Gewerbegebiet. An einer großen Werbetafel wechselte die Werbung für einen Telefonanbieter mit der Aufschrift: »Gib Aids keine Chance!«, darunter fünf Kondome in der Anordnung der olympischen Ringe.

»Wir sind wieder zu Hause in der Gegenwart«, stellten die Panzerfahrer erleichtert fest und saßen von ihren Maschinen ab. Eine Uhr auf der gegenüberliegenden Straßenseite räumte jeglichen Zweifel aus dem Weg, da sie neben der Uhrzeit auch das heutige Datum, den 3. Mai 2000, sowie Temperatur und Luftfeuchtigkeit anzeigte. Drei halbwüchsige Jungs auf ihren Fahrrädern machten erstaunt Halt, als sie die Panzer in der Siedlung stehen sahen und gaben dann den Soldaten auch bereitwillig Auskunft, wo sie sich gerade befanden. Der Funkverkehr funktionierte wieder und Homann setzte sich mit dem Einsatzstab in Verbindung. Erleichtert wurde die Rückkehr der Einheit in die Gegenwart zur Kenntnis genommen. Man hatte im Stab von den Vorkommnissen in Greifswald erfahren und war überaus besorgt gewesen, dass auch die Bundeswehr von der Havarie betroffen war. Umso größer war die Freude, dass offensichtlich alle Betroffenen wieder wohlbehalten in der Gegenwart angekommen waren.

Die Fensterläden waren geschlossen. Sicherheitshalber hatte man die Fenster von innen mit einer dunklen Decke verhängt, damit kein Licht nach außen dringen konnte. Die Zeiger der Uhr standen auf zwei Uhr – nachts. Trotz dieser frühen Stunde herrschte an diesem 5. Mai 1945 im Arbeitszimmer des Oberbefehlshabers der sowjetischen Gardearmee eine angespannte

Arbeitsatmosphäre. Auf dem Tisch lag die Karte Mecklenburgs ausgebreitet. Durch Fähnchen und andere Symbole waren die Stellungen, Bereitstellungsräume und beabsichtigte Angriffsrichtungen der Truppen dargestellt. Aber die Karte und deren Eintragungen interessierten Generalleutnant Gedudrow im Augenblick nicht. Zwei Bildern, einer Handzeichnung und einer Luftbildaufnahme galt seine ganze Aufmerksamkeit. Die Handzeichnung zeigte einen Panzer in Seitenansicht. Durch verschieden starke Striche war mehrmals die Turmhöhe nach unten korrigiert worden. Die Hände des Zeichners wollten zuerst nicht glauben, was seine Augen sahen. Die Höhe des Turmes verjüngte sich nach vorn fast auf den Durchmesser des Rohres, das wesentlich größer und länger wirkte als bei allen bisher bekannter Panzertypen. Der lange Turm, den der Zeichner in seiner Proportion gut getroffen hatte, deckte sich mit der Luftbildaufnahme, einer Draufsicht. »Leopard« hatte der Zeichner unter die Skizze geschrieben.

»Diese Zeichnung entstand, als mehrere Panzer gestern, nein vorgestern eine unserer Nachschubkolonnen auf der Straße sechsundneunzig in Gegenrichtung passierten«, erläuterte der Major der militärischen Abwehr dem General. »Von diesen seltsamen Vorkommnissen auf der Chaussee hat man mir berichtet.« Mit diesen Worten unterbrach der Oberbefehlshaber den Abwehroffizier und fuhr fort:
»Mich interessieren drei Fragen, Genossen. Erstens, warum tauchen diese modernen Maschinen ausgerechnet bei uns, an diesem Nebenfrontabschnitt, auf? Zweitens, warum erst jetzt, nachdem Berlin von uns besetzt wurde und Hitler bereits tot ist? Und drittens, wo sind die Panzer geblieben? Seit einem Tag gibt es nicht mehr die geringste Spur von ihnen.«

»Vielleicht wollten bestimmte Kreise verhindern, dass Hitler die Verfügungsgewalt über diese Panzer bekommt. Sein Nachfolger, dieser Admiral, braucht die Panzer ebenso zur Fortsetzung des Kampfes. Zu ihrer ersten Frage, Genosse General, vielleicht war unser Frontabschnitt nur als Testobjekt gedacht. Wenn entsprechende Erfolge vorliegen, erfolgt der massive Einsatz an den entscheidenden Frontabschnitten. Vielleicht gruppiert der Feind um und setzt sie in Richtung Berlin ein.«

Missbilligend schüttelte der General seinen Kopf und warf dem Major vor, alle drei Fragen mit »vielleicht« beantwortet zu haben. Er hätte von der Abwehr eine bessere Aufklärungsarbeit erwartet. Dann fragte er nach dem Verbleib des Panzers, der mit zerschossener Kette liegen geblieben sei. Der Major zuckte bedauernd mit den Schultern, zeigte auf der Landkarte die Stelle des Abschusses. Sie lag hinter der neuen deutschen Frontlinie. Während der Oberbefehlshaber die Arbeit der Abwehr kritisierte, klingelte das Telefon. Ein Ordonanzoffizier hob ab: »Für Sie, Genosse Major, die Abwehrstelle der Front.« Major Wolkow nahm den Hörer entgegen und lauschte wortlos, was ihm die Abwehrstelle der Front befahl. Dann legte er auf und meldete:

»Wir sollen sofort einen ausführlichen Bericht über die deutschen Panzer fertig machen und das Bildmaterial beilegen. Der Marschall will bis heute Abend das Material auf dem Tisch haben.«

»Na dann an die Arbeit, Alexander Sergejewitsch. Mein Arbeitszimmer steht Ihnen zur Verfügung.« Demonstrativ verließ der General mit dem Ordonanzoffizier sein Arbeitszimmer.

VII

Die Vertreterin der Gewerkschaft war ans Rednerpult getreten. Man konnte sofort hören, dass sie früher einmal Schauspielerin gewesen war. Wenn Pullmann seine Augen schloss, glaubte er, eine junge Frau Mitte der Dreißig zu hören. Tatsächlich ging die »Kollegin« bereits auf die Fünfzig zu oder hatte sie bereits überschritten. Flüsternd beugte er sich zur Krems-Lasker hinüber und fragte sie nach dem wahrscheinlichen Alter der Rednerin. »Fünfundfünfzig«, flüsterte sie zurück. Da war sie wieder, diese Zahl fünfundfünfzig, die Zahl aus der Havarie.

Pullmann erinnerte sich, wie Dolse seinen Ausbruch aus dem Zeitfenster geschildert hatte und das er am physikalischen Lehrstuhl der Universität mit Professor Stockfisch an der Software zur Rettung der Havarierten arbeitete. Alles was an der Universität Rang und Namen hatte war gekommen, um bei der Lösung dieses einmaligen Phänomens zu helfen. Das, was Dolse mittels Laptop als Einzelnem auf engsten Raum, in seinem Auto, gelungen war, musste nun großräumig für alle Betroffenen in- und außerhalb des Institutes gelingen. Die Schwierigkeit bestand darin, eine Datenleitung zum Rechner der Eingeschlossenen herzustellen. Denn es schien unstrittig, dass das Programm auf dem Laptop dazu der Schlüssel war.

Pullmann erinnerte sich, wie Professor Buch ihn zur Seite nahm und sagte: »Die Software ist reparabel. Aber wie bekommen wir die Hardware über den Zeitsprung? Unser Problem sind die Datenleitungen. Versuchen wir es über das Telefonnetz oder lieber drahtlos per Funk?« Pullmann überlegte und schlug seinem Chef vor:

»Das Internet ist draußen und wird über das Telefonnetz betrieben. Wenn der Telefonanruf über den Zeitsprung hinweg funktionierte, dann könnte man versuchen, die reparierte Software über die Internet-adresse des Institutes einzuspielen. Die Verbindung des Computers mit dem Zeitadapter dürfte dann kein allzu großes Problem mehr sein.« Pullmanns Optimismus wurde gedämpft, als man ihm mitgeteilt hatte, das Dolse über sein Handy angerufen habe und es zur Zeit noch keine Möglichkeit gäbe, einen Internetanschluss damit direkt anzuwählen. Die rettende Idee hatte letztlich Professor Buch, als er vorschlug, den Sendemast des Mobilfunknetzes auf dem Dach des Institutes entsprechend einzusetzen. Er brachte es auf die einfache Formel und meinte:»Dort draußen Laptop und Handy, hier Computer und Sendemast.«

Fast einen Tag hatten sie experimentiert und gebastelt, ehe das virtuelle Seil zurück in die Gegenwart gespannt war. Es ertönte der charakteristische Pfeifton und dann war alles vorüber. Die zentrale Uhrenanlage lief wieder richtig und auf der Straße vor dem Institutsgebäude rollten wieder PKWs gegenwärtiger Bauart vorüber und landwirtschaftliches Gerät wurde nicht mehr von Pferden, sondern von einem Traktor aus neuerer Produktion gezogen.

Er begriff nichts mehr. Die eigenen Kollegen hatten ihn vorläufig festgenommen. Was hieß Kollegen. POLIZEI stand in großen Buchstaben auf dem Auto vor der Wache und auf den Jacken. Man zeigte ihm, dem Hauptwachtmeister Harald Ponske, den Kalender. »Dritter Mai zweitausend, da bin ich dreiundachtzig Jahre alt«, meinte er und schüttelte verständnislos den Kopf. Auch der Revierleiter konnte mit diesem, seinem Kollegen aus der Großvätergeneration wenig anfangen. Die Papiere schienen echt zu sein. Bekleidung und Bewaffnung des Mannes entsprachen, soweit ihm das bekannt war, dem Stand von damals. Er setzte sich mit dem Innenministerium in Verbindung. Doch bis Schwerin hatte sich der Havariefall noch nicht herumgesprochen und man forderte ihn auf, abzuwarten oder einen Psychiater zu Rate zu ziehen. Also behielt man Harald (man war zum »Du« übergegangen) erst einmal in Haft. Am Nachmittag rief das Ministerium zurück und informierte das Revier über den Havariefall. Man hatte landesweit Katastrophenalarm ausgelöst und die Polizei und das Technische Hilfswerk in Bereitschaft versetzen lassen. Mit der Behebung der Havarie waren die Physiker der Universität beauftragt und diese arbeiteten fieberhaft daran. Nun erschien der Fall ihres angeblichen Kollegen in einem ganz anderen Licht und man brachte ihn in die Universität. Als er dort Herrn Dolse wieder traf und dieser das Geschehen auf der Landstraße bestätigte, wurde der Polizist freigelassen. Alle lagen sich glücklich in den Armen, nachdem das Institut und seine Mitarbeiter, ohne Schaden zu nehmen, in die Gegenwart zurückgeholt werden konnten und auch die betroffene Bundeswehreinheit, die sich zufällig im Einzugsbereich des defekten Zeitadapters befunden hatte, ebenfalls unbeschadet wieder in der Gegenwart angekommen war. Was wurde nun aus Harald Ponske? Man hatte ihn zwar freigelassen. Aber was nützte ihm seine Freiheit? Man fragte ihn, ob er hier bleiben wolle. Wie sollte er sich entscheiden? Aufgeregt lief er auf und ab, als er die Konsequenz aus der Havarie für seine Person im vollen Umfang begriff. Der Krieg war vorbei und den Menschen schien es gut zu gehen. Er dachte noch einmal an die Begegnung auf der Landstraße zurück, an die zwei selbstbewussten jungen Mädchen, die sich über seine Erscheinung lustig gemacht hatten und an die Menschen, denen er hier bisher begegnet war. Dann fiel ihm Ilse, seine Braut, ein, die ein Kind von ihm erwartete. Sollte er sie zurücklassen und hier und jetzt ein neues Leben beginnen? Abseits von ihm überlegte Dolse mit Kollegen von der Universität die Möglichkeit, den Polizisten ins Jahr 1945 zurückzuschicken. Ginge das überhaupt? Man müsste das unfreiwillige Geschehen, was zur Havarie führte, als bewusstes Experiment starten, um Ponske wieder in seine Gegenwart vor fünfundfünfzig Jahren zu transformieren. »Besteht dann nicht die Gefahr, dass alles noch einmal von vorn beginnt?«, gab einer der Physiker zu bedenken. Man entschloss sich, den Polizisten vorerst in der Gegenwart zu belassen. Dolse machte sich Vorwürfe. Er hatte den Mann hineingezogen. Andererseits, dieser hatte ihn mit seiner Dienstpistole massiv bedroht. War es nicht eine Art Notwehr gewesen, dass er diesen Mann mit in die Gegenwart verschleppt hatte? »Ich denke auch, man sollte ihn hier behalten«, meinte der Revierleiter, der sich zu den Physikern gesellt hatte. Auf seine Meinung dazu angesprochen, setzte er seinen Gedankengang fort: »Der Mann ist, beziehungsweise war Polizist. Durch den Krieg war sein Leben ebenso in Gefahr wie das aller Menschen. Was ist ihm widerfahren? Er ist weder tot noch verwundet. Für seine Zeitgenossen gilt er, und das ist bei weitem kein Einzelschicksal, vermutlich als vermisst. Das Problem ist nicht, wie bekommen wir ihn zurück, sondern wie integrieren wir ihn in die Gegenwart?«

Aus dem Tagebuch des Oberstleutnants Rudolf E... (der vollständige Familienname war durch Brandeinwirkungen unleserlich geworden) vom Stab der 3. Panzerarmee.

Freitag, der 4. Mai 1945

5.00 : Endlich ist die Front zum Stehen gekommen. Nachdem Anklam genommen wurde und Greifswald die Waffen streckte, konnte der Gegner westlich der Linie Greifswald – Anklam aufgehalten werden. Neue Panzertypen, von denen wir hier im Stabe überhaupt nichts wußten, griffen in die Kämpfe ein. Nach den Aussagen der Einheitsführer sollen sie sich durch eine hohe Treffsicherheit (sie schießen während der Fahrt), Unverwundbarkeit und Schnelligkeit auszeichnen. Befremdlich ist nur, daß weder der Armeestab noch sonst wer vom Einsatz der neuen Kampfwagen informiert wurde. Auch der Abzug in den gestrigen Nachmittagsstunden erfolgte ohne unsere Zustimmung. Aber trotzdem, der Gegner steht erst einmal und das ist gut so. Selbst in nordwestliche Richtung auf Stralsund wurde der Vormarsch eingestellt. Wir vermuten, daß der Russe seine Kräfte umgruppiert und nichts unversucht läßt, unserer Superpanzer habhaft zu werden.

9.00 : Die Suche nach der Herkunft dieser Panzer ist weiter im vollem Gange, ihr Verschwinden rätselhaft. Selbst Rückfragen beim Stab des Germanischen Panzerkorps der SS, brachten keine neuen Erkenntnisse. Obergruppenführer St. ließ ausrichten, daß man ihn auf dem Laufenden halten solle. SS-Sturbannführer W., mit dem ich telefonierte, erklärte die Bereitschaft, bei der Suche mit SS-Kräften behilflich zu sein.

11.00 : Kradaufklärer haben im Bereich des Einsatzraumes der Panzer (inzwischen wissen wir, daß sie vom Typ »Leopard« sind) alles abgesucht. Dabei zum Teil hinter den gegnerischen Linien. Nichts. Es steht zu befürchten, daß sie in einen russischen Hinterhalt geraten sind.

13.00 : Wenige hundert Meter vor den russischen Linien wurde ein beschädigter Panzer (Kette zerschossen) gefunden. Da Abtransport unmöglich, wurde sofortige Sprengung befohlen. Es gilt unter allen Umständen zu verhindern, daß ein solches Fahrzeug dem Gegner in die Hände fällt. Geheimhaltung bleibt Gebot der Stunde.

15.00 : Die beiden Kradschützen, die den Panzer entdeckt haben, sind zurück. Die Begeisterung über die Technik, die sie, wenn auch beschädigt, zu sehen bekamen, steht ihnen deutlich ins Gesicht geschrieben. Aus ihrem Munde erfahren wir erstmals technische Einzelheiten, auf deren Wiedergabe ich hier, aus naheliegenden Gründen, verzichten werde.

19.00 : Es ist noch immer ruhig. Die Kommandeure melden z. T. Neu- und Wiederzugänge von Versprengten und aus den Lazaretten zurückgekehrter Soldaten. Seit dem sich die Front stabilisiert hat, konnten auch erstmalig wieder reparierte Fahrzeuge den Bereitstellungsräumen zugeführt werden. Besprechung beim I c. Er bestätigte die völlige Zerstörung des beschädigten »Leoparden«. Er berichtet weiter, daß seitens der Russen ebenfalls nach dem Verbleib der Panzer gesucht wird. Demnach scheint sich der Verdacht, daß die Panzer den Russen in die Hände gefallen sind, nicht zu bestätigen.

20.22 : die Besprechung beim I c ist zu Ende. Am Rande der Beratung sprach Major R. aus, was wir alle denken: »Warum kommen diese Waffen wie die Raketen V 1 und

V 2, der Düsenjäger Me 162, jetzt die öminösen Panzer
so spät und in so geringer Stückzahl zum Einsatz?«Die
deutsche Wehrmacht besitzt Waffen wie keine andere
Armee der Welt und trotzdem steht der Russe vor uns in
Mecklenburg und der Amerikaner etwa 100 Kilometer
westlich hinter uns. Wa....

»Warum?«, wollte der Oberstleutnant noch schreiben. Dazu kam er nicht mehr. Ein Tieffliegerangriff britischer Jagdbomber über den Gebäuden und Unterständen des Stabes, Bordwaffenbeschuss, kombiniert mit Bombenabwürfen beendete seine Tagebuchaufzeichnung. Ein Volltreffer tötete ihn und sieben andere. Sein Tagebuch fing Feuer. Der Luftdruck schlug es zu und schützte es so vor dem völligen Verbrennen.

VIII

Es war Abend geworden, als sich Oberleutnant Bär mit seinem Fahrer in Richtung Hinterland in Bewegung setzte. Was er eigentlich suchte, wusste er selber nicht. »Ein richtiges Bett täte uns nicht schaden«, meinte sein Fahrer und bekräftigte seine Worte durch ein herzhaftes und ausgiebiges Gähnen. Verstohlen schloss sich der Offizier dieser Geste an. Sie erreichten ein kleines Dorf. Die typische Schilfbedeckung der Häuser sagte ihnen, dass sie nach wie vor in Mecklenburg waren. Bär befahl langsam zu fahren. Auf die Frage seines Fahrers, ob er denn etwas Bestimmtes suche, reagierte er nicht. Wortlos ließ er seinen Blick über die Dorfstraße schweifen. Gegenüber dem Postgebäude befahl Bär, zu halten und stieg aus. Scholz benutzte die Pause, um sich etwas die Beine zu vertreten. Dabei betrachtete er das Häuschen, vor dem er seinen Wagen abgestellt

hatte. Eine junge Frau trat aus dem Haus und musterte lächelnd den Soldaten. Sie war nicht groß, aber kräftig und hatte dunkelbraunes Haar. Auf eine Begegnung mit einem Manne war sie, was ihr Äußeres betraf, nicht vorbereitet. Die Haare, nur lässig von einer locker sitzenden Spange gehalten, hingen ihr ins Gesicht, die Knöpfe an der Bluse waren nicht geschlossen und boten dem Betrachter den Ansatz ihrer Brüste dar. Dick wirkte sie nicht, eher drall. So stand sie vor dem jungen Soldaten, den sie für einen Amerikaner hielt. Die Hände in die Hüften gestützt, schaute sie ihm offen in die Augen und sagte nur:»Na!«Torsten Scholz blieb der Mund offen stehen und er vergaß im Angesicht dieser Frau an seiner Zigarette zu ziehen. Ihr offenes Haar und die offene Bluse ließen ihn für einen Augenblick die missliche Lage vergessen, in der er sich befand. Obwohl die Frau bestimmt zehn Jahre älter war als er, dachte er im Stillen, sie bestimmt nicht von der Bettkante zu stoßen, wenn es denn dazu käme.
»Na Kleiner, was suchst du hier?«Torsten, aus seinen erotischen Überlegungen gerissen, fragte sie:»Können Sie mir sagen, wie das Dorf heißt?«»Der ist aber förmlich«, dachte die Bäuerin und besann sich auf ihr Aussehen, dass etwas irritierend auf den jungen Mann wirken musste. Sie strich ihr Haar glatt, befestige die Spange neu und knöpfte sich die Bluse zu. Auch war sie etwas verwirrt, als sie das akzentfreie Deutsch aus dem Munde ihres gegenüber vernahm. Sie nannte den Namen des Dorfes. Da sie sehr schnell sprach, verstand Torsten nur etwas von»...hagen«, wagte aber nicht noch einmal nachzufragen, da gerade der Oberleutnant zurückkam. Die Bäuerin, im Krieg verwitwet, betrachtete nicht ohne Wohlgefallen die beiden jungen Männer und forderte sie auf, mit in das Haus zu kommen. Zum Erstaunen seines Fahrers nahm Bär die Einladung an.

113

In der Küche stand ein junges Mädchen von etwa dreizehn, vierzehn Jahren am Herd. Bevor sich Scholz das
angebotene Bier schmecken ließ, fuhr er den Kübelwagen noch hinter das Haus unter eine Remise.
Inzwischen hatte sein Oberleutnant die Bäuerin etwas
verlegen um Geld angebettelt, um passende Münzen
für den Telefonautomaten gegenüber an der Post. Bär
war die Idee gekommen, über das Telefonnetz, seine
Einheit anzurufen. Vielleicht bekäme er auf die Weise
eine Verbindung und erführe, was wirklich geschehen
war.
Auf dem gedeckten Abendbrottisch fehlte nichts: Brot,
Butter, Wurst und Bier. Die beiden Männer ließen es
sich schmecken. Sie bedankten sich, aber das große
Staunen, das die Bäuerin erwartet hatte, blieb aus. Denn
in den Zeiten der Rationierung war einiges, was auf
dem Tisch stand, in den Städten längst vom familiären
Speiseplan verschwunden und nur auf dem Lande, bei
den Selbstversorgern, zu denen ihre Gastgeberin
gehörte, zu haben.
Während der Oberleutnant nach dem Abendbrot zum
Telefonhäuschen ging, trank Scholz mehrere Flaschen
Bier und verlor allmählich seine Hemmungen und
fühlte sich zunehmend heimisch, zumal sich die junge
Frau und ihre hübsche Tochter um sein Wohlergehen
bemühten. Er kam sich vor wie Paris, von dem man das
Urteil erwartete. Statt einen Apfel der Schönsten zu
schenken, hielt er nur eine Flasche mit Bier in der Hand,
deren Inhalt er – selbst verzehrte.
Aber dieser kleine Unterschied zu dem antiken Ge-
schehen trübte keineswegs seine Stimmung. Die
Bäuerin hatte sich neben ihn gesetzt und strich ihm
durch das vergleichsweise lange Haar, dass sie so von
Soldaten nicht gewöhnt war. Torsten legte vorsichtig
seine Hand auf ihre unbestrumpften Schenkel. Mutiger

werdend tastete sich die Hand an den Schenkeln unter ihrem Kleid nach oben. Sie duldete sein Tun. Dort aber, wo die Schenkel sich berührten, verwehrte sie ihm das weitere Vordringen. Sie drehte ihren Kopf zu ihm hin und nahm den seinen in ihre Hände. »Ich heiße Bettina«, dabei küsste sie ihn auf seinen Mund und öffnete, ihre Beine. Seine Hand glitt unter den Schlüpfer, ihren feuchten Schoß berührend. Sie stand auf, fasste nach seiner Hand und führte ihn nach oben ins eheliche Schlafzimmer mit dem großen Doppelbett. »Leg Dich schlafen, ich komme auch gleich.« In die Küche zurückgekehrt, schickte sie ihre Tochter das Vieh zu füttern. Das Mädchen hatte etwas ungläubig, vermischt mit leichter Schadenfreude das Treiben der beiden beobachtet. »Der Junge passt aber besser zu mir, als zu dir, Mutti«, meinte sie beim Hinausgehen. »Du kannst dir ja den Anderen nehmen, der ist älter. Bei ihm kannst du was lernen, Gudrun«, rief sie ihrer Tochter hinterher.

Bär stand in der Telefonzelle, in der Hand fünf Münzen im Werte zu je zehn Reichspfennigen. Klickend verschwanden die ersten beiden im Schlitz des Automaten. Das Freizeichen ertönte. Noch während er die Nummer wählte, ertönte bereits in das Schnurren der zurücklaufenden Wählscheibe hinein das Besetztzeichen. Das wiederholte sich bei jedem Versuch, selbst bei einer anderen Rufnummer.

In das Bauernhaus zurückgekehrt, traf er nur die Tochter an, die ihm mit eigenartigem Unterton zu verstehen gab, dass der andere und ihre Mutter bereits zu Bett gegangen seien. Bär missbilligte das Verhalten seines Fahrers, entschloss sich aber im Interesse der Gastgeberin, es dabei bewenden zu lassen und sich in die vorgefundene Situation zu fügen. Gudrun machte ihm das Sofa in der »guten Stube« zurecht und fragte ihn, ob sie sich noch ein wenig mit ihm unterhalten dürfe.

Während sich die Mutter im Schlafzimmer von dem Jungen das holte, was sie entbehrte, seit dem ihr Mann gefallen war, lagen die Tochter und der Offizier auf der Couch und plauderten. Bär war sich der diffizilen Situation bewusst. Er wollte alles vermeiden, was als sexuelle Annäherung gedeutet werden könnte, wollte aber durch zu hölzernes Verhalten, das Mädchen nicht vor den Kopf stoßen.

Das Frühstück am nächsten Morgen verlief ausgesprochen harmonisch. Die Männer waren ausgeschlafen und die Frauen hatten gute Laune. Bettina bemutterte »ihren« Torsten und schmierte ihm mit gemischten Gefühlen Stullen für unterwegs. Die Hoffnung, die Männer oder wenigstens den Jungen hier behalten zu dürfen, erfüllte sich nicht. Der Offizier ließ unmissverständlich durchblicken, dass sie beide zurück müssten. Die kritischen Worte, die er an seinen Fahrer zu richten gedachte, hob er sich für später auf, wenn sie beide wieder unter »vier Augen« sein würden. Gudrun begriff die Doppeldeutigkeit des Wortes »zurück«. Werner hatte ihr in der Nacht erzählt, was passiert war. Auf ihre Bitte hin, sie mitzunehmen, schüttelte er ablehnend den Kopf:

»Wir wissen selber nicht, ob es uns gelingt, jemals wieder in unsere Gegenwart zurückzukehren. Wir brächten euch nur unnötig in Gefahr, zumal der Krieg bald vorbei sein wird.« Da Gudrun nicht antwortete, sah er keinen Grund, ihr die Nachkriegsgeschichte Deutschlands, wie er sie aus Büchern und Erlebtem erfahren hatte, zu erzählen.

Die Männer waren beim Packen, als es klopfte und im Befehlston »Sofort aufmachen!« gerufen wurde. Vom Nebenzimmer aus, sah Torsten Männer mit Haken-

kreuzbinden und umgehängten Karabinern herein-
stürmen. Es waren ihrer drei. Mit Blick auf Bär fuhr der
Anführer Bettina an:»Da ist ja der Ami, warum hast Du
uns den Kerl nicht gemeldet? Brauchtest ihn wohl für
dein Bett, was?« Bär hatte gerade vor, sich vorzustellen
und den Irrtum aufzuklären. Als er jedoch in das feiste
Gesicht mit den kalten Augen und dem Führerbärtchen
unter der Nase blickte, war es mit seiner Beherrschung
vorbei:»Ich bin deutscher Offizier, Sie...!« Den Rest
verkniff sich der Oberleutnant. Dafür schnellte seine
Rechte vor. Aber der Kerl war standfester als erwartet.
Er taumelte zurück ohne zu stürzen, riss seinen Kara-
biner von der Schulter und rief:»Hände hoch!« Seinen
Männern befahl er ohne den Kopf zu wenden, den anderen draußen zu suchen. Scholz hatte aus dem Nachbar-
raum alles mit angehört. Als sich die Schritte der beiden Männer im Hausflur verloren, griff er leise nach
seiner Maschinenpistole. Aus der Eile, mit der sie den
Befehl ausführten, konnte man schließen, dass sie froh
waren, aus dieser Situation herauszukommen. Inzwischen hatte der Anführer, mit Bär und den beiden
Frauen allein, den vermeintlichen Amerikaner aufgefordert, sich mit dem Rücken zur Wand aufzustellen.
Dann trat er an Bettina heran und zog sie an ihren
Haaren. Als sie vor Schmerz und Schreck aufschrie,
war es mit Torstens Beherrschung vorbei. Er griff seine
Waffe mit beiden Händen, sprang aus seinem Versteck
hervor und schlug sie dem verhassten Kerl über den
Schädel. Dieser brach zusammen. Nun hieß es, schnell
weg, ehe die beiden Begleiter zurückkommen. Um ihre
Gastgeberinnen nicht unnötig zu gefährden, luden sie
den Bewusstlosen in ihren Kübelwagen. Beim Verlassen des Hofes sahen sie die beiden vor dem Haus
sitzen und rauchen. Sie teilten offensichtlich nicht den
Diensteifer ihres Vorgesetzten. Unterwegs im Wagen

entschloss sich Bär, nicht wieder in die Stellung zurückzufahren, sondern abzubiegen. Vorher wollten sie sich noch ihres Gefangenen entledigen. Bär kramte im Sanitätskasten und öffnete ein Verbandspäckchen. Als sie ihm einen Kopfverband anlegten, fasste er sich bereits verdächtig kühl an. Trotzdem legten sie ihn am Straßenrand, weit vom Ort des Geschehens, in stabiler Seitenlage ab und fuhren weiter. Ihre Unterhaltung wurde durch einen plötzlich einsetzenden Pfeifton überlagert und Bär brach das Gespräch resigniert ab. Regen und Nebel lagen über dem Land. Sie hielten an. Die Straße erzitterte. Die Wolken lichteten sich und die Sonne kam hervor. »Wie im April«, brüllte Scholz gegen das Pfeifen an, das plötzlich abbrach. Bär griff zum Funkgerät und hatte endlich wieder Verbindung mit Oberfeldwebel Homann. Beide wussten nicht, dass sie nur wenige Kilometer voneinander entfernt auf parallelen Straßen nebeneinander fuhren. Später rief Homann noch einmal an und teilte ihnen seinen ungefähren Standort mit. Sie ließen ein Waldstück hinter sich und erreichten eine kleine Siedlung. Bei einem entgegenkommenden Radfahrer erkundigten sie sich nach ihrer gegenwärtigen Position. Sie erhielten bereitwillig Auskunft und bekamen eine Gegenfrage gestellt: »Gehören die Panzer da vorn zu Ihnen?« Erfreut schauten sich die beiden an und fuhren los. Die Gegenwart hatte sie wieder.

IX

Dröhnend überquerte der Zug die Oderbrücke. Als die Lokomotive wieder festen Boden unter sich spürte, beschleunigte dieser merkwürdige Reisezug seine Geschwindigkeit erneut. Auf den vorüber ziehenden Feldern war die Ernte im Gange. Die erste Friedensernte nach so vielen Jahren! Die Frauen auf den Feldern, Männer waren noch in der Minderheit, schenkten dem Zug keine Beachtung. Vielleicht hätten sie von ihrer Erntearbeit aufgeschaut, wenn sie gewusst hätten, dass der prominente Reisende der mächtigste Mann Osteuropas werden wird. Die Fahrt erfolgte unter strengster Geheimhaltung. Trotzdem, wer sich Zeit genommen hätte, den Zug zu beobachten, dem wären Unterschiede zu anderen Zügen dieser Zeit aufgefallen. Da war die saubere und gepflegte Lokomotive, keine defekten Lampen verunstalteten ihr Aussehen und auf dem Tender lag hochwertige Steinkohle. Die angehängten D-Zugwagen wirkten ebenfalls ordentlich. Das Auffälligste waren jedoch die fehlenden Menschentrauben auf den Dächern und Puffern, wie es bei den Reisezügen zu dieser Zeit üblich war. Der Generalissimus schaute hinaus, ohne hinzusehen. Da waren beunruhigende Nachrichten vom asiatischen Kriegsschauplatz eingetroffen. Die Amerikaner hatten eine neue Bombe von immenser Sprengkraft abgeworfen. Dann waren Meldungen von neuesten Waffen in Deutschland aufgetaucht, die den sicher geglaubten Sieg zu gefährden drohten. Bei allen noch offenen Rätseln über deutsche Wunderwaffen, der Krieg in Europa war vor drei Monaten zu Ende gegangen. Für die bevorstehenden Verhandlungen mit den Verbündeten spielten diese Dinge nur eine untergeordnete Rolle.

Der Zug hielt kurz an, um danach schnaufend und zischend erneut Fahrt aufzunehmen. Was die meisten Fahrgäste, hohe Militärs aus der unmittelbaren Umgebung Stalins, nicht mitbekommen hatten, war, dass ein weiterer Fahrgast, nur vom Wachpersonal bemerkt, zustieg. Oberst Anatoli Fedorowitsch Leonow von der Abwehrabteilung der zweiten Belorussischen Front hatte man hierher beordert, um den Oberbefehlshaber von den neuesten Ergebnissen des von ihm untersuchten Panzereinsatzes der Deutschen in den letzten Kriegstagen zu informieren. Das Abschlussdokument mit den Empfehlungen hatte der Oberst erst gestern mit dem Flugzeug aus Moskau mitgebracht und es sollte Stalin noch vor Konferenzbeginn erreichen. Leonows persönliche Anwesenheit war vorgesehen, falls es dazu Fragen geben sollte. Der Krieg war wenige Tage nach dem Erscheinen dieser seltsamen Panzer zu Ende gegangen, ohne das man eine Spur dieser Kampfwagen, die Deutschen nannten sie *Leopard*, im Nachhinein entdeckt hatte. Bescheidene Erkenntnisse hatte man lediglich aus den Aussagen von Kriegsgefangenen in dem besagten Abschnitt ihres Auftauchens gewonnen. Da war dieser deutsche Hauptmann Gabriel, den Leonow persönlich vernommen hatte. Erst dachte der Oberst, dieser Mann hätte den Verstand verloren oder treibe sein Spiel mit ihm. Aber im Verlauf des Gespräches merkte er, dass sein Gegenüber ihm nichts vormachte und für die Wehrmacht das Auftauchen dieser Panzer und ihr plötzliches Verschwinden genauso rätselhaft war und blieb. Die Hypothese, dass bestimmte Versuchsreihen in Peenemünde Ursachen für die mysteriösen Vorgänge seien, war nicht von der Hand zu weisen. Stimmten die Aussagen des Hauptmannes, dass die Männer mit ihren Waffen aus dem Jahre 2000 kamen, dann musste man die technische Entwicklung im Nachkriegsdeutschland im Auge behalten. Leonow erinnerte sich, gehört zu haben, dass führende deutsche Wissenschaftler, die an Spitzen- und Zukunftsprojekten arbeiteten, bereits in die Sowjetunion verbracht wurden, soweit sie sich im militärischen Zugriffsbereich befanden. Leider waren keine führenden Köpfe aus dem Bereich der Fahrzeugindustrie darunter.

Während der Zug das zerstörte Berlin erreichte, dachte der Oberst an die letzten Beratungen mit der Geheimdienstspitze. Er kannte die Probleme dieser Männer. Der Generalissimus reagierte sehr zögerlich selbst auf *gesicherte* Informationen. Wie würde er erst auf die vagen Ermittlungsergebnisse, die bisher über die deutschen Panzer vorlagen, reagieren? Das war auch der Grund, warum das Material nicht bereits bei der Abreise nach Potsdam zur großen Konferenz fertig gewesen war, sondern erst jetzt, wenige Kilometer und Stunden davor, durch Kurier übergeben werden sollte. Man hatte ihn sorgfältig ausgewählt, den Obersten Leonow. Ihn, einen jahrelangen Geheimdienstler im Frontbereich. Einen Mann, der eher mit handfesten militärischen Aufklärungsarbeiten zu tun hatte und bisher wenig mit strategischen Geheimdienstkonzepten in Berührung gekommen war. Außerdem war er nur Oberst und gegenüber Stalin ein vergleichsweise subalterner Gesprächspartner, auch wenn er am Wortlaut des Materials maßgeblichen Anteil hatte.

In dem Geheimdienstbericht schlug man dem Delegationsleiter vor, der Zerschlagung der deutschen Wirtschaft nicht zuzustimmen, sondern deren Wiederaufbau anzuregen. Die Siegermächte, besonders die Sowjetunion, sollten davon profitieren. Das wäre aber nur möglich, wenn Deutschland durch eine lange Besatzungszeit unter Kontrolle der Sieger bliebe. Nur so würde gesichert, in ein paar Jahrzehnten etwas über die Entwicklung der deutschen Waffentechnik zu erfahren, deren Zukunftsprojekte blitzlichtartig in den letzten Kriegstagen sichtbar wurden.

Quietschend fuhr der Sonderzug in Potsdam ein. Leonow atmete tief durch, als er wenige Minuten nach Halt des Zuges *ihn* aussteigen sah. Während *er*, begleitet von seinen engsten Beratern, den Bahnhof verließ, mussten die übrigen, zu denen auch der Oberst gehörte, noch eine Weile im Zug verbleiben. Eine persönliche Begegnung mit seinem obersten Kriegsherrn war ihm erspart geblieben.

X

Der Festakt klang mit Tschaikowskis Italienischem Capriccio aus. Ein furioses Werk mit einem eingehenden, immer wiederkehrenden Motiv, das einmal von Streichern, dann von Bläsern dargeboten wurde. Der Beifall war verstummt, die Saaltüren öffneten sich. Pullmann verließ gemeinsam mit der Krems-Lasker den Saal. Schräg vor ihnen lief ein Herr in Uniform. Pullmann erinnerte sich an die Gespräche, die er, nachdem die Havarie behoben war, mit betroffenen Angehörigen der Bundeswehr hatte. Diese Männer, ebenfalls ins Zeitfenster geraten, waren sogar in die Kriegswirren der letzten Tage des Zweiten Weltkrieges verwickelt worden. Glücklicherweise hatten alle Betroffenen die Havarie nebst Krieg unbeschadet überstanden.

Während sich die Besucher des Festaktes zur Einweihung des neuen Forschungsinstitutes langsam zerstreuten, Dienstlimousinen ihre Insassen aufnahmen, die Taxis ihre bestellten Fahrgäste abholten und der Rest dem Parkplatz zustrebte, bugsierte der Gefreite Torsten Scholz seinen seesackähnlichen Rucksack in den Kofferraum seines *Astras*. Heute trug er nicht den gescheckten Kampfanzug, sondern die Ausgehuniform. Es ging in den wohlverdienten Sonderurlaub, den alle von der Havarie betroffenen erhalten hatten. Statt sofort den Weg in Richtung Heimat einzuschlagen, verließ er nach wenigen Kilometern die stark befahrene Bundesstraße und bog auf eine feldwegähnliche Straße ein. »Hier muss es gewesen sein«, sagte seine innere Stimme. Das wechselnde Straßenpflaster, der kleine Teich und dann vor ihm der alte Lindenbaum, alles erkannte er sofort wieder. Was sind fünfundfünfzig Jahre im Leben eines Lindenbaumes? Inzwischen hatte man um den Baum herum Kreisverkehr eingerichtet. Da tauchte auch schon das Postgebäude auf und gegenüber das Haus, in dem Bettina wohnte. Sogar die Telefonzelle stand noch an derselben Stelle. Statt des gelb lackierten Blechhäuschens stand jetzt eins in Grau und Pink. Die Post war einem Getränkestützpunkt gewichen, vor dem mehrere Männer mit Dosen in der Hand standen und neugierig herüberschauten. Die jungen hielten Red-Bull- oder Coladosen in ihren Händen, während die alten traditionsgemäß Bier bevorzugten. Langsam ging Torsten auf das Häuschen zu. An zwei Briefkästen neben der Haustür standen, aus kleinen Messingtäfelchen zusammengesetzt, die Namen der Bewohner: LEHMANN und GROVE. »Lehmann stimmt«, dachte der Soldat und betätigte den Türklopfer. Ein Mann Mitte fünfzig öffnete und sah ihn fragend an. Neben dem Mann erschien der Kopf eines Buben von etwa zehn Jahren und schaute neugierig auf den Uniformierten. »Ich möchte zu Frau Lehmann, mein Name ist Torsten Scholz.« Der Mann wiederholte den Wunsch und ließ ihn ein. Auf dem Weg in die Wohnung fragte er ihn, was er denn von seiner Frau wolle. Frau Lehmann, Anfang bis Mitte vierzig, war nicht die Gesuchte. Scholz präzisierte seinen Wunsch und fragte nach Bettina oder Gudrun Lehmann. Der Mann schaute ihn erstaunt an. Woher kannte dieser Junge seine Mutter, die schon seit knapp zwanzig Jahren tot war? Der Junge muss damals gerade geboren worden sein! Als Torsten den Namen »Gudrun« aussprach, rannte der Bub aus dem Zimmer hinaus und man hörte ihn rufen:»Oma, da will dich jemand sprechen!« Kurz darauf erschien, in Begleitung des Knaben, eine ältere, etwa siebzigjährige Frau. Als sie die Stube betrat, entfuhr es Torsten:»Gudrun?« Die alte Frau überlegte. Dann wusste sie, wen sie vor sich hatte. Schlagartig wurde ihr die denkwürdige Mainacht vor fünfundfünfzig Jahren wieder bewusst. Sie dachte an den jungen Offizier, der ihr so merkwürdiges über sein Kommen erzählt hatte. Um sicher zu gehen, fragte sie den Gast:»Ist Werner Bär bei Ihnen?« Lebhaft berichtete der Soldat, dass Oberleutnant Bär nach wie vor sein Vorgesetzter sei und, so wie er, Urlaub habe. Gudrun stellte den Bub, der sie hergeholt hatte, als ihren Enkel Lars vor. Sie selbst sei seit wenigen Jahren Witwe und lebe erst seit dieser Zeit wieder hier im Hause bei ihrem Bruder. Nur diesem Umstand habe es Torsten zu verdanken, dass er sie nach so vielen Jahren überhaupt hier angetroffen habe. Ihren erstaunten Bruder beruhigte sie damit, dass alles in Ordnung sei. Dann bat sie ihren Besucher, mit zu kommen. Torsten schloss sich der alten Dame an.

Sie holte eine Keramikflasche aus dem Kühlschrank, stellte zwei Gläser auf den Tisch und wollte einschenken. Mit dem Hinweis, dass er mit dem Auto unterwegs sei, lehnte er ab, ließ sich aber zu einem Glas Weißweinschorle überreden.

»Jetzt begreife ich, was mir Werner Bär in jener Nacht erzählte. Von einem Zeitloch, in das ihr vermutlich geraten seit und noch nicht wüsstet, wie ihr wieder zurück in die Gegenwart gelangen könntet. Er meinte eure Gegenwart. Ich habe vieles nicht begriffen, interessierte mich aber für alle möglichen Neuigkeiten, auch technische. Dein Oberleutnant machte nicht den Eindruck eines Spinners, auch war er für eine Drei-

zehnjährige, die ich damals war, eine Art Respekts-
person. Der Mann, der dir die Tür öffnete, ist mein
Stiefbruder und dein Sohn. Mutter wurde schwanger
und suchte am Kriegsende lange nach dir. Sie hätte dich
bestimmt geheiratet. Der Junge wurde im Frühjahr
neunzehnhundertsechsundvierzig geboren. Sie nannte
ihn nach dir. Er heißt auch Torsten.«
»Weiß er, wer sein Vater ist?«, fragte ihr Besucher
etwas ungläubig ob des soeben Gehörten. Gudrun verneinte und sagte, dass ihre Mutter ihm von einem
durchziehenden Soldaten erzählt hatte, der vermutlich
dann noch gefallen war.
»Ich hoffe nicht, dass ich Alimente nachzahlen muss«,
erwiderte Scholz und dachte, welch gigantischem
Schlamassel er da eigentlich entgangen war. Erst trifft
er seinen Großvater als jungen und noch kinderlosen
Mann während er im Zeitloch steckte und danach
seinen in diesen Stunden gezeugten Sohn, der, vom
Alter her, mühelos sein Vater sein könnte. Torsten er-
kundigte sich nach den drei Männern, die am nächsten
Morgen ins Haus eingedrungen waren und ihren
raschen Aufbruch erzwangen.
»Ach, die«, meinte Gudrun so nebenbei. Den Anführer
hätte man wenige Tage später tot im Straßengraben
draußen vor dem Dorf gefunden. Es hieß, die Russen
hätten ihn erschlagen. Die Beiden anderen, Männer aus
dem Nachbardorf, waren nie wieder aufgetaucht.
»Wir hatten nach dem Krieg eine so genannte Einquartierung und das half über manches hinweg. Zu
Familien, bei denen russische Offiziere zur Untermiete
wohnten, sagte man, sie haben eine Einquartierung.
Unserer war ein anständiger Kerl. Als Torsten noch
klein war, hat er oft mit ihm herumgetobt und er war
beinahe so eine Art Vater zu ihm. Ich glaube, die beiden
schreiben sich heute noch. Auch mir hat er ab und zu

ein paar Süßigkeiten aus seinem Casino mitgebracht und ich habe bei ihm gut Russisch gelernt. Später war ich dann Lehrerin für Russisch und Mathematik. Als wir während des Studiums von der Relativitätstheorie Einsteins hörten, musste ich immer an die Nacht mit Werner denken. Das die gedanklichen Experimente einmal Realität werden würden, weiß ich nun, seitdem du da bist und leibhaftig vor mir sitzt.«

Die Tür ging auf und der Bub schaute neugierig herein. Er fragte seine Oma, wer denn der Soldat sei. Ehe sie antworten konnte, hatte dieser den Jungen auf seinen Schoß genommen: »Ich bin der Onkel Torsten und kenne deine Oma schon ganz lange«, was nicht einmal gelogen war und den Wissensdurst des Jungen stillte.

Nachdenklich verließ Torsten das Haus. Vor dem Getränkemarkt hatte sich neben der Saufkundschaft auch Laufkundschaft eingefunden. Zu letzteren gehörte er. Unser Urlauber deckte sich mit verschiedenen alkoholfreien Getränken ein. Bevor er in sein Auto stieg, ging er noch einmal den Dorfplatz ab und umrundete das Haus von Bettina und Gudrun. Selbst die Remise, wo sie ihren Geländewagen abgestellt hatten, stand noch. Man hatte sie umgebaut. Heute dient sie als Hühnerstall und Taubenschlag. Torsten wendete nicht, sondern fuhr weiter in Richtung zum nächsten Dorf. »Mal sehen, wo wir wieder auf eine vernünftige Straße stoßen«, meinte er im Selbstgespräch zu seinem Auto. So verging etwa eine dreiviertel Stunde Fahrt, die über Dorfstraßen und holperige Feldwege, vorbei an kleinen Seen und Wiesen führte. Deren Benutzer schauten kurz auf, um sich danach ihrer Hauptbeschäftigung, dem Fressen, erneut hingebungsvoll zu widmen. Seine Umgebung nahm der Fahrer kaum wahr. Die ausgefahrenen Wege und löchrigen Straßen erforderten seine volle Aufmerksamkeit.

Torsten gingen noch einmal die Ereignisse am Morgen ihres Abschiedes durch den Kopf: Nachdem er den Boss der Drei niedergeschlagen hatte, verluden sie ihn in ihren Wagen und legten ihn, frisch verbunden, ab. Ob er da bereits tot war, konnten sie nicht mit Bestimmtheit sagen. War er, Torsten Scholz, nun ein Mörder? Er hatte darüber, nach der Rückkehr in die Gegenwart, nichts ausgesagt. Auch Bär erwähnte diesen Vorfall mit keiner Silbe. Aber die juristische Seite dieser Tat ging ihm nicht aus dem Kopf.»Was geschieht, wenn ich mich stelle?«, fragte er sich. Im Unterricht hatten sie einmal gelernt, dass Tötungsdelikte im Rahmen militärischer Maßnahmen keine strafbaren Handlungen seien, soweit es sich bei den Opfern um den Gegner handelte. Aber wer waren denn seine Gegner während des ungewollten Ausfluges ins Jahr neunzehnhundertfünfundvierzig? Nur die Russen oder auch die drei Typen, die ihn und seinen Vorgesetzten für Amerikaner hielten? Während er auf eine befestigte Straße einbog, überlegte er, was man ihnen über Verjährung erzählt hatte. Fünfundfünfzig Jahre lagen seit diesem Ereignisse zurück. Oder zählen für den Staatsanwalt nur die zwei Tage, die er sich im Zeitloch befand? Er brannte sich eine Zigarette an und überlegte, dass, nachdem was passiert war, der Begriff»Verjährung« durch die Juristen neu definiert werden müsste. Was ihm und den anderen auf Grund einer Havarie zugestoßen war, kann vielleicht in wenigen Jahren ein alltägliches Experiment sein.»Beim nächsten Mal«, überlegte Torsten,»sollte man neben Soldaten und Wissenschaftlern auch Juristen mit in ein Zeitloch nehmen. Da hätten sie dann tagelang Stoff für eine Konferenz, ein Symposium oder sonst eine Veranstaltung, auf der viel geredet, noch mehr gegessen und getrunken wird, ohne dass etwas geschieht.« Je mehr er sich von dem Ort des Geschehens entfernte und das Urlaubsgefühl mehr und mehr von ihm Besitz ergriff, desto schneller verschwanden diese Überlegungen aus seinem Bewusstsein.

XI

»So, mein Junge, ich nehme Sie erst einmal mit zu meiner Mutter. Die hat früher an Feriengäste vermietet und dort können Sie vorerst wohnen. Sie in ihre Zeit zurückzuschicken, ist uns zu riskant. Ich habe mich mit den Professoren abgesprochen. Sie sind noch jung und werden sich in der heutigen Zeit hier und jetzt zurechtfinden. Ihre Polizeiuniform verstauen wir in einem Plastesack. Wenn Sie so wollen, können Sie diese nebst ihrem Tschako dem militärhistorischen Museum in Dresden vermachen.«

Mit diesen Worten schob Rainer Dolse den Ex-Polizeiwachtmeister Harald Ponske in sein Auto, mit dem beide schon einmal gemeinsam gefahren und in die Gegenwart zurückgekehrt waren. Zivilsachen hatte Ponske beim Roten Kreuz bekommen und aus der Kasse für Sozialhilfe waren ihm fürs Erste unbürokratisch dreihundert Mark ausgezahlt worden. Ein Entschädigungsfonds für die von der Havarie betroffenen, musste erst noch eingerichtet werden.

Ponske hatte weniger Mühe als befürchtet, mit den Errungenschaften der Gegenwart zu recht zu kommen. Telefon, Auto, Pistole und Funkgerät gab es zu seiner Zeit bereits. Es sah nur manches etwas anders aus und war nicht so komfortabel. Er empfand als wohltuend, dass es genug zu Essen und zu Trinken gab und dass es außerdem schmackhaft war. Auch die Bekleidung war so anders nicht. Was ihm viel mehr zu schaffen machte, war der Gedanke, dass er eigentlich dreiundachtzig Jahre alt war, wenn er seinen Notizkalender mit dem der anderen verglich und man heute den 4. Mai 2000 schrieb. Vor der gleichen Frage standen die Frauen auf der Meldestelle, die ihm neue Papiere ausstellen wollten. Sollten sie das Geburtsdatum aus seinem Ausweis übernehmen? Man diskutierte lange hin und her. Schließlich entschloss man sich, nicht mehr 1917, sondern 1972 einzutragen damit Geburtsjahr und Aussehen, er ist achtundzwanzig, übereinstimmen und außerdem würden die Computer ihn nicht richtig zuordnen. Er würde als dreiundachtzigjähriger keine Arbeit bekommen und auch kein Arbeitslosengeld. Die allgemeine Anteilnahme an seinem Schicksal machte ihm Mut, die Gegenwart jetzt entschlossen anzugehen. In der Wohnung von Mutter – Dolse angekommen, machten es sich die beiden Männer erst einmal bequem. »Warum tun Sie das für mich? Ich hätte Sie beinahe erschossen!«, fragte Ponske seinen Gastgeber. Dolse machte eine Handbewegung, die andeutete, dass alles vergessen und verziehen sei. Stattdessen zeigte er ihm das Gästezimmer, das mit den Errungenschaften der Zivilisation zur Jahrtausendwende ausgestattet war. Der Charakter der Einrichtung war dem Zweck, als Zimmer für Urlauber zu dienen, angepasst. Einen PC suchte man vergeblich. Ein so genannter Sekretär war Bücherregal und Schreibtisch in einem. Dass ihm jetzt ein schnurloses Telefon und ein Farbfernseher mit Fernbedienung zur Verfügung standen, stimmte ihn euphorisch. Dolse betätigte die Fernbedienung, Bild und Ton waren augenblicklich da. Ponske freute sich wie ein Kind. Hatte er nicht so einen Farbbildschirm bei seinem Gastgeber im Auto gleich bei ihrer ersten Begegnung gesehen? Aber was jetzt im Fernsehen lief, dürfte alles bisher da gewesene übertreffen. Eine junge, unbekleidete Dame saß rittlings auf einem Mann. Die Kamera fokussierte das Geschehen und blieb auf dem

Gesicht des Mädchens hängen. Die großen Augen blickten lasziv in die Kamera und dem sinnlich geöffneten Mund entrang sich ein Stöhnen. Dolse musste sich das Lachen verkneifen, als er den hingebungsvollen Blick des Jungen sah, der zum erste Mal in seinem Leben eine Fernsehsendung erlebte und dann gleich so eine Szene zu sehen bekam. »Ein paar Schwäne, auf dem Schweriner See dahin gleitend, wären für ihn dienlicher gewesen«, dachte Dolse bei sich und wartete, bis die Beischlafszene durch Joghurtwerbung unterbrochen wurde. Ponske war aufgestanden und trat ganz dicht an den Fernseher heran. Vorsichtig berührte er die Glasscheibe vor der Bildröhre. Das Knistern der Hochspannung ließ ihn zurückschrecken. Dolse zappte weiter, um ihm die Funktionsweise der Fernbedienung zu demonstrieren. Gitarrensound erklang aus den Lautsprechern. Ein Mann mit Pferdeschwanzfrisur, breitbeinig die elektrische Gitarre schwingend, vom Bühnennebel eingehüllt, füllte den Bildschirm. Im Hintergrund leuchteten farbige Lichtblitze auf. »Was ist das?«, fragte Ponske. »Ein Rockkonzert«, antwortete Dolse. Der Mann aus der Vergangenheit konnte mit diesem Begriff nichts anfangen und fragte entgeistert zurück: »Gibt es auch Hosenkonzerte?« Dolse blieb ihm vorerst eine Antwort schuldig und drückte erneut auf die Fernbedienung. Endlich kam etwas Ruhe in das Programm: ein Dokumentarfilm über die Restaurierung alter Fresken. Nun hatte Dolse Gelegenheit, etwas über die technische Funktionsweise der Fernbedienung zu erzählen und in groben Zügen das Kabelfernsehen zu beschreiben. Dabei wies er auf die prinzipielle Übereinstimmung mit dem bereits altbekannten Hörfunk, auch Radio genannt, hin. Dabei bemerkte der Physiker, dass das physikalische Allgemeinwissen dieses Mannes, selbst für den damaligen

Erkenntnisstand, höchst bescheiden war. Dass bereits auf der Berliner Funkausstellung von 1936 die erste drahtlose Fernsehübertragung erfolgte, war ihm genauso wenig bekannt wie die Tatsache, dass bis Kriegsbeginn am Aufbau eines Fernsehfunknetzes in Deutschland gearbeitet wurde.

Im Gespräch erfuhr Dolse, dass der junge Mann im Besitz eines Führerscheines sei und sich einen *Opel-Rekord* wünschte. Jetzt hatten die Männer ihr Thema gefunden. Dolse, der selber einen Opel fuhr, informierte in kurzen Sätzen über das gegenwärtige Angebot an preiswerten Neu- und Gebrauchtwagen. Das Verständnis und die Kenntnis von der Kraftfahrzeugtechnik waren bei dem jungen Mann wesentlich ausgeprägter als das über die Hochfrequenztechnik. Als Dolse ihn hinter dem Lenkrad seines Wagens Platz nehmen ließ, war er sichtlich beeindruckt. Fahren hatte er bei der Polizei gelernt, so dass einer kleinen Proberunde nichts im Wege stand. Schon der Start ohne Kurbel wurde mit Beifall aufgenommen. Die Leichtigkeit von Kupplung und Lenkrad, der straffe Zugriff der Scheibenbremse waren für den Fahrer gewöhnungsbedürftig. Auch spürte er die Leistungskraft des Motors und glaubte, wie von selbst zu fahren. Dolse erzählte ihm etwas von hydraulischer Bremskraftverstärkung und Servolenkung, über die Autos von heute verfügen. Da er ihm an seinem PKW das Anti-Blockier-System nicht demonstrieren konnte, erwähnte er es nicht.

Nachdem Rainer Dolse sich verabschiedet hatte, war der junge Polizist mit dessen Mutter, einer aufgeschlossenen Rentnerin von fünfundsiebzig Jahren, allein. Von ihrem Sohn hatte sie das merkwürdige Schicksal dieses Jungen erfahren. Sie lud ihn zum Abendbrot ein.

»Sehen Sie, Harald, ich darf Sie doch so nennen, ich

war neunzehnhundertfünfundvierzig etwas jünger als Sie. Hätten wir uns damals kennen gelernt, wäre ich vielleicht Ihre Frau geworden.« Harald Ponske nickte zustimmend und ließ offen, ob er nur die Anrede oder auch die mögliche Heirat zum damaligen Zeitpunkt meinte. Die alte Dame forderte ihn auf, ordentlich zuzulangen. Sie erinnerte sich an die mangelhafte Verpflegung in den Kriegsjahren und die Rationierung. Die erste Nachkriegsmahlzeit, wie er sich ausdrückte, hatte er gestern auf der Polizeistation erhalten. Aber hier, an so einem gemütlich gedeckten Tisch schmeckt es natürlich noch besser. Auch das Bier war nicht mehr so dünn. Da man nicht ständig vom Essen und vom Trinken sprechen konnte, wollte er wissen, was denn aus Deutschland geworden sei. Ihm sei schon aufgefallen, dass die rote Fahne mit dem Hakenkreuz verschwunden und die Farben schwarz-rot-gold, wie er sie aus Kindheitstagen kannte, wieder aktuell war. Frau Dolse erzählte ihm, möglichst in chronologischer Reihenfolge, die deutsche Nachkriegsgeschichte. Angefangen vom verlorenen Krieg über die Besetzung und Teilung des Landes bis zum Mauerbau in Berlin ließ sie nichts Wesentliches aus. Über die Polizei wusste sie Details aus der fünfundfünfzigjährigen Nachkriegsgeschichte zu berichten, da ihr Sohn seinen Wehrdienst seinerzeit bei der Bereitschaftspolizei absolviert hatte.

Jetzt wurde Ponske klar, warum der Physiker auf der Landstraße so souverän mit seiner Pistole umgehen und ihn überrumpeln konnte. (Dolse hatte darüber bisher kein Wort verloren, dass er quasi ein ehemaliger Kollege war, ehe er Physik studierte.) Die alte Dame informierte ihn, dass ehemalige Polizisten, zu mindestens in den Westzonen, nach dem Krieg wieder Dienst in der Polizei tun durften. Heute, im vereinigten

Deutschland, dürfte seiner Verwendung nichts im Wege stehen und sie riet ihm, sich offiziell zu bewerben. Draußen war es dunkel geworden. Sie holte eine Flasche Weißwein aus dem Kühlschrank und legte den Korkenzieher dazu. Harald begriff auch ohne Worte und unterzog sich dem körperlichen Belastungstest, zu dem eine solche Flaschenöffnung manchmal ausartete, wenn der Korken sehr fest saß oder beim Herausziehen abbrach. »Ein guter Wein – ein guter Korken«, hatte sein Vater schon immer gesagt und das bestätigte sich auch nach so vielen Jahren wieder. Es war ein milder Frühlingsabend und den beiden ging der Gesprächsstoff nicht aus, zumal Harald auch in der Jugend der alten Dame zu Hause gewesen war. »Schade, ihr Sohn hätte sie mit in das Experiment einbeziehen sollen, dann säße ich jetzt mit einer zwanzigjährigen und nicht mit einer siebzigjährigen beim Wein«, dachte er so für sich.

»Ihre Bewerbung, Herr Ponske, für den Polizeidienst wurde positiv beschieden.« Mit diesen Worten überreichte ihm der Revierleiter seinen Anstellungsvertrag. Eingekleidet hatten ihn die Kollegen des Greifswalder Reviers schon vorher – auf jenem Revier, wo ihn Dolse vor einem knappen halben Jahr abgesetzt hatte. So lange hatte es gedauert und Ponske musste inzwischen von Sozialhilfe leben. Da ihm die alte Frau Dolse die Urlauberwohnung kostenlos abgetreten hatte, kam er mit dem Geld einigermaßen über die Runden. Von der Entschädigung für die Havarieopfer konnte er sich sein erstes eigenes Auto kaufen. Dabei blieb er seiner Lieblingsmarke treu und wählte statt eines *Rekords* ein aktuelles, vergleichbares Modell. In den wenigen Wochen seiner Neuzeit stellte er verwundert fest, dass vieles von früher, soweit es keine technischen Belange betraf, heute noch Gültigkeit hatte. Ob das geltende Gesetze waren, Marken von Lebensmitteln, Autos oder Kosmetika, sie alle hatten die Zeiten überdauert. Nur die Zigarettenmarken von einst waren nicht mehr auf dem Markt. (*Nicht ohne Grund ist Juno rund!*) Als er eines Tages am Bahnhof vorüber ging, die alten Gleis- und Signalanlagen sah, dachte er, alles nur geträumt zu haben. Dann piepte ein Handy neben ihm und eine junge Frau wühlte aufgeregt in ihrem Beutel. Da fühlte er, wie zwei Welten aufeinander prallten.

Seine alte Uniform, das Tschako und die Pistole hatten sie im Speiseraum des Polizeireviers in eine Vitrine gelegt. Geblieben waren ihm nur sein Portmonee, ein Drehbleistift, ein Notizbuch, seine Armbanduhr und ein silbernes Zigarettenetui. Er hatte lange überlegt, ob er sich von seiner Uhr trennen sollte, um sich so eine elektrisch betriebene zu kaufen. Aber Frau Dolse hatte ihm abgeraten. Solche von Hand auf zu ziehenden Modelle stehen hoch im Kurs und seien sehr teuer. Er hatte damals fünfundzwanzig Reichsmark bezahlt. Für eine ähnliche Uhr müsste er heute etwa das Zwanzig-fache in Deutscher Mark ausgeben. Betrachtete er seine Schuhe, nachdem er sie ordentlich geputzt hatte, stellte er fest, dass sie modisch kaum aus dem Rahmen fielen und durchaus ins heutige Straßenbild passten.

Sein erster Streifeneinsatz zu dritt mit einer jungen Kollegin und einem erfahrenen Streifenführer verlief problemlos. Die der Polizei zur Verfügung stehende Technik war so gewaltig nicht, dass sie ihn, nachdem er sich eingelebt hatte, in Erstaunen oder gar Angst versetzt hätte. Inzwischen hatten sich seine Englisch-kenntnisse so gefestigt, dass er mit dem Begriff *Rock*-konzert etwas anzufangen wusste.

XII

Alle schauten gespannt auf die Videowand. Ein kurzes Klicken, dann ein Summton und vor allem Zahlenkolonnen rollten über den Bildschirm. Der Quantenadapter wurde neu programmiert. Dolse kontrollierte Schritt für Schritt. In seinem Kopfhörer ertönte ein leiser Pfeifton, der nicht zum Klangbild des Programmablaufes gehörte. Der Ton schwoll an. Im selben Moment tauchte ein winziges rotes Quadrat auf, das sich allmählich zu einem Rechteck ausdehnend, den ganzen Bildschirm einzunehmen drohte. Sofort klickte Dolse mit dem Mauspfeil auf das Return-Symbol des Menüs und der rote Fleck brach zusammen. Erleichtert riss er sich die Kopfhörer von den Ohren und hängte sie sich um den Hals, denn auch das Pfeifen hatte aufgehört. Buch trat an den Computer heran, an dem Dolse hantierte:»Was war das?«, fragte der Professor.»Das kann ich noch nicht sagen, ich kenne nur die Programmstelle, an der die Erscheinung auftrat. In meinem Kopfhörer hatte ich auch wieder dieses gefährliche Pfeifen«, erklärte der Physiker. Pullmann trat dazu und meldete den Verlust von mehreren hunderttausend Sekunden. Während die drei Herren noch debattierten, trat Frau Krems-Lasker herein und fragte, was das solle. Dabei wies sie auf die große Bildwand, auf der das Programm für alle sichtbar ablief. Dolse stutzte. Während auf seinem Laptop der Stillstand des Programms fixiert war, wurde die Videowand in ein leuchtendes Purpur getaucht. Wie aus dem Nichts erschienen Buchstabenkolonnen, ähnlich den römischen Ziffern, rollten, sich vergrößernd, auf den Betrachter zu, um aus dem Bild herauszutreten und zu verschwinden. Den römischen Zahlen folgten die Symbole I und L, vergleichbar mit dem binären System zur Programmierung. Dann wurde es schwarz auf der Videowand. Nur ein heller Punkt in der Mitte zeigte, dass sie noch eingeschaltet war. Dolse hatte seine Kopfhörer wieder aufgesetzt und begann zu arbeiten. Ihm war unklar, was auf der Videowand, losgelöst von seinem Laptop und dessen Bildschirm, ablief. Ein neues Menübild erschien und fragte ihn nach dem Inhalt eines Zeitspeichers.

Sein »OK« beantwortete der Laptop mit einem kleinen Fenster, das genau das Geschehen auf der Videowand abbildete: eine schwarze Fläche mit einem hellen Punkt in der Mitte. Dazu ein Ticken, vergleichbar mit einem Metronom. Dolse stand vor der Frage »Abbrechen«, »Hilfe« oder erneut »OK« zu betätigen. Die drei Herren entschieden sich für OK, nur Frau Dr. Krems-Lasker schlug vor, dass Hilfs-Menü zu befragen. Doch Dolse hatte das »OK« schon angeklickt.

Das Metronom-Geräusch brach ab. Der Leuchtpunkt verfärbte sich gelb, dann orange und schließlich dunkelrot, um dann mit großer Geschwindigkeit den Bildschirm zu füllen. Auf der dunkelrot eingefärbten Videowand begannen plötzlich zwei weiße Kugeln zu tanzen. Als sie sich vereinigten, platzten sie auseinander und verschwanden als Viererhaufen in den Tiefen des Bildes. »Sieht aus wie die symbolische Darstellung einer Kernfusion.« Der Hintergrund verfärbte sich vom Dunkelrot ins Nachtblau. Sterne leuchteten auf. »Wie im Planetarium«, kommentierte der Professor das Geschehen. Dolse hörte in seinen Kopfhörern, elektronisch entstellt, Mozarts Kleine Nachtmusik. Er lachte und reichte die Kopfhörer reihum. Als das Mozartsche Werk verklungen war, erstarrte das Geschehen am virtuellen Himmel. Die Sternenkonstellation wechselte und zeigte deutlich unser jetziges Sonnensystem mit der Erde als blauen Punkt um die Sonne kreisend. Auf dem Laptop war inzwischen eine neue Menü-Leiste erkennbar. Sieben Symbole standen zur Auswahl: ein sich drehender Globus, eine Galaxis, ein Atommodell, eine Theatermaske, das Feuer und das Wasser. Das siebente Symbol war ein quadratischer Schalter mit der Aufschrift »zurück«. Man entschloss sich, diesmal einstimmig, die Maske anzuklicken. Wie in einem Zeichentrickfilm tauchten plötzlich Menschen auf, wie sie in grauer Vorzeit unseren Globus bevölkerten. Die Figuren bewegten sich facettenartig. Die blonden Haare waren blau, grüne Wiesen rot und der blaue Himmel leuchtete gelb mit schwärzlichen Wolken. Dann Szenenwechsel: Auf der Wiese lag ein riesiges Holzkreuz, auf dem Querbalken waren in dessen Mitte die Buchstaben I.N.R.I. eingebrannt. Bewaffnete schleppten einen schlanken jungen Mann mit einem Bart herbei. Grün lief das Blut über sein dunkles Gesicht, denn man hatte ihm eine Dornenkrone aufgesetzt. Während auf der Videowand das Geschehen als Vollbild ablief, war es auf dem Laptop nur als Fenster im Menü zu erkennen. Über dem Fenster liefen in einer Leiste die Jahreszahlen des Geschehens mit. Als die Männer Jesus auf das Kreuz nagelten erschien eine 26 im Rahmen. Vorsichtig legte Dolse den Mauspfeil auf die langsam rollende Jahreszahl und erhöhte so die Geschwindigkeit der Zeitwalze. Nach einer reichlichen halben Stunde wehte die weiß-grün-blaue Fahne über dem Hambacher Schloss und man schrieb, laut Datumsfenster, das Jahr 1832. »Vergessen sie nicht, sich die Farben komplementär vorzustellen. Was da im Winde weht, ist die Fahne schwarz-rot-gold«, erläuterte Dr. Pullmann den Zuschauern. Dann rollte langsam die Jahreszahl 2000 heran. In Dolses Kopfhörer ertönte der gefürchtete Piepton und das Datumsfenster leuchtete rot auf. Das Bild brach zusammen.

137

Kurz darauf zeigte die Videowand ein farbiges Bild vom Ostseestrand. Auffallend waren die Farben: Das Meer und der Himmel leuchteten wieder in unterschiedlichen Blautönen, der Sand war gelb und der Körper einer nackten Schönen, die plötzlich durch das Bild lief, zeigte eine gesunde Bräunung, rote Lippen und kastanienrotes Haar. Auch das Trickfilmhafte war natürlichen Aufnahmen gewichen. Inzwischen war die Jahreszahl 2001 herangekommen und der Film endete. Der Bildschirm überzog sich erneut mit seinem Purpurrot.

Professor Buch lief zerstreut hin und her und kaute auf dem Bügel seiner Brille. (Immer abwechselnd, mal auf dem linken, mal auf dem rechten.) Das rote Fenster ging ihm nicht aus dem Kopf. »Sagen Sie, Herr Dolse, ist Ihnen am Datumsfenster etwas aufgefallen?« Dolse bestätigte die Beobachtung des Professors und verwies auf den pfeifenden Ton in seinem Kopfhörer, der zeitgleich mit der Rotfärbung einherging.

»Ich glaube, ich habe die Ursache für unsere Havarie entdeckt. Der Zeitgenerator, gekoppelt mit der internen Uhr, nimmt das Jahr zweitausend als Null-Jahr und nicht das wirkliche Jahr Null, entsprechend der historischen Zeitrechnung. Deshalb auch die Negativfarben für alles, was davor war. Erst mit Beginn des einundzwanzigsten Jahrhunderts, am ersten Januar zweitausendeins beginnt die positive Zeitrechnung. Als wir im Mai zweitausend das Experiment starteten, war der Zeitgewinn negativ, es wurden Minus-Sekunden gewonnen. Das bedeutet, meine Dame, meine Herren, dass wir in diesem Jahr keine Versuche mehr in die positive Richtung fahren können, wenn es uns nicht gelingt, die Stunde Null zu verlegen. Wir schreiben jetzt Juli zweitausend und leben noch im 20. Jahrhundert. Das dritte Jahrtausend beginnt erst in einem halben Jahr.«

Alle Anwesenden schauten sich an. So simpel die Lösung war, aber man musste erst einmal die Zusammenhänge erkennen. Pullmann brachte es auf einen Nenner und fasste die Erkenntnisse seines Chefs zusammen: »Das heißt, dieses Jahr keine Versuche mehr oder wir lassen die Maschine umprogrammieren.« Professor Buch wollte dazu noch keine Entscheidung treffen und schlug vor, da man nun einmal in diesem Menü sei, das nächste Symbol, das Feuer, aufzurufen, um zu sehen, was sich dahinter verbarg.

Dolses Laptop zeigte nach wie vor die Symbolleiste und im quadratischen Fensterausschnitt, identisch zur Videowand, eine purpurne Fläche. Er klickte das Feuer an. Diesmal verfärbte sich der Hintergrund in ein helles Blau. Mehrere weiße, gelbe und orangefarbene Kugeln bildeten eine Kette, an der, wie beim Tausendfüßler, seitlich Kugeln wie kleine Beinchen an dünnen Fädchen hingen. Diese Ketten bewegten sich langsam vorwärts. Andere, sechseckige Gebilde erschienen. »Die sehen ja aus wie Benzolringe«, bemerkte Frau Dr. Krems-Lasker. Beide, Ketten und Ringe, liefen aufeinander zu. Schließlich bildeten sie ein einziges Netz, das den gesamten Bildschirm einnahm. Dieses Gittergeflecht aus farbigen Kugeln wurde ersetzt durch eine einzige große, gelbe Kugel, die sich zu teilen begann...

.
Nun war es klar, das Feuersymbol stellte die Entwicklung des Lebens dar. Im Datumsfenster erschienen siebenstellige Zahlen in blauer Farbe mit stetig ansteigendem Wert. Im Comic-Stil tauchten dann Pflanzen und Tiere auf, wie sie nach entwicklungsgeschichtlichen Erkenntnissen die Erde bevölkerten. In einem eingeblendeten Fenster im oberen rechten Viertel der Videowand lag plötzlich eine nackte, junge Frau, breitbeinig. Der Zeichner hatte sie mit langen, blonden

Haare versehen, die ihre vollen Brüste bedeckten. Dann drehte sich die Szene und der Zuschauer konnte einen Blick in ihren Schoß werfen. Aus diesem entstieg, vergleichbar mit einer Geburt, ein Jüngling. Im Hauptbild übten derweil die ersten Menschen den aufrechten Gang.

»Wurde nicht nach der christlichen Mythologie Eva aus der Rippe Adams gefertigt?«, fragte Krems-Lasker und dozierte weiter: »Vermutlich handelte es sich bei dieser Darstellung um eine vorchristliche Anschauung, die die Frau, die M u t t e r als Ursprung des menschlichen Lebens sieht.« Ihr Freund Pullmann ergänzte. »Da hast du Recht. Auch Goethe lässt in seinem Faust zwei die *Mütter* als philosophischen Ursprung allen Daseins agieren. Sozusagen eine mythologische Variante des Urknalls.« Dolse und der Professor schauten sich viel sagend an. War es, weil Pullmann Frau Krems-Lasker geduzt hatte oder wegen der eigenwilligen Interpretation bezüglich der Rolle, die Goethe den Müttern im »Faust« zugedacht hatte?

XIII

»...die Ereignisse der letzten Tage meine Damen und Herren werfen die Frage auf, wo führt diese Entwicklung hin? Was heute noch eine unbeabsichtigte Havarie war, kann in zehn oder zwanzig Jahren kontrollierbare technische Realität sein. Das wiederum hätte zur Folge, dass Menschen, die erst in fünfzig, hundert, vielleicht in dreihundert Jahren geboren werden, heute unter uns weilen. Getreu dem Motto: zurück in die Zukunft. Die theoretischen Grundlagen für die aktuellen Geschehnisse wurden bereits vor knapp einhundert Jahren gelegt, als Albert Einstein die Relativität der Zeit erkannte. Vielleicht sind dem einen oder anderen unter

Ihnen die Hypothesen des Schweizers Erich v. Däniken bekannt. Ausgehend von der Überlegung, dass wir Menschen nicht die einzigen vernunftbegabten Lebewesen im Weltall seien, könnten anderen Kulturen, der unseren mehrere Jahrtausende voraus, der Erde Besuche abgestattet haben. Ich möchte heute und hier den Dänikschen Hypothesen eine weitere hinzufügen: Nicht fremde außerirdische Kulturen haben uns besucht, sondern wir uns selber. Die Menschen des dritten Jahrtausends waren zu Besuch bei unseren Vorfahren und haben da bereits ihre Spuren hinterlassen. Wenn es uns heute gelang, gerade einmal fünfundfünfzig Jahre auf wenigen Quadratkilometern zurückzuholen, warum sollte es in Zukunft nicht möglich sein, fünftausend und mehr Jahre zu resorbieren?«

Pullmann lauschte im fasst überfüllten Hörsaal des Institutes dem Vortrag seines Chefs, den dieser jetzt, ein Jahr nach der Katastrophe, vor einem interessierten Fachpublikum sowie Vertretern aus Politik und Wirtschaft hielt. »Hat Professor Buch den Verstand verloren oder sind das ernst zu nehmende Visionen?«, fragte sich Pullmann. Nun schloss sich die obligatorische Diskussion an, deren Moderation Pullmann übernahm. Um die anfängliche Verlegenheitspause zu überbrücken, begann er mit den Worten: »Meine Damen und Herren, alle diejenigen unter ihnen, die nach dem ersten Januar zweitausenddreihunderteins geboren wurden, bitte ich, sich zu melden!« Gelächter. Professor Buch schaute etwas missbilligend zu seinem Stellvertreter hinüber, musste er doch befürchten, auf diese Weise der Lächerlichkeit preisgegeben zu werden. Pullmann aber hatte damit erreicht, dass die Diskussion in Gang kam und das Thema der letzten Wochen über das Wie und Warum der Havarie heute und jetzt nicht noch einmal aufge-

wärmt wurde, zumal der ausführliche Untersuchungs-
bericht der Bundesregierung seit längerem vorlag.
Vielmehr führte die scherzhafte Aufforderung, der
naturgemäß niemand nachkam, dazu, sich über die
Notwendigkeit solcher Forschungen auszutauschen.
Auch die kühne Schlussfolgerung Buchs bezüglich der
Dänikschen Hypothesen führte zu einem fruchtbaren
Meinungsaustausch. Zum Schluss bedankte sich der
Professor bei seinem Stellvertreter für die gelungene
Gesprächsführung, die sich ganz in seinem Sinne ent-
wickelt hatte. Darüber hinaus verhehlte er nicht, dass
ihn die einleitende Scherzfrage irritiert hatte.

Die Sonne ließ die Landschaft noch einmal rot auf-
leuchten, ehe die Nacht zugriff und Wälder und Seen,
die am Fenster des Salonwagens vorbeihuschten, in ein
bläuliches Schwarz tauchten. So richtig dunkel würde
es in dieser sternenklaren Nacht, die den Reisenden
bevorstand, nicht werden. Die breite Mondscheibe, die
eher einem unförmigen Stein als einem Kreis ähnlich
sah, tat ihr Übriges dazu, die Nacht zu erhellen.
Renate und Werner betrachteten mit Muße die Landschaft. Die Kellner hatten die Tische abgeräumt, um
das Dessert zu servieren. Walter ergriff ihre Hand. Sie
erwiderte den Druck seiner Hand und er spürte den
ungewohnten Ring. Er musste sich erst wieder an den
Ehering gewöhnen, nachdem Walter Pullmann seiner
Kollegin, Renate Krems-Lasker, das Jawort gegeben
hatte. Als ihm der Standesbeamte das Versprechen
abnahm, dachte er noch einmal an die denkwürdigen
Tage im Mai des vergangenen Jahres zurück, die letztlich den Ausschlag dafür gaben, ihre Beziehung
offiziell werden zu lassen. Aber es musste noch über
ein Jahr vergehen, ehe alle Hindernisse beseitigt waren,
die einer Eheschließung im Wege standen. Sie hatten

ihren eigenen Namen behalten und keinen gemeinsamen gewählt. Nun saßen sie im Traditionszug und rollten durch den beginnenden Frühling Südafrikas. Es war September. Die Temperaturen eines europäischen Spätsommertages unterschieden sich kaum von den hiesigen. Eine kleine Bahnstation kam in Sicht. Ein paar Kinder blinzelten in die Abendsonne und winkten dem Zug hinterher. Die gute Federung der Wagen und die Polsterung sorgten dafür, dass man die Weichen kaum spürte, über die der Zug mit ungeminderter Geschwindigkeit fuhr. Die Nachspeise wurde gereicht: Verschiedenfarbiges Eis schwamm auf einem See aus Hochprozentigem, dass der Kellner entzündete. Die kleinen Tischfeuer standen in einem angenehmen Kontrast zu der einsetzenden Dunkelheit. Um den Effekt der blauen Flammen besser wirken zu lassen, hatte man auf die Deckenbeleuchtung verzichtet. Lediglich einige Tischlampen ergänzten das Leuchten des brennenden Alkohols. Bewundernde Ausrufe ließen nicht lange auf sich warten. »Gebratenes Eis!«, nannte ein Herr das Getränk. Leise Schlürfgeräusche machten deutlich, dass der eine oder andere den Alkohol doch lieber trank und es schade fände, diesen ausschließlich zu Leuchtzwecken zu missbrauchen. Nachdem unsere beiden das Schauspiel ausgiebig bewundert hatten, griffen sie zum Löffel und verzehrten wortlos und andächtig das Dessert.

Bei einem anschließenden Folkloreabend begrüßte der Conférencier die Gäste mit dem Hinweis, dass man beabsichtige, eine Reise in die Vergangenheit, in die Anfangsjahre des zwanzigsten Jahrhunderts zu machen. Auf die eher routinemäßig gestellte Frage, auf die normalerweise keine Antwort erwartet wurde, ob sich denn jemand der hier Anwesenden vorstellen könne, eine solche Reise zu unternehmen, konnte Dr.

Pullmann nicht an sich halten und meinte, dass er und seine Frau eine solche Zeitreise am eigenen Leib erlebt hätten und fügte ausdrücklich hinzu, dass damit nicht die Fahrt in diesem Zug gemeint sei. Obwohl sein Englisch akzentgefärbt war, hatten ihn die anderen verstanden und drehten sich nach ihm um. Der Conférencier ergriff die Gelegenheit beim Schopfe und interviewte die beiden. Stand eine Sensation bevor? Menschen, die in ein Zeitloch gefallen waren oder wie auch immer ein solches Phänomen bezeichnet werden könnte, kannte er bisher nur aus utopischen Romanen. Zunächst glaubte er, in den beiden Deutschen zwei Wichtigtuer entlarven zu können, musste sich aber bald eines Besseren belehren lassen. Pullmann schilderte anschaulich die prekäre Situation der Betroffenen, die durch die Zurückversetzung um fünfundfünfzig Jahre in die Kriegswirren des Zweiten Weltkrieges geraten waren. Vom Versuch Pullmanns, die physikalisch-technischen Ursachen des Vorganges zu erklären, lenkte der Moderator ab, da weder er noch die Mehrzahl der übrigen Gäste in der Lage waren, diesen Gedanken zu folgen. Dann begann das Programm. Eine Sängerin trällerte Schlager aus den 1920er Jahren. Während der Pause trat ein Herr an den Tisch von Pullmann und stellte sich als Mister Whols aus Princeton vor. Er sei pensionierter Physiker und habe in jungen Jahren Einstein persönlich kennen gelernt. Um das Programm nicht weiter zu stören, verabredeten sie sich für den nächsten Tag im Panoramawagen.

Sichtlich bewegt verließ Oberwachtmeister Ponske, heute Abend in Zivil und in Begleitung von Manuela, das Kino. Der utopische Film *Independence Day* hatte ihn sichtlich beeindruckt. Nicht nur, dass das moderne

Panoramakino mit Stereoton einen Quantensprung zu dem darstellt, was ihm noch vor kurzem in Deutschlands Kinos der Kriegsjahre geboten wurde, sondern auch der Inhalt als solcher, war ein Teil seines Lebens. War nicht Rainer Dolse, als er ihn in seinem Wagen mitnahm, so eine Art Außerirdischer für ihn, dem er hilflos ausgeliefert war? Hatte er nicht, was utopisch schien am eigenen Leibe erlebt? Manuela ging wortlos neben ihm her. Sie war eins der Mädchen, das als Tramperin mit ihrer Freundin auf der für ihn schicksalhaften Fahrt zugestiegen war. Sie bemerkte, wie verstört Harald war. »Es war doch nur ein Film«, versuchte sie ihn zu beruhigen. »Hast du damals nicht auch gedacht, ich wäre einer Filmkulisse entstiegen?«, fragte Harald zurück. Manuela blieb stehen und drückte ihn wortlos an sich. Sie hatten sich zufällig wieder getroffen, als Harald bei einer Streifenfahrt Manuela anhalten musste, weil ihr rechtes Bremslicht ausgefallen war. Da sie Ersatzlampen bei sich hatte, behob er, ganz Kavalier, den Schaden und verzichtete auf das Ordnungsgeld. Das entrichtete Manuela, indem sie ihn zum Kaffeetrinken einlud. Sie kannte das merkwürdige Schicksal ihres Polizisten, aus dem inzwischen ein durchaus brauchbarer Freund und Zeitgenosse geworden war. Wenn er sich in ihrem Familienkreis mit älteren Menschen unterhielt und diese behaupteten, dass früher vieles besser war und auch die Jugend von Heute nur bedingt zu akzeptieren sei, dann widersprach er vehement und verblüffte die Alten mit seinen Detailkenntnissen aus den dreißiger und vierziger Jahren. Er verfügte über Kenntnisse eines Menschen, der heute im achten Lebensjahrzehnt steht und nicht, seinem Aussehen entsprechend, erst im zweiten. Die Verblüffung und das Unverständnis der Alten drohte manchmal einen Familienstreit auszulösen, den Manuela und ihre Eltern dann zu schlichten versuchten.

Die Sonne stieg gerade über den Horizont. Renate drehte sich in ihrem Schlafwagenbett zum Fenster und sah hinaus. Neben ihr schlief Walter noch ruhig und fest. Sie schob sachte das Verdunklungsrollo zur Seite und genoss das Bild des aufgehenden Morgens in den unendlichen Weiten Afrikas. Auch die Tierwelt erwachte. Ein Fluss kam ins Bild. Er diente der vielfältigen Fauna als Tränke. »Wie eine Szene aus König der Löwen, dem Disneyschen Zeichentrickfilm«, dachte sie. Ein Hengst, der gerade eine Stute besprang, erinnerte sie an den Zweck ihrer Reise: Hochzeitsreise. Animiert durch das eben Gesehene drehte sie sich zu Walter um und küsste ihn. »Was ist denn?«, fragte er schlaftrunken. Ihre Hand strich über seinen Bauch, um sich dann zwischen seinen Beinen zu verlieren. Ihre Bemühungen machten ihm klar, dass er keine Antwort zu erwarten hatte. Wortlos erwiderte er ihre Küsse und zog sie an sich... .

»Was erwartest du von dem Gespräch mit Mister Whols?«, fragte Renate, während ihr Kopf auf seiner Brust lag und sie mit seinen Brusthaaren spielte. »Wir werden ja sehen, wie er das Geschehen bewertet, ohne eigenes Erleben. Immerhin scheint ihn das Fachlich zu interessieren«, meinte Walter, der sich, sichtlich entspannt, aus Renates Armen gelöst hatte. Er forderte sie auf, mit zu kommen, denn zu dritt wäre eine solche Unterhaltung bestimmt effektiver. Sie hob ihren Kopf und nickte bejahend. Dann richtete sie sich auf und setzte sich rittlings auf ihn. »Ich könnt' schon wieder«, sagte sie. »Dann tu es doch!«, meinte Walter zu Renates Idee und stützte sie mit seinen Armen in den Hüften ab. Gleich nach dem Frühstück, das Renate und Walter nach ihrem erotischen Frühsport mit großem Appetit verzehrten, trafen sie sich mit dem Amerikaner im Panoramawagen. Da die meisten Reisenden noch beim Frühstück saßen, war der Wagen noch relativ leer und man konnte ungestört fachsimpeln. Die Idee der deutschen Kollegen, Zeit zu produzieren, hielt er, trotz der Havarie, für geradezu bahnbrechend. Informationen in Fachzeitschriften waren dazu bisher relativ spärlich erschienen.

»Das Problem der Relativität der Zeit spielt bei der Urknalltheorie durchaus eine Rolle. In den Staaten wird mit Nachdruck daran gearbeitet. Nach meiner Auffassung wird dabei dem informationstheoretischen Gesichtspunkt des Problems der Vorrang eingeräumt.«

Mr. Whols' Interesse war keineswegs nur auf Sensationsbefriedigung beschränkt, sondern beruhte auf echt empfundenem beruflichen Bedürfnis, den Gedankenaustausch mit den BerufskollegenInnen aus aller Welt zu pflegen.

XIV

Sie hatten es sich zur Gewohnheit gemacht, zu Hause angekommen, noch einen Tag anzuhängen, um den Urlaub in aller Ruhe abwickeln zu können. Ein letztes Mal ausschlafen, Koffer auspacken und die Post durchsehen waren die wichtigsten Vorhaben dieses letzten Urlaubstages von Walter Pullmann und Renate Krems-Lasker. Walter saß am Schreibtisch und sortierte akribisch die Post, in dem er drei Stöße bildete. Einen für sich, einen für Renate und den größten für beide. Letzterer beinhaltete vorwiegend Zeitungen. Besonderes Interesse fanden zwei Briefe mit dem Bundesadler an ihn und Renate gerichtet. Sie unterschieden sich vom übrigen Posteingang. Kopfschüttelnd drehte er den an ihn gerichteten hin und her, ehe er ihn öffnete.

Berlin, 13. september 2055
Sehr geehrter herr Doktor Pullmann,
auf vorschlag der Preußischen Akademie der Wissen-
schaften wird Ihnen anlässlich des tages der Deutschen
Einheit am 3. oktober 2055 um 17.00 uhr im Berliner
schloss, residenzsaal das bundesverdienstkreuz ver-
liehen.
Die verleihung erfolgt für die herausragende arbeit zur
zeiteinsparung, die im jahre 2000 ihren anfang nahm.
Die auszeichnung ergeht an das forscherteam von
professor B u c h , an dessen leistungen Sie einen her-
vorragenden anteil hatten.

Mit vorzüglicher hochachtung

v. Hohenlohe
präsidialkanzlei

Er rief nach Renate und zeigte ihr die Briefe. Nachdem
sie sich überzeugt hatten, dass es sich um gleich
lautende Einladungen handelte, meinte er:
»Wie soll das funktionieren. Zum Termin im Jahr
zweitausendfünfundfünfzig bin ich einhundertdrei
Jahre alt?«
Renate lächelt verschmitzt und meinte: »Da müssen
wir unsere Forschungen noch tüchtig vorantreiben,
damit wir unsere Verdienstkreuze noch lebend in
Empfang nehmen können.«

* * *

Nachwort

Die utopische Literatur ist voll von der Idee, eine Zeitreise in vergangene Jahrhunderte zu unternehmen. Auch der Film hat sich diesem Genre vielfach gewidmet. Wie viele Drehbuchautoren und Schriftsteller geht es auch mir nicht schlechthin um eine Reise in die Vergangenheit. Vielmehr verirrt sich der Mensch der Gegenwart in eine historisch bedeutsame Zeit. Die Film- und Romanhelden werden entweder Zeitgenossen historisch bedeutsamer Persönlichkeiten oder Augenzeugen großer Ereignisse.

Das von mir gewählte Frühjahr 1945 ist zweifellos eine solche Zeit. Wie bei einer fiktiv-utopischen Erzählung nicht anders möglich, liegen erdachte und tatsächliche Begebenheiten dicht beieinander. Die Städte Anklam und Greifswald wurden in der dritten Aprildekade 1945 von sowjetischen Truppen eingenommen und die Frontlinie verlief zu dieser Zeit auf dem Gebiet Mecklenburgs, das ich zum Schauplatz meiner Erzählung gewählt habe. Historisch verbürgt ist außerdem, dass die Siegermächte beschlossen, deutsche Spezialisten im Rahmen von Reparationsleistungen in Gewahrsam zu nehmen und sie für maximal zehn Jahre in ihren Ländern einzusetzen. Die Sowjetunion griff in erster Linie auf (Atom-)Physiker, Flugzeug- und Raketenspezialisten zurück, soweit sie sich im Zugriff ihrer Zone aufhielten.

Aus dem Tagebuch
eines Unanständigen

KARL STÜLPNER
geboren am 30. September 1762 in Scharfenstein
gestorben am 24. September 1841 in Scharfenstein

KARL STÜLPNER begann schon in früher Jugend,
als Wilderer in den Wäldern des Westerzgebirges und
im sächsisch-böhmischen Grenzgebiet zu jagen. Seine
Beute verteilte er an arme Bauern und Tagelöhner.
Auch kleine Dorfgasthöfe diesseits und jenseits der
Grenze, in denen die Mittellosen einkehrten, belieferte
er mit Wildbret und ermöglichte diesen so eine bezahl-
bare warme Mahlzeit.
Nach der Generalamnestie von 1813 konnte er unge-
straft den Wald verlassen und einem bescheidenen
Lebensabend entgegensehen.

* * *

Scharfenbach, den 30.09.1992
Mutter stellt mit sorgfältigen Bewegungen die Torte
auf den gedeckten Kaffeetisch. In der Mitte brennt nur
eine einzige Kerze. Sie steckt zwischen der Eins und
Acht, den beiden Marzipanziffern, die den Anlass des
heutigen Festes begründen:
Ich, Hans-Peter Stülpner, werde heute achtzehn Jahre
und wurde am gleichen Tage geboren, wie mein berühmter Ur-Ur-Großvater. Wer mein Tagebuch später
einmal liest, soll wissen, dass ich mit jenem Karl
Stülpner, der hier im Westerzgebirge zwischen Thum,

Zschopau und der Heinze-Bank vor 200 Jahren gewirkt hat, in direkter Linie verwandt bin. Trotz seines unsteten Lebens im Wald, oft jahrelang von den gräflichen Förstern und der Gerichtsbarkeit gejagt, hat er Zeit gefunden, seine Christine kennen und lieben zu lernen. Ohne diese Liebe gäbe es mich nicht.

»Es ist wieder einmal eine Zeit gekommen, gegen das Unrecht anzukämpfen«, sagt mein Vater. Auch er ist ein echter Stülpner. Er war bis vor wenigen Wochen noch Vorsitzender unserer LPG. LPG ist die Abkürzung für Landwirtschaftliche Produktionsgenossenschaft. Ich schreibe das deshalb auf, weil in wenigen Jahren keiner mehr diese Abkürzung kennt oder weiß, was sich dahinter verbirgt. Auch heute, auf meiner Geburtstagsfeier, kommt dieses Thema wieder zur Sprache. Alle hatten einmütig beschlossen, unsere LPG in eine Genossenschaft e.G. zu überführen. Als alles schon »in Sack und Tüten« war, wie man bei uns sagt, kam die Treuhand aus Chemnitz und verhinderte die Gründung. Die Bauern und voran mein Vater waren stinksauer. Mutter hat sogar geweint, als Vater den Brief vorlas. Einhundertfünfzigtausend D-Mark müssten überwiesen werden. Alle waren empört. Alle waren entsetzt. Obwohl das Ganze schon ein paar Wochen zurückliegt, empören sich meine Geburtstagsgäste erneut darüber und spülen den hochkommenden Ärger mit Kaffee und Korn hinunter. Selbst die Einzelbeträge, die jedes Genossenschaftsmitglied aufbringen müsste, übersteigen die Möglichkeiten der Meisten von uns. »Das bekommen wir nie zusammen und einen Kredit dafür gibt uns die Bank nicht«, ist die einhellige Meinung aller Anwesenden.

»Machen wir es wie mein Ur-Ur-Großvater und holen uns das Geld von denen, die es haben. ... Und dann verstecken wir uns im Wald«, sage ich. Meine Geburts-

tagsgäste schütteln den Kopf. Lehnbach–Herbert, unser ehemaliger LPG-Buchhalter, erwidert in Anspielung auf Stülpner-Karl:»Mit Wildbret, mein Junge, kann man heute nicht reich werden. Wenn du es unter der Hand verkaufen willst, musst du unter dem Ladenpreisen bleiben. Die Zeiten sind heute auch schwer, aber Hunger leidet, wie damals, niemand mehr.«
»Mit Fleisch ist kein Geld zu verdienen«, meint mein Vater und fährt fort:»Aber mit Trophäen kannst du bei Sammlern das zigfache des Fleischpreises verlangen. Der Junge bringt mich auf eine Idee....« Dabei klopft mir Vater wohlwollend auf die Schulter. Die Idee behält er für sich. Mir wird klar, dass selbst bei einem Stückpreis von fünftausend D-Mark für einen Zwölfender viele Hirsche daran glauben müssten, ehe das geforderte Geld zusammen ist.

Nachdem alle gegangen sind, sitzt Vater immer noch nachdenklich in der Stube, zieht an seiner Pfeife und tippt auf seinem Taschenrechner herum. Ihm ging mein Vorschlag, in Ur-Ur-Großvaters Fußstapfen zu treten, offensichtlich nicht aus dem Kopf.

O.U., den 24.03.1993

Heute weihen wir unsere unterirdische Jagdhütte ein. Tief im Walde, abseits aller Straßen und Wege, nur wenige Kilometer von der böhmischen Grenze entfernt, liegt sie versteckt. Auf eine Kartenskizze, wo genau unsere Hütte liegt, sei verzichtet, wofür der Leser bestimmt Verständnis haben wird. (Deshalb auch als Ortsbezeichnung nur O.U. – steht für Ortsunterkunft.) Ein Parkplatz haben wir unter den Ästen einer tief hängenden Fichte eingerichtet. Damit unsere Tschiska, eine Cockerspaniel-Hündin, mit hinunter kann, habe ich extra eine Röhre gebaut. Auf der fast senkrechten Leiter käme sie nie ohne fremde Hilfe in die Hütte oder wieder heraus. In dem unterirdischen Gewölbe gibt es elektrisches Licht. Ein großer Wasserkanister und eine Kaffeemaschine nebst Gaskocher sind vorhanden, sodass es sich mehrere Tage da unten aushalten lässt. Wir sind zu dritt: Vater, sein Freund Miroslav aus dem Böhmischen und ich. Miroslav hat uns die Gewehre besorgt. Armeekarabiner mit Zielfernrohr und Schalldämpfer. Letztere hat unser Schmied gebaut. Auch für mich steht ein Gewehr bereit. Die technischen Voraussetzungen sind für uns somit wesentlich besser als zur Zeit von Stülpner-Karl. Lautes Schießen verbietet sich im Walde. Die Wälder sind nicht mehr so weit und groß wie vor 200 Jahren und es wohnen jetzt mehr Menschen in dieser Gegend. Die Heinze-Bank zum Beispiel, ein beliebter Treffpunkt von Karl und seinen Freunden, ist heute eine Kreuzung zweier großer Fernstraßen weit außerhalb des Waldes.

Vater und Miroslav sitzen auf Klappstühlchen an einem kleinen runden Tisch, den man ebenfalls zusammenlegen kann. Die beiden Männer sprechen ein Gemisch aus Deutsch und Tschechisch. Sie kennen sich schon lange und sind gute Freunde. Freunde jenseits der Grenze zu haben ist wichtig bei dem Gewerbe, dass wir auszuüben gedenken. Neben unserer Jagdhütte hat Miroslav noch einen alten Heuboden jenseits der Grenze vorbereitet, falls wir einmal für längere Zeit untertauchen müssten.
Die Sonne versinkt rasch hinter den Baumwipfeln und es wird still im Unterholz. Im Wald wird es allmählich dunkel und kühler. Nein richtig still wird es eigentlich nicht. Der Wald lebt immer und hat für jede Tages- und Jahreszeit seine eigene Geräuschkulisse. »Es gibt keinen Ort, wo du so intensiv mit der Natur eins bist, wie im Wald«, meint Vater. Das Brummen eines Hub-

schraubers macht uns deutlich, dass wir nicht allein sind und aufpassen müssen, nicht entdeckt zu werden. Mit einem prüfenden Blick zum Himmel überzeugen sich die beiden Männer, dass das Versteck gut gewählt ist und wir aus der Luft keine Entdeckung zu befürchten haben. Tschiska liegt neben mir. Die Schnauze auf den Vorderpfoten, genießt sie ebenfalls die Milde dieses Vorfrühlingsabends. Als der Hubschrauber ins Landesinnere wegdreht, hebt sie nur kurz den Kopf, um dann wieder in ihre Ruhelage zurückzufallen.

»Komm Tschiska«, flüstere ich und zeige der Hündin die Röhre in das Innere unserer Baude, während ich die Steigleiter hinabklettere. Die Leiter war ursprünglich zehn Meter lang und hing an einem Fabrikschornstein, den man gesprengt hat. Vater sägte sich das passende Stück heraus und ich musste es entrosten und streichen. Der Einstiegsschacht ist mit einem Moos bewachsenen Deckel verschlossen, sodass auch ein Wanderer oder Pilzsucher, der zufällig hier vorbeikommt, selbst wenn er darauf tritt, nichts merken würde. Ich rufe nach Tschiska. Langsam, etwas ängstlich kommt sie aus der Röhre auf mich zu gekrochen. Neben dem Eingang liegt der Schlafraum. Zwei Campingbetten, neben denen zwei Grubenlampen stehen, und ein kleiner Kleiderschrank komplettieren die Einrichtung. Decke und Wände sind mit Schalbrettern verkleidet und tapeziert. Im Wohnzimmer hängt eine Bildtapete, die den Blick aus einem Fenster auf eine Hügellandschaft zeigt. Neben dem üblichen Mobiliar befindet sich in diesem Raum der Bücher- und Waffenschrank. Die Literatur, die Vater hierfür zusammenstellte, besteht vorwiegend aus Landkarten und Jagdbüchern. So wie unsere unterirdische Jagdhütte stelle ich mir die Unterstände der Kommandeure im Krieg vor. Mit einem handlichen Sprechfunkgerät kann man Verbindung zum Auto aufnehmen, in dem auch ein solches liegt. Vater meint, wir müssten beim Funken vorsichtig sein, damit wir von den Grenzern nicht abgehört werden. In der Küche sind vor allem Lebensmittelvorräte untergebracht. Statt Brot, das schnell hart wird, haben wir Knäckebrot und Zwiebäcke eingelagert, dazu jede Menge Wurstkonserven, sowie Getränke vom Mineralwasser bis zum Weinbrand. Kurzum alles, was ein Jägersmann eben so braucht. Während ich mich in aller Ruhe umsehe, macht es sich Tschiska in ihrem Körbchen neben der Schlafkabine gemütlich. Ein Fress- und ein Saufnapf stehen für sie bereit.

Vater schaut zur Eingangsluke herein und meint, dass er und Mirolslav noch einmal für eine Stunde weggehen werden. Verbunden mit der Aufforderung, in dieser Zeit hier zu bleiben, reicht er mir die Stühle und das Tischchen herunter und schließt den Deckel. Ich taste im Dunklen nach dem Schalter und die kleine Deckenlampe wirft ihr helles Halogenlicht über das Zimmer. Der Strom kommt aus zwei Autobatterien, die Vater zu Hause aufladen kann. Ich gehe zum Bücherschrank und greife mir eine Landkarte heraus. Es ist eine tschechische, die das unserer Baude gegenüberliegende Grenzgebiet abbildet. Am nordwestlichen Zipfel der Karte ist die Hütte durch ein blaues »X« gekennzeichnet. Neben den Wanderwegen sind von Hand kleine Jagdpfade eingetragen, Wege, die ein Fremder nie finden würde. Tschiska wird unruhig. Ich gehe in die Küche und füllte ihren Fressnapf auf. Hundefutter steht vorsorglich bereit und Trinkwasser entnehme ich einem großen Boiler, der im »Bad« an der Decke hängt und von oben nachgefüllt werden kann.

Während sich Tschiska über ihren Napf her macht, höre ich Fahrzeuggeräusche und Türenklappen. Ich schaue auf meine Uhr, etwa eine Dreiviertelstunde ist

155

vergangen, seitdem die beiden Männer mich verlassen haben. Vorsorglich lösche ich das Licht und nehme Tschiska mit ins Wohnzimmer, das vom Eingang am weitesten entfernt ist. Dann öffnet jemand die Luke und ruft ins Dunkle hinab:»Hans-Peter, Tschiska, seid ihr noch da?« Tschiska rennt freudig zur Luke und schaute im Treppenschacht nach oben. Vater und Miroslav sind zurückgekehrt. Nachdem ich unseren Hund in die Röhre geschoben habe, klettere auch ich hinauf und verschließe den Eingang sorgfältig. Als ich ins Auto steige, liegen im Kofferraum zwei tote Hasen. »Unser Sonntagsbraten«, meint Vater.

Scharfenbach, den 07.05.1993
Vater hat mir versprochen, mich auf die Jagd mitzunehmen. Dunkelheit liegt über dem Dorf, als wir zu Hause losfahren. Kaum sind wir in den Wald eingebogen, versperrt uns ein Wagen des Bundesgrenzschutzes den Weg. Bis zur Grenze sind es noch mindestens fünfzehn Kilometer. Als Vater verwundert fragt, meinten die Grenzer:»Wir suchen einen weißen Kleinbus, der illegal Eingereiste ins Hinterland bringen soll. Wenn Ihnen ein solcher Bus begegnet, bitte uns anrufen oder irgendwie Bescheid sagen.«»Wird gemacht«, erwidert Vater. Als wir weiterfahren dürfen, meint er noch zu mir:» Wenn die keine anderen Sorgen haben, uns kann es nur recht sein, Junge!« Dabei schlägt er mir aufmunternd auf die Schulter. Am Unterstand angekommen, fährt Vater an ihm vorbei und wir gehen die restlichen Meter vorsichtshalber zu Fuß zurück. Tschiska schnüffelt prüfend um den Wagen herum, bleibt aber still. Ein Eichhörnchen krabbelt an einer hochstämmigen Fichte herab. Als es die Hündin sieht, verhält es. Beide Tiere stehen sich Aug' in Aug' gegenüber. Tschiska knurrte leise und das Eichhörnchen dreht bei

und läuft den Stamm hoch. Vater kommt zurück und bringt die beiden Gewehre. Wir fahren noch ein Stückchen, dann stellen wir den Wagen hinter einer kleinen Felsgruppe ab und gehen zu Fuß zu einem Hochsitz. Dieser steht am Rande einer Lichtung, die leicht in ein Tal abfällt und so einen guten Überblick zulässt. Da wir auf der Fahrt hierher niemandem begegnet sind, besteht kaum Gefahr, entdeckt zu werden. Vater erklärt mir noch einmal den Gebrauch der Waffe und fordert mich auf, Ziele in unterschiedlicher Entfernung zu suchen. Nach ein paar Fehlschüssen habe ich auch den Umgang mit dem Zielfernrohr begriffen und die Schüsse sitzen ziemlich gut. Während ich noch übe, erlegt Vater inzwischen zwei Wildkaninchen. Die Schüsse sind nicht lauter als ein »Pflopp«, wie es beim Öffnen einer Bierflasche mit Patentverschluss zu hören ist. Ich schaue nach meiner Uhr. Zwei Stunden sind schon vergangen aber ein Hirsch hat sich noch nicht sehen lassen. »Noch eine halbe Stunde, dann gehen wir«, befiehlt Vater, »es kann nicht Sinn der Sache sein, ertappt zu werden.« Plötzlich bemerke ich ganz rechts am Waldrand ein Geweih zwischen den Bäumen. Ich hebe mein Gewehr und schaue durch das Fernrohr, denn ein Fernglas besitzt nur Vater. Mein Verdacht bestätigt sich: Ein Hirsch mit großem Geweih läuft langsam am Waldrand vorüber. Es ist noch neu und an einigen Stellen hängen noch die Bastflöckchen daran. Ich stoße Vater vorsichtig an und zeige ihm meine Entdeckung: »Dort, am Waldrand«, flüstere ich, als ob der Hirsch uns hören könne. Mit einem Blick durch sein Glas vergewissert Vater sich von meiner Beobachtung, stellt es behutsam ab und entsichert vorsichtig sein Gewehr. Bevor er schießt, stellt er noch einmal vorsorglich das Zielfernrohr nach und stützt die Waffe auf der Brüstung des Hochstandes auf, um besser zielen zu können. Das Tier bleibt stehen und senkt den Kopf zum Fressen. Kaum hatte es seine ersten Kaubewegungen hinter sich, bricht es zusammen. Wir verlassen den Anstand schicken Tschiska los. Schnell, aber möglichst lautlos laufen wir der Hündin hinterher. Auf Äste zu treten oder laut zu Reden scheint nicht ratsam. Beim Wild angekommen, bricht Vater das Tier auf und hebt es vorsichtig an. Ich helfe ihm, den Hirsch unter ein Gebüsch zu zerren und merke dabei, wie schwer das Tier ist. Vater sieht meinen besorgten Blick und beruhigt mich:»Ich fahre das Auto bis an die Lichtung und wir brauchen den Hirsch nur noch in den Wagen laden.« Meinen Vorschlag, das Tier erst im Dunklen abzuholen, lehnt Vater als viel zu auffällig ab. Ich bleibe bei dem toten Tier allein zurück, während Vater mit Tschiska den Wagen heranholt. Irgendwie tut der Hirsch mir leid. Ich werde wohl nie ein großer Jäger werden wie Ur-Ur-Großvater. Während ich noch so meinen Gedanken nachgehe, höre ich Gesprächsfetzen aus südlicher Richtung. Schnell decke ich das Tier notdürftig mit ein paar Zweigen ab und gehe langsam und geduckt den Stimmen entgegen. Zwischen den Bäumen sehe ich eine Gruppe von Männern, Frauen und Kindern daher kommen. Eine Frau trägt ihr Kleines in einem Wickeltuch über der linken Hüfte. Sie haben alle einen dunklen Teint und schwarzes Haar. Nur der Mann, der ihnen voran geht, nicht. Er ist ein hiesiger mit Stirnglatze und Vollbart. Er dreht sich mehrmals um und gebietet mit einer Geste zu schweigen. Beim Blick durch mein Zielfernrohr erkenne ich ihn. Es ist Säge-Kurt. Säge-Kurt heißt eigentlich Kurt Marx und war Betriebsleiter des Sägewerkes bis zu dessen Stilllegung. Seinem großen Namensvetter Karl Marx folgend, trägt er diesen abendfüllenden Bart. Bei Unterschriften und auf seinem Namensschild über der

Türklingel steht auch nur K. Marx. Er hat mit dem großen Philosophen ja auch noch den Anfangsbuchstaben seines Vornamens gemeinsam. »Säge-Kurt als Schleuser«, denke ich. Jetzt ist klar, woher er immer das Geld hat, obwohl er arbeitslos ist. »Der Kolonne sollte Vater möglichst nicht begegnen«, hoffe ich im Stillen. Aber der Trupp zieht weiter, ohne mich zu bemerken. Vater kommt und macht ein besorgtes Gesicht. »Was ist?«, frage ich. »Ich bin schon wieder einer BGS - Patrouille begegnet. Die suchen jemanden. Es ist nicht gut, dauernd aufzufallen. Außerdem sind die Reifenspuren auf der Wiese zu erkennen. Wenn es einer darauf anlegt, findet er heraus, was wir hier gemacht haben, auch wenn kein Schuss zu hören war«, meint Vater. Wir erreichen unbehelligt die Straße und fahren mit unserer Beute nach Hause. Das Geweih haben wir schon sorgfältig vom Kopf des Tieres gelöst und können es somit besser im Geländewagen transportieren. Reine Trophäenjäger lassen den Kadaver der Tiere liegen. Das kommt für uns nicht in Frage. Selbst wenn wir das Fleisch nicht verkaufen können, für den eigenen Kochtopf ist es immer noch gut. Auf der Heimfahrt erzähle ich ihm von der Begegnung. Vater denkt das Gleiche über Säge-Kurt, wie ich.

»Dem Kerl muss das Handwerk gelegt werden«, meint er und fährt fort: »Erstens hilft er diesen Menschen nicht wirklich, sondern nimmt sie nur aus, und zweitens ist es nicht gut, wenn die Grenzer unserem Wald so viel Aufmerksamkeit entgegenbringen. Das behindert uns nur beim Jagen.«

Scharfenbach, den 31.05.1993
Auf der Rückfahrt sind es wesentlich mehr als heute in der Frühe. Ich meine die Rinnsteinschwalben, die die

Straßen von und zur deutschen Grenze oder parallel zu ihr bevölkern. Ich sitze vorn neben Vater und die Mädchen blicken uns erwartungsvoll entgegen. Da Mutter hinten sitzt, können sie diese erst erkennen, wenn wir mit ihnen auf gleicher Höhe sind. Manche lächeln und winken im Vorbeifahren, und eine wirft mir sogar ein Kusshändchen zu. Vor uns hält ein Wagen und eine Schwarzhaarige mit unendlich langen Beinen steigt ein, während wir zügig überholen. »Wo ist die sozialistische Moral geblieben oder solle man besser von stalinistischer Prüderie sprechen?«, fragt Vater laut denkend und gibt sich auch selbst die Antwort: »Die harte Währung, die Tschechien wie eine Zange umfasst, hat sie hinweggespült.« Nach einem Blick auf die Uhr fragt er nach hinten: »Monika, haben wir Kaffeedurst?« Mit einem: »Ein Kaffee könnte jetzt nichts schaden«, pflichtet sie Vater bei und mir obliegt es, Ausschau nach einer geeigneten Raststätte zu halten. Etliche sind geschlossen, einige sehen nicht sehr einladend aus und ich empfehle meinen Erzeugern, weiterzufahren. Dann kommt ein schmuckes, weiß getünchtes Häuschen mit Fachwerkgiebel in Sicht. Auf den Fensterbrettern im Obergeschoss stehen Blumenkästen mit üppigen, in verschiedenen Farben leuchtenden Blumen bepflanzt, wie man sie aus bayrischen Dörfern kennt. Über dem Eingang klebt, Stil brechend, ein von innen beleuchtetes Schild, das eine weltbekannte koffeinhaltige Limonade vorstellt. Ich bitte Vater anzuhalten, um mich zu erkundigen. Kaum habe ich den Vorraum betreten, kommt mir eine blonde Frau, nur mit einem Bikini begleitet, entgegen und fragt mich, ob ich Liebe möchte. Ich denke, dass das, was sie möchte, nichts mit Liebe zu tun hat. Dann widerspricht sie sich im nächsten Satz schon selbst und nennt mir den Preis für ein halbes Stündchen oben in ihrem

Zimmer. Es versteht sich von selbst, dass sie Deutsche Mark und keine Kronen verlangt. Unter ihrem Bikini trägt sie ein fleischfarbenes Tülltrikot, was ihre Nacktheit eher unterstreicht als verhüllt. Ich lehne mit Rücksicht auf meine Eltern ab, obwohl das Mädchen gut gebaut ist. (Wenn Mutter das Tagebuch eines Tages liest, wird sie empört sein, dass ich scheinbar *nur* deshalb darauf verzichtet habe!) Im Gastraum sitzen noch zwei ihrer Kolleginnen, Kaffee trinkend. Sie würdigen mich kaum eines Blickes, denn sie haben Pause. Ich gehe zum Wagen zurück und winke meine Eltern zu. Inzwischen ist das Mädchen, das mich angesprochen hat, verschwunden. Unbehelligt erreichen wir die eigentliche Gaststube. Außer den beiden »Damen« sitzt noch ein etwa dreißigjähriger Mann an einem als Stammtisch gekennzeichneten Tisch in einer Nische, wo ich ihn bisher nicht bemerkt habe. Er raucht eine Zigarette und hat ebenfalls einen Kaffee vor sich stehen. Die Kellnerin bringt ihm gerade einen Kognak. Während wir einen Fensterplatz ansteuern, mustert Vater den Herren.

»Wir sind hier in einem Stundenhotel«, flüstert mir Vater zu. Wie kommt er darauf? Von der Begegnung im Flur kann er doch nichts mitbekommen haben? Als er meinem fragenden Blick begegnet, zeigt er in Richtung Stammtisch, wo gerade der Kognak mit kühnem Schwung aus dem Glas gelassen wurde. »Wenn das kein Zuhälter ist, dann bin ich Pastor.« Um seine Feststellung, dass wir in einem Stundenhotel gelandet sind, zu untermauern, zeigt er auf die beiden Mädchen, die ihren Beruf ebenfalls nicht verheimlichen. Wir bestellen. Der Kaffee ist heiß und stark. Mutter lobt den auf türkische Art gebrühten Kaffee, kann sich jedoch nicht verkneifen, mir für die Wahl des Gasthauses Vorwürfe zu machen. Vater nimmt es mit Humor und meint, dass wir, Dank meiner famosen Quartiermachertätigkeit, Gelegenheit haben, ein wirkliches Stundenhotel kennen zu lernen. Beim Gehen entdecken wir am Treppenaufgang noch einen in schlechtem Deutsch verfassten Aushang:

Zimmer bitte beim Ober bestellen.
Zimmer kostet nix.

Nun war Mutter die Begriffsstutzige und fragt, wieso die Zimmer kostenlos zu haben seien. Als Vater ihr erklärt, dass der Zimmerpreis im Service der Damen inbegriffen ist, meint sie etwas deplaziert:»Ihr Männer seid doch alle gleich!« Vielleicht ärgert sich Mutter über sich selbst, deshalb die etwas ungerechtfertigte Verallgemeinerung in Bezug auf Vati und mich.
Wir fahren weiter. Je näher wir der deutschen Grenze kommen, desto dichter gestaltet sich das Spalier der Mädchen. Ab und zu parken ein paar Wagen mit deutschen Kennzeichen auf halblegalen Parkplätzen am Waldrand. An der Grenze angekommen verlässt eine fette Blondine den vor uns stehenden LKW. (Einen Geschmack haben manche Männer!) Beim Weggehen kann man sehen, wie sie ein paar Geldscheine in ihrem Handtäschchen verstaut. Jenseits der Grenze zieht wieder Normalität am Straßenrand ein, was Vater zu der Bemerkung veranlasst, ihm fehle etwas. Diesmal schweigt Mutter dazu.

Marienberg, den 19.10.1993
Wie alle Stülpners vor mir, bin nun auch ich Soldat. Soldat der deutschen Bundeswehr. Und genau wie Ur-Ur-Großvater, der bei den Chemnitzer Grenadieren diente, bleibe auch ich in Sachsen bei den Jägern in Marienberg.»Das eine Jahr machst du mit links«, mein-

te Vater zum Abschied und fügte verschmitzt hinzu: »Schießen hast du ja schon gelernt.«So viel mir aus der Familienchronik bekannt ist, hatte Karl seinerzeit auch während der Soldatenzeit gejagt und mit Wildbret die schmale Kompanieküche und vor allem das Offizierskasino bereichert. Bei dem Gedanken, meinem Kompaniechef einmal einen solchen Vorschlag zu machen, muss ich unwillkürlich lächeln. Geschichte wiederholt sich eben nicht, zu mindestens nicht in allen Einzelheiten. Auch was die Länge der Dienstzeit betrifft, gibt es erhebliche Unterschiede zwischen Karl, meinem Vater und mir heute. Mit den Jungs auf meiner Stube (bei den Soldaten heißt es eben nicht Zimmer) verstehe ich mich ausgezeichnet. Bei den Unteroffizieren ist es unterschiedlich. Da muss ich sagen, je älter und höher im Dienstgrad, desto besser kommen wir mit ihnen klar. Die ersten Schießübungen, ohne Zielfernrohr natürlich, haben gezeigt, dass ich mit zu den besten Schützen meines Jahrganges gehöre. Mit dieser Fähigkeit habe ich bei meinen Vorgesetzten ein »Stein im Brett« und sie sehen es mir nach, dass ich bei den Dienstgraden so meine Schwierigkeiten habe: Ein Major ist höher als ein Leutnant aber ein Generalmajor ist niedriger als ein Generalleutnant. Das verstehe wer will, ich nicht.

Berlin, den 18.11.1993
Heute ist Besuch der deutschen Hauptstadt befohlen. Mit Uniformjacke, Oberhemd und Krawatte angetan, sind wir angetreten und warten auf die Busse, die uns nach Berlin bringen sollen. Die Krawatte drückt und ist ungewohnt. Im Zivilleben habe ich noch nie eine getragen. Ich erinnere mich an Fotos aus Vaters Jugendzeit. Als er Mutter beim Tanzen kennen lernte, hatten die Jungs damals fasst alle einen solchen »Kulturstrick« um den Hals. Furchtbar!

Eine Stadtführerin ist zugestiegen. Sie hat kurzes braunes Haar und heißt Elke, ist etwa 1,60 Meter klein, vielleicht um die dreißig Jahre. Dank ihrer prima Figur, fällt es schwer, ihr tatsächliches Alter zu schätzen. Solange wir im Bus sitzen, haben wir von Berlin wenig mitbekommen. Denn Elke kann prima erzählen und wir starren sie alle an. Auch ihrer Aufforderung, doch nach draußen auf die Sehenswürdigkeiten Berlins zu sehen und nicht immer zu ihr, kommen wir nur zögerlich nach. »Sie sind für uns die schönste Sehenswürdigkeit Berlins«, rufe ich und ernte den Beifall meiner Kameraden. Habe ich doch laut ausgesprochen, was die meisten denken. Am Brandenburger Tor steigen wir aus und treten einen Fußmarsch durch das Zentrum Berlins an. Von der Mauer, die einst die Stadt trennte, war nichts mehr zu sehen. Nur am ehemaligen Checkpoint Charlie ist der Grenzübergang museal erhalten geblieben. Wir erfahren, dass die Grenzer der DDR von den Berlinern »grüne SS« genannt wurden. Wenn sie auch selbst Tote zu beklagen hatten, so sind sie doch verantwortlich für zahlreiche Todesopfer entlang der Mauer. Als ich das höre, bin ich froh, dass Vater bei der Volksarmee gedient hatte. Gerade die jungen Männer aus den Südbezirken der DDR waren bevorzugtes Personal für die Grenztruppen und mussten vielfach ihren Wehrdienst an der Berliner Mauer abdienen.

An einem Imbissstand spendieren wir Elke einen Glühwein, den sie dankend annimmt. Sie erzählt uns, dass sie Berlinerin ist und allein stehende Mutter eines fünfjährigen Jungen. Ihre Adresse verrät sie uns trotz inständigen Bittens nicht. Erst auf der Heimfahrt zeigt mir mein Nachbar einen Zettel mit einer Telefonnummer. Er war es auch, der ihr den Glühwein überreicht hat. »Meinst du nicht, dass du zu jung für sie bist?«, frage ich skeptisch. »Wenn ein Dreißigjähriger eine Achtzigjährige heiratet, wie kürzlich im Fernsehen gezeigt, dann kann ich ja wohl eine vielleicht acht Jahre ältere Frau kennen lernen oder nicht?«, entgegnet er etwas aufgebracht. »Den hat´s erwischt«, denke ich für mich und gebe ihm letztlich Recht.

Scharfenbach, den 14.03.1994

Heute kam ein Brief von der Treuhand aus Chemnitz. Darin teilt man Vater mit, dass man die Neugründung einer Genossenschaft noch einmal prüfen wolle. Vater hat auch tatsächlich ein paar tausend Mark zusammenbekommen. Die Abschüsse haben doch einiges eingebracht: Geweihe, Hauer von Wildschweinen, ja ganze Köpfe, präpariert, haben überraschend Absatz gefunden. Auch unsere Mutter hat Wirtschaftsgeld gespart. Statt zum Fleischer gehen zu müssen, haben wir immer kostenlosen Wildbraten in der Kühltruhe. Vater hat sogar Wurst daraus gemacht.

Draußen taut es. (Eigentlich Blödsinn, was ich da schreibe. Als ob es im Zimmer tauen würde.) Vater meint, wir sollen wieder einmal nach der Jagdhütte sehen. Im Winter, bei Schnee, ist es schwierig, unbemerkt zu unserem Versteck vorzudringen. Nicht, dass der Geländewagen im Schnee stecken bleiben würde, aber die Spuren hätten uns verraten. Wenn wir draußen waren, dann meist nur, bei Schneefall oder Schneesturm, damit die Spuren baldigst überdeckt oder verweht werden.

In der Hütte ist es kälter als oben. Die Wände sind noch leicht gefroren aber die Tapeten haben gehalten. Das Licht brennt trübe. »Die Batterien müssen ausgewechselt werden«, stelle ich fest. Es ist eine ziemlich schwere Arbeit, die Bleibatterien nach oben zu wuchten. Der Waffenschrank ist trocken. (Außer Munition hatten wir über den Winter nichts anderes darin aufbewahrt.) Die

165

Gewehre hat Vater zu Hause im Heizungskeller versteckt. Selbst, wenn bei einer Haussuchung die Polizei mit Metallsonden gesucht hätte, wären die Waffen zwischen den zahlreichen Rohrleitungen, die ebenfalls aus Metall sind, nicht auszumachen.

Kupplung, Leerlauf, Zwischengas, Kupplung, zweiter Gang rein. Der Wagen bremste und schob sich sanft zwischen den Spurrinnen, die andere Fahrzeuge vor ihm in das tauende Eis gefressen haben, in die abschüssige Kurve. Am Straßenrand steht ein Kleintransporter mit aufgeklappter Motorhaube und mit einem Wagenheber aufgebockt. Wir halten an. Vater steigt aus. Da taucht der Vollbart von Säge-Kurt aus dem Motorraum auf.»Nanu Kurt, hast du plötzlich zwei Pannen?«, fragt Vater hintergründig.»Können wir helfen?« Kurt klotzt mit offenem Mund und schaute uns an, als wären wir eine Ufo-Besatzung, die gerade vom Himmel gestiegen sei. Nachdem er sich gefasst hat stottert er lächelnd, dass er gerade fertig sei. Demonstrativ dreht er den Wagenheber herunter und baut ihn ab. Wir fahren weiter, aber nur bis zur nächsten Kurve, biegen dort, von ihm unbemerkt, in den Wald ein. Dass es sich bei Kurts Wagen um eine vorgetäuschte Panne handelt, waren wir uns ziemlich sicher. Deshalb steigen wir aus und pirschen uns durch den Wald an denn abgestellten Wagen heran. Die Motorhaube steht nach wie vor offen und er geht rauchend auf und ab. Kurzum, er benimmt sich nicht wie jemand, der eine Panne repariert, sondern wie ein Wartender. Auf wen wartet er hier? Zwanzig Minuten sind vorüber. Langsam bekomme ich kalte Füße. Aus der Gegenrichtung nähert sich ein TATRA-Lastwagen mit tschechischem Kennzeichen und hält auf der Höhe des Kleintransporters an. Der Fahrer steigt aus und begrüßt Kurt, der ihm Zigaretten anbietet. Eine nimmt der Fahrer sofort, zwei weitere wandern in die Brusttasche. Die beiden Männer stehen redend beisammen. Aus den Gesten von Kurt kann man ersehen, dass er offensichtlich von unserer Begegnung erzählt. Sein Tippen auf das Glas seiner Armbanduhr scheint zu sagen: »Sei in Zukunft pünktlicher!« Der Tscheche entschuldigt sich mit einem Schulterzucken. Dann ruft er etwas und schlägt die Plane seines Lastwagens zurück. Darunter tauchen mehrere Personen auf. Frauen, Männer und Kinder werden in den Kleintransporter gepfercht und ab geht es. »Wenn wir ihn jetzt anzeigen, weiß er, wer ihn verraten hat«, sage ich und Vater nickt bestätigend mit dem Kopf.

Am Abend kommt Miroslav. Da Mutter nichts »da hatte«, wie sie sagte, gehen wir zu Dritt in unser Stammlokal. Als wir eintreten, sind kaum Gäste da. Aber je später der Abend, desto voller die Kneipe. Wir sitzen so schön beisammen und auf den Bierdeckeln nehmen die »Gartenzäune« langsam Gestalt an. Da wird uns eine Lage Korn gereicht, die wir nicht bestellt haben. Auf unseren fragenden Blick zeigt der Wirt nur zum Nachbartisch. Dort sitzt Kurt und prostet uns zu: »Besten Dank für die angebotenen Hilfe.« Vater knurrt ein »Dankeschön«. Begeistert ist er von diesem erneuten Zusammentreffen nicht. Kurt treibt es auf die Spitze, als er sich ungefragt an unseren Tisch setzt und Miroslav provokativ nach seinem Hier-sein fragt. Uns hat Miroslav nicht erzählt, wie, wo und mit wem er über die Grenze gekommen war und plötzlich vor unserer Tür stand. Wir haben ihn auch nicht danach gefragt. Kurts Anspielungen bezüglich eines illegalen Grenzübertritts und gewisse Schieberaktivitäten gehen uns auf die Nerven.

»Was soll das?«, fragt Vater. »Erst spendierst du uns Einen und dann fängst du an zu stänkern!«

»Ich möchte euch nur warnen, besonders, wenn man Stülpner heißt. Auch heute bestrafen die Gerichte Wilddiebereien, Schmuggel und illegalen Waffenbesitz.« Mit Blick auf Miroslav setzt er seinen Tiraden die Krone auf: »Mit Ausländern haben die Leute so ihre Not. Die stehlen, schieben und verschwinden dann wieder über die Grenze.« Vater legt Kurt die Hand auf die Schulter und hindert ihn so am Aufstehen. Dann lächelt er und sagte leise zu ihm: »Unser Gast kommt nur aus Tschechien. Da können wir mit deinen illustren Gästen aus Rumänien oder Afghanistan natürlich nicht mithalten. Und wie ein gewisser TATRA über die Grenze gekommen ist, entzieht sich unserer Kenntnis.« Kurt wird weiß im Gesicht.

»Ist Ihnen nicht gut?«, frage ich hinterhältig und fahre fort: »Wenn sie unsere Familiengeschichte so gut kennen, dann wissen Sie auch, dass Stülpner-Karl gegen Räuber und Wegelagerer entschieden vorgegangen ist. Diese Tradition gedenken wir fortzusetzen auch gegen Verbrechen, die es vor zweihundert Jahren noch nicht gab, den Menschenhandel.« Nachdem ich das gesagt habe, lässt Vater Kurt los und wischt sich demonstrativ die Hände an seinen Hosen ab. Miroslav meint noch, dass Herr Marx einen Bart tragen müsse. Ohne Bart hätte er ein richtiges Arschgesicht und könne Reklame für biegsame Klobürsten machen. Der mit tschechischem Akzent vorgebrachte Spott wirkt somit doppelt komisch.

O.U., den 25.06.1994

Endlich Wochenende! Es war eine anstrengende Woche. Ich habe die Fahrprüfung bestanden und bin im Besitz des Führerscheines. Vater hat mir erlaubt, mit dem Geländewagen, allein in den Wald zu fahren. So richtig glücklich war er dabei nicht, als ich ihn darum bat. Aber nachdem er sich bei einigen Probefahrten überzeugt hatte, dass auch ich mit so einem Auto umgehen kann, hat er es mir anvertraut. Am meisten hat ihn beeindruckt, dass ich die steile Böschung, gleich hinterm Haus mit eingelegtem Reduktionsgetriebe ohne zu rucken oder den Motor abzuwürgen, geschafft habe. Eigentlich soll ich zur Hütte, Vorräte auffüllen und Abfall wegbringen. »Die Arbeit läuft dir nicht weg«, denke ich und biege ab in Richtung Grenze. Auf der Bundesstraße ist um diese Zeit noch wenig Verkehr und ich gebe Gas: 100, 120, 140 (... aber nicht weitersagen!). In einer Kurve habe ich Mühe, den Wagen zu halten. Als dann das Heck ausbricht, zittern mir die Knie doch etwas und ich halte erst einmal an und stelle den Wagen in einer Schneise ab. Die Ruhe tut gut. Ich schaue nach hinten. Die Ladung ist leicht verrutscht aber unbeschädigt. Auch am Fahrzeug kann ich nichts feststellen. So ein Wagen hält eben einiges aus. Während ich noch so dastehe sehe ich die Schneise herunter ein Moped kommen. Das heißt, der Fahrer versucht durch Schieben den Motor in Gang zu bringen. Er springt kurz auf, aber nachdem der Motor ohne gezündet zu haben, erneut verebbt, wiederholte er die Prozedur aufs Neue, bis er so bei mir angelangt ist. »Wer sein Moped liebt, schiebt es.« Mit diesen Worten begrüße ich ihn. Wütend schmeißt er das Moped hin. »Mistding!«, schimpft er und reißt sich den Helm vom schwitzenden Gesicht. Der Mopedfahrer ist eine Sie. Ihr schwarzes Haar ausschüttelnd, schaut sie wütend auf mich und ihre dunklen Augen verheißen nichts Gutes. Schade, dass ich keinen Fotoapparat bei mir habe. Es wäre ein wunderschönes Motiv: ihr vor Anstrengung leicht gerötetes Gesicht, die zerzausten schwarzen Haare, zwischen denen zwei grüne Augen dunkel hervorschauen. ...Und im Hintergrund der

Wald. Viel Zeit, über das Fotomotiv nachzudenken, lässt sie mir nicht.

»Hilf mir lieber, das Ding wieder flottzumachen!« Dann lächelt sie: »Entschuldige, du kannst ja nichts dafür. Meinen Bruder könnte ich zum Mond schießen. Nie funktioniert die Maschine, wenn ich sie mal brauche.« Mit einem »darf ich mal?«, hebe ich die Maschine auf. Ich rüttle am Kerzenstecker. Der ist fest. Dann öffne ich den Tankdeckel, der verdächtig trocken aussieht. Auch der Benzinhahn steht bereits auf »Reserve«. Ich biete ihr an, zur nächsten Tankstelle zu fahren und einen Kanister »Gemisch« zu kaufen. Bevor wir losfahren, schraube ich noch die nasse Zündkerze heraus und reinige sie. Die Kerze nehmen wir vorsichtshalber als zusätzlichen Diebstahlsschutz mit. Unterwegs erzählt sie mir, dass sie Christine heißt, eine Lehre als EDV-Kauffrau absolviert und heute Vormittag eigentlich zur Fahrschule wolle. Ihr Name gefällt mir. »Wie Ur-Ur-Großvaters Freundin«, frohlocke ich.

»Bist du mit dem Stülpner, ich meine mit Stülpner-Karl verwandt?«, fragt sie, nachdem ich mich vorgestellt habe. »Kennst du ihn?«, frage ich zurück.

»Ich weiß nur, dass er hier vor langer Zeit gelebt hat. Darüber habe ich gelesen. In der Schule wurde er uns als Erzgebirgischer Volksheld, der gegen Unrecht und für die Armen gekämpft hat, vorgestellt.« »...Und ich bin sein Ur-Ur-Enkel in direkter Linie«, erwidere ich stolz.

»Na, dann bin ich ja an den Richtigen geraten.« Wie sie das sagt und dabei lacht, gefällt mir. Nachdem ich ihr Moped wieder flottgemacht habe, verabreden wir uns für morgen Nachmittag in Zschopau, wo sie zu Hause ist. Nachdem sie bereits ihren Helm aufgesetzt hatt, drehe ich mich noch einmal um und gebe ihr einen

Kuss. Dabei stoße ich mit meinem Kopf gegen ihre Helmkante. Winkend fährt Christine los.

Scharfenbach, den 26.06.1994

Als ich aufwachte, wurde mir schlagartig bewusst, dass ich überhaupt nicht weiß, wie ich nach Zschopau kommen soll. Mein eigenes Moped steht zerlegt im Keller. Wird Vater mir den Wagen borgen oder leiht Mutter mir ihren kleinen Polo? »Du kommst doch heute Nachmittag mit nach Chomutov? Erinnerst du dich? Miroslav hat uns eingeladen«, fragt Vater beim Frühstück. »Ich komme vielleicht nach«, entgegne ich. »Was heißt das? Warum fährst du nicht mit uns?«, legt er nach. Während ich noch nach Ausreden suche, fragt mich Mutter plötzlich: »Wie heißt sie?« »Christine«, antworte ich, leicht überrumpelt und erzähle von meinem Problem, wie ich nach Zschopau kommen soll. Wie erhofft, borgt mir Mutter ihren Polo und Vater wiederholt seine Bitte, Christine ins Böhmische mitzubringen.

Wir bestellen uns eine Cola. Christine fragt mich, ob ich auch schon auf die Jagd gehe. Sie war ein richtiges Stadtkind mit etwas romantischen Vorstellungen vom Wald und dem Jagen. Dass mein Vater und ich in die Fußtapfen von Ur-Ur-Großvater Karl getreten sind, kann ich ihr noch nicht erzählen. Unterm Tisch greife ich nach ihrer Hand, die sie mir bereitwillig gibt. Dabei rückt sie unmerklich näher und schaut mich an. Ich küsse sie. Ein paar Jungs am Nachbartisch machen dazu unpassende Bemerkungen. Ich frage Christine, ob sie ihren Ausweis einstecken hat. Erstaunt fragt sie mich nachdem Warum. »Das Standesamt hat doch heute geschlossen«, entgegnet sie schlagfertig. Ich habe das Gefühl, rot zu werden. Dann rücke ich mit Vaters Einladung nach Chomutov heraus, dass dort

irgendein Volksfest sei, zu dem wir hinkommen sollen.
»Tun wir deinen Eltern den Gefallen. Wenn ihnen
meine Nase gefällt, legen sie unserem Zusammensein
keine Hindernisse in den Weg. Wir müssen ja nicht
ewig bei diesen Oldis bleiben.«
Auf der Fahrt kommt uns kurz vor der Grenze ein
Kleintransporter entgegen. Ich erkenne Säge-Kurt am
Steuer. »Nicht schon wieder«, sagen wir im Chor und
schauen uns überrascht an. »Kennst du Säge-Kurt?«,
frage ich Christine. »Und ob, er ist mein Onkel, leider.«
Das »leider« nehme ich erleichtert zur Kenntnis und
frage nur: »Wieso?« Dann erzählt sie mir von Kurts
Praktiken, dass er versuchte, ihre Eltern über den Tisch
zu ziehen. Einzelheiten nennt sie nicht. Ich erzähle ihr,
dass wir Kurt beim Schleusen von Illegalen beobachtet
haben und er uns deshalb vorerst nichts antun kann. Die
Grenze ist erreicht und wir haken das leidige Thema ab.
Im Hostinec werden wir gastfreundlich aufgenommen.
Tanzen nach böhmischer Blasmusik ist zwar nicht
unsere Lieblingsbeschäftigung aber wir machen mit.
Als ich von hinten angestoßen werde, ist es Miroslav,
der mit Mutter tanzt. Spontan begrüßen wir vier uns
gegenseitig und Mutter zeigt mir, in welcher Saalecke
sie zu finden sind. Dabei umarmt sie Christine und
Miroslav schloss sich dieser Geste an. »Nicht bös sein
Junge, sie hat es verdient«, entgegnet er augen-
zwinkernd. Christine meint nur, dass er eine ganz
schöne »Fahne« habe, wahrscheinlich vom Slibowitz,
dem böhmischen Pflaumenschnaps.
»Ich brauche frische Luft«, meint Christine und wir
gehen vor die Tür. Das Lokal hat eine Terrasse, die
einen herrlichen Blick über das Tal gestattet. Sie macht
einen etwas baufälligen Eindruck. Das ist wahrscheinlich auch der Grund, warum hier draußen nicht bedient
wird. Es dunkelt und der Mond scheint zu uns herab.

Christine lehnt am Geländer. Ich stelle mich hinter sie und lege meine Arme um ihren Körper. Ihre Hände ruhen warm auf den meinen. So stehen wir eine Weile. Die Tanzsaalgeräusche dringen nur gedämpft bis zu uns. Ich tauche meinen Kopf in ihr Haar. Es duftet nach Sommerwiese mit einem Schuss Rauch versetzt. Letzterer stammt von dem Aufenthalt im Lokal. Ich küsse ihren Hals und flüstere: »Ich liebe dich!«»Ich dich auch«, gibt sie leise zurück. Dabei dreht sie sich zu mir herum. Beim Küssen schmiegt sie ihren Unterleib an mich. Ich greife nach dem Reißverschluss an ihren Jeans. »Hier nicht«, sagt sie, nimmt mich bei der Hand und geht auf das Wäldchen zu... .

Auf der Heimfahrt schweigen wir. Sie hat ihren Kopf an meine Schultern gelehnt. Erst als wir Zschopau erreichen, nennt sie mir Straße und Hausnummer und ich weiß nun auch, wo sie wohnt.

O.U., den 29./30.06.1994

Das Leuchtzifferblatt meiner Uhr zeigt achtundvierzig Minuten vor Mitternacht, als wir an unserer unterirdischen Jagdhütte aussteigen. Miroslav, Vater, ich und Tschiska machen sich auf den Weg, um im Böhmischen zu jagen. Wir nähern uns einer Landstraße. Nach der Karte muss es die letzte Querverbindung vor der Grenze sein. Der Nachthimmel wird kurz in blaues Licht getaucht, das bald wieder erlöscht. Wir werfen uns hin und warten, dann kriechen wir vorwärts, in Richtung, aus der das Licht kommt. Von einem Hügel aus können wir eine Straßenkreuzung einsehen. Mehrere grüne Polizeifahrzeuge stehen beisammen. Ein Wagen startet, schaltet die blaue Rundumleuchte ein und fährt los. Das Blaulicht ist noch lange in der Nacht zu sehen. Vater sucht das Gelände mit dem Fernglas ab. Er erschrickt und zeigte auf den gegenüberliegenden Hügel. Beim genaueren Hinsehen erkennt man Grenzer. Sie haben Nachtsichtgeräte bei sich. Hätten wir nicht aufgepasst, wären wir in ihre Falle gelaufen. »So wie es aussieht, erwarten sie einen Grenzübertritt von Tschechien nach Deutschland«, meint Miroslav. Wir überlegen, was wir tun können. Hier kommen wir unmöglich weiter. Wir entschließen uns, umzukehren. Unbehelligt erreichen wir den Bau und klettern hinunter. Die beiden Männer beschließen, die Nacht hier zu verbringen und fordern mich auf, vorsichtshalber den Wagen wegzubringen und sie morgen oder besser heute (es ist inzwischen 0:30 Uhr) um 6:00 Uhr wieder abzuholen. Vater durchsucht noch einmal den Wagen und räumt alle verdächtigen Sachen in die Hütte. Dann fahre ich in westliche Richtung, um die Straßensperre zu umgehen. Da taucht eine rote Winkerkelle aus dem Dunklen auf. Die Frage nach dem Woher und Wohin beantworte ich mit einer biologischen Exkursion. »Ich suche das Kräutlein Niesmitlust, dass nur bei Vollmond unter alten Bäumen blüht wie weiland bei Jakob aus Hauffs Märchen vom Zwerg Nase.« Da Polizisten eher wenig romantisch veranlagt sind, behalte ich diese Bemerkung für mich, sozusagen als nächtlichen Treppenwitz der Landstraße. Ich darf passieren. Eine nette Beamtin weißt mich darauf hin, dass ich in dieser Nacht noch mehreren Kontrollstellen begegnen werde. Es wäre leider erforderlich. Da es nun einmal erforderlich ist, fahre ich in Richtung der Straßensperre, die wir bei unserem nächtlichen Gang zuerst entdeckt haben. Gerade will ich abbiegen, da kommt mir ein Kleintransporter in halsbrecherischer Fahrt entgegen, schleudert, zerschlägt krachend meinen linken Außenspiegel und verschwindet. Empört mache ich kehrt. An dieser Straßengabelung kann ich den Geländewagen, trotz des relativ großen Wenderadius problemlos wenden und nehme die Verfolgung des Unfallflüchtlings auf. Der Transporter ist schneller als ich. Aber mit Fernlicht und eingeschaltetem Zusatzscheinwerfer bleibt er in meinem Gesichtsfeld. Dies ist notwendig, weil er nach dem Zusammenstoß die Beleuchtung an seinem Wagen ausgeschaltet hat. Im Rückspiegel blitzt ein Blaulicht. Auch die Polizei hat die Verfolgung des Transporters aufgenommen. Es sind nur noch wenige Meter bis zu dem Kontrollposten, den ich vor kurzem passiert hatte, da liegt der Kleintransporter am Straßenrand und hat sich förmlich um einen Baum gewickelt. Ich steige aus. Zusammen mit den Beamten (es sind Bundesgrenzschützer), die inzwischen mit mir die Unfallstelle erreichen, versuchen wir, die Fahrertür zu öffnen. Die Kabine ist total eingedrückt und die Frontscheibe zerstört. Einer der Grenzer leuchtet mit seiner Taschenlampe hinein und der Lichtstrahl trifft auf das Gesicht des Fahrers. »Das ist doch Säge-Kurt«, rufe ich erstaunt. »Sie kennen den Mann?«, werde ich gefragt. In dem Wagen sind glücklicherweise keine weiteren Personen. Beim Öffnen der Heckklappe ist unschwer zu erkennen, das noch vor kurzem Menschen darin saßen. Erbrochenes, alte Taschentücher, ein Turnschuh sind eindeutige Spuren. Säge-Kurt ist mausetot. Die Beamten nehmen noch meine Personalien auf und bitten mich, am nächsten Tag bei der Polizei, meine Aussage zu Protokoll zu geben. Ab jetzt ist das ein Fall für die Polizei. Sie, die Herren vom Bundesgrenzschutz können da nichts mehr machen.

In der Nacht habe ich einen bösen Traum: Säge-Kurt verfrachtet Christine, die er vorher mit Klebeband gefesselt hat, in seinen Kleintransporter. Ich versuche, mit ihrem Moped die Verfolgung aufzunehmen. Plötzlich versagt der Motor, der Tank ist leer. Das

Schnurren des zündungslosen Motors ist in Wirklichkeit der Summton des Weckers. Wo bin ich? Richtig, ich muss ja Vater und Miroslav abholen. Auf der Fahrt zur Hütte nehme ich noch einmal die Straße, wie in der letzten Nacht. Der Unfallwagen ist bereits abtransportiert. Nur ein paar Schrammen an der Baumrinde und vom Abschleppen aufgerissenes Erdreich erinnern an das nächtliche Ereignis.

Vater zeigt sich ziemlich ungehalten über den abgerissenen Außenspiegel und noch ungehaltener, als er erfährt, wer es war. »Den Kerl kaufe ich mir!«, schimpfte Vater. »Zu spät, Kurt ist tot«, erwidere ich und erzähle von dem nächtlichen Vorfall. »Trotzdem, den Schaden melden wir. Seine Versicherung muss zahlen. Wenn du heute zur Polizei gehst, dann erstattest du Anzeige«, fordert mich Vater auf.

Auf dem Polizeirevier geht es sachlich und ein wenig nüchtern zu. Ein Beamter tippt im Drei-Finger-Such-System auf einer alten Erika das Protokoll. (Die Erfindung des PC scheint an der Polizei vorbei gegangen zu sein!?) Papiere haben sie bei dem Toten nicht gefunden und waren deshalb vorerst auf meine Beschreibung angewiesen. »Er hieß nicht nur Marx, sondern trug auch so einen Vollbart. Vom Karl Marx unterschied er sich durch seine Glatze und seinem Intelligenzquotienten. Bei letzterem konnte er dem Philosophen nicht das Wasser reichen.«
Ein junger Kommissar, der gerade hereingekommen ist, hört sich meine Personenbeschreibung an: »Sie konnten den Toten nicht sonderlich leiden?« Ehe ich antworten kann, fährt er fort: »Uns interessiert in erster Linie sein Äußeres und nicht seine Intelligenz und Charakter. Wir glauben, dass es sich bei dem Toten um einen führenden Schleuser aus dieser Gegend handelte.

Deshalb widerspreche ich ihrer charakterlichen Einschätzung des Toten nicht.« Danach erstatte ich noch Anzeige wegen des abgebrochenen Außenspiegels. In einer Türtasche hat man eine Visitenkarte eines Versicherungsvertreters gefunden. Man nennt mir die Anschrift, in der Hoffnung, dass der Kleintransporter bei diesem versichert ist.

Am Nachmittag fahre ich noch zu Christine und erzähle vom Tod ihres Onkels.»Ein Verlust für unsere Familie ist er nicht. Ich denke nicht daran, zur Trauerfeier zu gehen«, meint sie. Auf meine Frage, was zwischen Säge-Kurt und ihrer Familie vorgefallen sei, sagt sie nur, dass sie selbst nichts Genaues darüber weiß aber auch Angst hat, ihre Mutter nach den alten Geschichten zu fragen.

Scharfenbach, den 30.09./01.10.1994

An meiner Zimmertür hängt ein grüner Kranz mit einer goldenen »20« darin. Zwei Jahre sind nun vergangen seit jener denkwürdigen Geburtstagsfeier, als wir beschlossen, dem Unrecht in echt Stülpnerscher Tradition entgegen zu treten. Und wir hatten Erfolg damit. Die Wiedererrichtung unserer Genossenschaft steht unmittelbar bevor. Polizei und Försterei haben uns bis jetzt nichts nachweisen können. Selbst Christine weiß bis jetzt noch nichts von meinem Doppelleben. Mit dem Tod von Säge-Kurt hat der Schleuserring einen empfindlichen Verlust hinnehmen müssen und die illegalen Grenzübertritte sind zurück gegangen. Seitdem haben Bundesgrenzschutz, Polizei und Forstbehörden wieder mehr Zeit, sich unserem Jagdtreiben zu widmen. Es hat sich als sehr weitsichtig erwiesen, als Vater beschloss, *erst* die unterirdische Jagdhütte zu errichten und danach mit der Jagd zu beginnen. In letzter Zeit war es oft nötig, trotz der Schalldämpfer an unseren

Jagdgewehren, für mehrere Stunden von der Erdoberfläche zu verschwinden. Außerdem machten wir Spuren in Besorgnis erregender Nähe zu unserer unterirdischen Jagdhütte aus.

Heute wird erst einmal gefeiert. Christine ist schon mittags gekommen und hilft Mutter in der Küche. Es sollte mein Lieblingsessen geben: Gehacktes vom Wild mit Kraut. Nicht, wie allgemein bekannt als Krautwickel, sondern in einer runden Form gebacken wie eine Torte. Dazu werden Klöße oder Salzkartoffeln gereicht. Das Geheimnis (das Rezept stammt noch von meiner Großmutter) besteht in der Mischung der einzelnen Fleischsorten und den Gewürzen, die beigegeben werden. Dabei wird Fleisch vom Reh und Wildschwein verwendet. Wenn vorhanden, kommt auch Püriertes vom Hasen dazu. Zwei bis drei Fleischsorten bilden die Grundlage. Zum Abbinden nimmt man keine Hühnereier, sondern Tauben- oder Wachteleier. Die Weißkrautblätter werden mit einem Kräutersalz eingerieben, ehe sie die Fleischmasse abdecken dürfen. Christine soll heute die Rezeptur kennen lernen. Mutter meint, für eine gute Ehe ist es wichtig, dass die Frau weiß, was dem Manne schmeckt. Deshalb kann es nie schaden, wenn eine Frau nicht nur bei Muttern sondern auch bei der künftigen Schwiegermutter einen Kochkurs belegt. Wenn ich auch nicht viel von solchen Weisheiten aus vergangenen Zeiten halte, so gibt es doch Dinge, die offensichtlich ihre Berechtigung haben. Vielleicht schreibt Christine auch einmal ein Tagebuch und nennt uns dabei die Rezeptur der Krauttorte.

Nach dem Abendbrot verabschieden wir uns und fahren in eine Disco. Jetzt wird es leer zu Hause. Denn neben Christine und mir ist auch ihr Bruder nebst Frau gekommen, die sich ebenfalls dem Disco-Besuch anschließen. Ich frage Daniel, ihren Bruder vorsichtshalber, ob er noch genug Benzin im Tank habe, als Anspielung auf meine erste Begegnung mit Christine. Mit dem Hinweis, dass sein *Astra* eine Tankanzeige besitze, lässt er sich von meiner Ironie nicht provozieren.

Heute Nacht bringe ich Christine zu mir. Meine Schlafcouch ist zwar nicht sehr breit aber für uns beide groß genug. Ich habe auch nicht die Absicht, den Abstand zwischen ihr und mir sehr groß werden zu lassen. Wir wollen im Bett auch nicht stricken oder lesen. Ich borge ihr einen Schlafanzug von mir. In der Breite passte er aber die Ärmel und Hosenbeine entsprachen nicht ihrer Anatomie. »Lass es, wozu brauche ich einen Schlafanzug. Ich hoffe, du wärmst mich.« Mit diesen Worten legt sie sich bäuchlings ins Bett und stellt sich schlafend. Ihr langes dunkles Haar schwimmt auf dem Kopfkissen. »Wo war das Meer, wo das Ufer?«, denke ich, als ich mich zu ihr lege. Ich beiße sie zärtlich in den Po. Daraufhin dreht sie sich auf den Rücken. »Na warte!« Ich spüre ihre Zähne in meiner Schulter. Obwohl es weh tut, verkneife ich mir einen Schmerzenslaut oder eine andere unpassende Bemerkung. Sie umarmt mich und ehe wir uns recht versehen, sind wir eins geworden... .
Die Gardinen dämpfen das Sonnenlicht. Ich schaue zur Uhr: kurz nach sieben ist es erst – und es ist Samstag, ein beruhigendes Gefühl. Christines Arm liegt auf meiner Brust. Sie schläft, wieder auf dem Bauch liegend. Das Geschehen der Nacht taucht aus meinem Unterbewusstsein hervor. Nein, der Wunsch, sie zu beißen, ist verflogen. Vorsichtig drehe ich mich unter ihrem Arm herum und lege meinen über den ihren. Sie fasst nach meiner Hand. »Schläfst du noch?«, frage ich. »Ja«, erwidert sie. Ich glaube ein Lächeln auf ihrem Gesicht zu sehen. »Ich schau mal nach Mutter.« In der

Küche hatte Mutter bereits vorsorglich ein Tablett für zwei Personen vorbereitet. »Woher weist du das?«, frage ich etwas perplex. »Ich kann noch zwei von vier Füßen unterscheiden, die die Treppe hochkommen«, sagt sie und schaute mich dabei an, sie bitte nicht für naiv zu halten. Mütter können wahrscheinlich nie richtig schlafen, wenn ihre Kinder nachts unterwegs sind. Väter haben da weniger Probleme. »Gut, dass ich keine Mutter werde«, denke ich und dabei fällt mir der Spruch von Bernhard Shaw ein, der gesagt haben soll:

Dass Töchter werden, wie ihre Mütter,
ist ihr Fehler.
Dass Söhne nicht werden wie ihre Mütter,
ist ihr Fehler.

Mit diesen Gedanken öffne ich leise die Tür zu meinem Zimmer. Christine ist bereits angezogen, das Bett ist gemacht und der kleine Tisch vorbereitet. Während wir frühstücken, überlege ich, ob ich Christine nicht behutsam von meinem Doppelleben als Wilderer und von der Jagdhütte erzählen solle. Christine schlägt vor, nach Chemnitz einkaufen zu fahren und ich zögere meine »Beichte« erneut hinaus.

Chemnitz, den 05.04.1995

Christine hockt auf dem Bett. Ihre Knie hat sie unter dem Pullover versteckt und die Hände verschwinden in den Ärmeln. »Deine Pullover gefallen mir«, meint sie, während ich im Schrank nach einem passenden Stück für mich suche. Obwohl die Zentralheizung wohlige Wärme ausstrahlt und ihre Tätigkeit ab und zu durch ein leises Ticken zu erkennen gibt, zieht es Christine vor, sich in meinem Pulli zu verkriechen. Es ist bisher alles so gekommen, wie wir es uns gewünscht haben:

Nach dem Dienst beim Bund begann ich mit dem Studium in Chemnitz (Karl konnte seinerzeit nicht studieren) und Christines Ausbildungsbetrieb hat ebenfalls hier seinen Sitz. Was liegt also näher, als das wir uns eine gemeinsame Wohnung am Ort nehmen. In unsere Miete teilen sich Christines und meine Eltern je zur Hälfte. Für ein gemeinsames Auto reicht es noch nicht, aber ihr Moped, von mir repariert, sichert die erforderliche Beweglichkeit. An den Wochenenden wohnen wir abwechselnd in Zschopau oder in Scharfenbach. Das Telefon klingelt. Am anderen Ende spricht Vater. Miroslav sei verhaftet worden.»Wo?«, frage ich. Nach dem Warum zu fragen, kam mir nicht in den Sinn. Kenne ich doch die einträgliche Nebenbeschäftigung der beiden Männer, für die mir immer weniger Zeit bleibt, daran teilzunehmen. Die Festnahme war in seinem Heimatdorf erfolgt und Vater fragt an, ob ich am Wochenende mit ins Böhmische fahren könne. Er wolle Miroslavs Familie besuchen, um nähere Einzelheiten zu erfahren. Eventuell müsse man einen Anwalt finden und ihn bezahlen. Ich berate mich kurz mit Christine und sage zu. Jetzt war es an der Zeit, endlich über unsere »Arbeit« im Wald zu erzählen. Im Schneidersitz nehme ich neben ihr auf dem Bett platz und spreche über die Stülpnersche Familientradition des Wilderns und wie es vor drei Jahren angefangen hat. Ich merke, wie sich Christine zunehmend dafür zu begeistern beginnt. Den einzigen Vorwurf, den sie mir macht, ist, sie nicht schon eher eingeweiht zu haben. Diesen Vorwurf gebe ich, mit der Bemerkung zurück, dass es in ihrer Familie auch einige dunkle Punkte gäbe, besonders im Zusammenhang mit Säge-Kurt, über die sie mir bisher auch nichts erzählt hat. Christine steht wortlos auf und macht einen Tee. Dann erzählt sie, dass sie und ihr Bruder aus der zweiten Ehe ihrer Mutter stammen und nur ihre älteste Schwester aus erster Ehe. An der Scheidung war Kurt mitschuldig gewesen. Mit sechzehn hat Kurt seine damals vierzehnjährige Schwester nach einer Familienfeier verführt. Es wäre nicht bei dem einen Mal geblieben. Über mehrere Jahre habe diese Beziehung bestanden. Später dann, Mutter hatte sich von ihrem Bruder gelöst und einen anderen Mann kennen gelernt und geheiratet, hat Kurt im Streit mit seinem Schwager diesem gestanden, ihr »erster Mann« gewesen zu sein, worauf dieser die Scheidung einreichte. Als Mutter wieder heiratete, hat sie ihrem Herbert noch vor der Hochzeit alles erzählt und zwischen den Familien kam es zum Bruch.

»Das ist auch der Grund, warum ich meinen Onkel nie richtig kennen gelernt habe. Später, als ich bereits vierzehn war, hat Mutter mir erzählt, was zwischen ihr und ihrem Bruder vorgefallen war. Verstehst du nun, warum Kurts Tod von uns allen mit Erleichterung aufgenommen wurde?«, meint Christine abschließend. Wir schweigen. Dann fasst sie nach meiner Hand und schaut mich an, als wolle sie fragen, welche Familie die schlimmere sei. Eine Familie, in der gewildert wird oder eine, in der Inzucht an der Tagesordnung war. Ich unterbreche die Stille: »Vielleicht bin ich am Tod deines Onkels nicht ganz unschuldig.« Ich erzähle ihr, was ich damals auf der Polizeiwache aber verschwiegen habe, dass ich den Kleintransporter mit eingeschaltetem Fernlicht verfolgte und womöglich dabei blendete, was dann den folgenschweren Unfall auslöste. Christine beugt sich zu mir herüber und küsst mich. »Vielleicht warst du Schuld, vielleicht nicht. Auf alle Fälle war es gut so, wie es gekommen ist.«

Chemnitz, den 08.04.1995

Vaters Landrover passiert die deutsch-tschechische Grenze. Christine, Mutter, Vater und ich haben uns aufgemacht, die Familie Hubacek zu besuchen und ihr beizustehen. Was war passiert? Ist Miroslav beim illegalen Jagen gefasst worden? Doch welche Überraschung! Mirolslav empfängt uns persönlich:

»Ich freue mich, euch zu sehen. Ich bin erst vor einer halben Stunde – wie heißt es im Deutsch? – aus dem Knast entlassen worden. Ein Computerfehler der Polizei war schuld. Meine Autonummer war im Fahndungscomputer ausgeschrieben. Grund war nur eine verdrehte Zahl. Statt achtundsiebzig hatten sie eine siebenundachtzig eingegeben und das ist mein Wagen.«

Vater meint, dass Miroslav dafür Schadenersatz verlangen solle, schließlich wäre es ja nicht sein Verschulden. Miroslav bleibt skeptisch: »Ach lass, Ullrich, so etwas gibt es bei uns nicht. Das gibt es bei euch oder in Amerika.« Aber Vater lässt nicht locker. Miroslav jagt bei seinen Wildereien vorzugsweise in Deutschland, somit besteht auch keine Gefahr, dass er bei der tschechischen Polizei ins Visier geraten ist.

»Wir wecken damit keine schlafenden Hunde, wie man bei uns sagt, wenn du Anzeige erstattest und Schadenersatz forderst«, unterstütze ich Vaters Agitation.

»Jetzt setzt euch erst einmal und wir essen gemeinsam Mittag«, meint Miroslav und ruft in die Küche: »Helena, was gibt es heute?« Seine Frau antwortet in Tschechisch und ich verstehe nur »Knedlik« (was so viel wie Semmelknödel bedeutet). Also lassen wir uns überraschen. Inzwischen nutzen Vater und Miroslav die Gelegenheit zum Kassensturz. Schließlich haben wir mit unserer Wilderei einiges verdient und Miroslav konnte sein Taschengeld in Deutscher Mark erfreulich

183

aufstocken. Es gilt abzuwägen, ob der Gang zum Rechtsanwalt den Aufwand lohnt. Ein Anruf bei einem befreundeten Anwalt, dem er das Problem vorträgt, machte uns Hoffnung. Die möglichen Kosten des Verfahrens Hubacek gegen Polizei halten sich in Grenzen, falls das Gericht gegen unseren Freund entscheiden würde. Dabei spielt der Umrechnungskurs von Deutscher Mark in Tschechische Kronen eine nicht unwesentliche Rolle. Nach dem Mittagessen beschließen wir Männer, das Jagdrevier auf böhmischer Seite näher zu inspizieren. Bisher hat die Jagd vorzugsweise im Sächsischen stattgefunden. Haben doch die häufigen Kontrollen und Streifen in der Vergangenheit die Jagd jenseits der Grenze behindert. Außer ein paar Hasen, die man geschultert über die Grenze bringen konnte, verzichteten wir darauf, im Böhmischen großen Stücke zu erlegen. Wir fahren mit Miroslavs Wagen. Heute, am Wochenende hatte es die tschechische Polizei besonders auf Besucher aus Deutschland abgesehen, diese mit Radarfallen und Streifenwagen zu kontrollieren und vor allem abzukassieren. Einheimische Fahrzeuge bleiben dabei meistens unbeachtet, zumal, wenn es sich um ältere Automodelle aus früherer tschechicher Produktion handelt. Wir haben nicht die Absicht, auf den üblichen Touristenstraßen zu fahren, sondern wollen abgelegenes Terrain erkunden. Miroslavs Vorschlag, hier ebenso eine unterirdische Jagdhütte zu errichten, wird als zu aufwendig abgelehnt. Vater hat mit der eben erst wieder neu gegründeten Genossenschaft genug zu tun und ich stehe als Student auch kaum zur Verfügung. Also entschließen wir uns, es bei der alten Scheune, als Versteck zu belassen. Den Versuch, mit dem Auto unbemerkt nach Sachsen zu unserer unterirdischen Jagdhütte zu gelangen, müssen wir aufgeben. Alle Wege, die man mit einem normalen PKW befahren kann, sind durch Pfähle, Schlagbäume und ähnliche Hindernisse unpassierbar. Fußgänger, eventuell auch Motorradfahrer kämen über die Grenze. Ein kleiner Bach, der ein Stück des Weges die beiden Länder von einander trennt, wäre für den Landrover kein Hindernis. Bei unserer ausgedehnten Inspektionsfahrt sind wir, Dank des Geschickes unseres Gastgebers weder der Polizei noch sonstigen Ordnungshütern begegnet. Dafür sichten wir umso mehr Wild und noch mehr dessen Spuren. Während wir wieder einmal Miroslavs Wagen auf den Waldweg zurückschieben, rutsche ich aus. Wütend trete ich gegen eine Wurzel, an der ich mir das Schienbein eingerannt habe. Die Wurzel ist nicht sehr fest und ich stoße mit meinem Fuß auf etwas Glattes, metallisch-glänzendes. Vorsichtig entferne ich das Erdreich. Zuerst befürchte ich, eine Granate gefunden zu haben. Doch Vater beruhigt mich mit dem Hinweis, dass es in dieser Gegend keine Kämpfe gegeben hat, was Miroslav bestätigt, während er beginnt, mit einem Feldspaten den Gegenstand auszugraben. »...umus« lesen wir auf dem Metall. »... umus ist eine lateinische Endsilbe. Damit wird keine Munition beschriftet«, beruhigt uns Vater. Trotzdem graben wir vorsichtig weiter. Die Erde ist relativ locker. Nur das Geflecht aus Wurzelballen und –strängen behindert die Grabung. Dann bergen wir unseren Fund. Ein urnenähnliches Metallgefäß mit einem ovalen Schildchen und einer Inschrift darauf, kommt zum Vorschein. Das kleine Schild ist zerbrochen. Trotz Suchens finden wir die andere Hälfte nicht, so dass wir den lateinischen Begriff nicht entziffern können. Ansonsten befindet sich das Gefäß in einem guten Zustand. Der Rost hat der Urne kaum zugesetzt und auch sonst sind keine Beschädigungen festzustellen.

Der obere Deckel ist verschraubt. Dem Aussehen nach kann der Behälter höchstens sechzig, vielleicht achtzig Jahre hier gelegen haben. Vermutlich ist er erst während des Krieges vergraben worden. Der Blick auf den Boden der Urne räumt alle Zweifel seiner Herkunft aus: Das Hakenkreuz und die Buchstaben H. T. P. sind eingraviert. Ein Kürzel der Herstellerfirma vermuten wir. Der Versuch, die Schrauben zu öffnen, erweist sich als schwierig. Deshalb beschließen wir, die Urne so mitzunehmen und ihr in Miroslavs Kellerwerkstatt zu Leibe zu rücken. Zu Hause angekommen lassen wir uns gar nicht erst blicken sondern verschwinden gleich in der Werkstatt.

Zuerst kommt eine Rolle Dokumente hervor. Dem Aussehen nach, waren es Aktien. *Laurin & Clement* lese ich. »Das waren die ursprünglichen Besitzer der Skoda-Werke«, erläuterte mir Miroslav. Die Aktien waren auf Kronen und nicht auf Reichsmark ausgestellt aber in deutscher Sprache abgefasst. Doch dann kommt die Überraschung: drei Goldbarren, nicht sehr groß, vielleicht fünf Kilogramm schwer, alte Zwanzigmarkmünzen in Gold mit dem Porträt des letzten sächsischen Königs und auch zahlreiche österreichische und tschechoslowakische Münzen aus der Zeit vor und nach dem ersten Weltkrieg. Ein Bündel Hundertmarkscheine ist durchlaufend nummeriert. Auf der Banderole steht »10000 Reichsmark«. Schade, die Aktienscheine und die Banknoten haben nur noch Sammlerwert. Bei den Goldbarren und -münzen liegt der Fall schon anders. Unten am Boden hat sich ein kleines Kästchen verklemmt. Es ist an einigen Stellen schwarz verfärbt. Aber die Punzierung auf dem Boden zeigt, dass es sich bei der Dose um massives Silber handelt. Auf dem Deckel ist eine Elfenbeinschnitzerei eingelegt. Die darauf dargestellten nackten Männer und

Frauen deuten auf ein mythologisches Motiv hin.»Das Urteil des Paris«, vermutet Vater. Im Kästchen finden wir einen Siegelring aus achtzehnkarätigem Gold mit den Initialen C und B, die ineinander verschnörkelt sind. Ein kleines Häkchen über dem C sagt uns, dass es ein tschechischer Name ist, dessen Insignien den Ring schmücken. Eine Krawattennadel und dazu passende Manschettenknöpfe runden das Set ab. Wir überlegen. Der reine Goldwert der Barren, Münzen und Schmuckstücke ist allein mehrere hunderttausend Kronen wert. Überhaupt nicht einschätzen können wir den künstlerischen und antiquarischen Wert der übrigen Pretiosen. "Was machen wir damit?«, frage ich.»Erst einmal wegschließen. Wir müssen uns zurückmelden, unsere Frauen werden sonst misstrauisch«, meint Vater. In die Wohnung zurückgekehrt, finden wir die drei Frauen in gemütlicher Runde beisammen. Sie eröffnen uns, dass sie beschlossen haben, über Nacht hier zu bleiben. Zur Bekräftigung ihres Beschlusses zeigt uns Mutter einen Kuchen, den sie bereits für den morgendlichen Kaffeetisch gebacken hat. Wir drei Männer schauen uns an und willigen schließlich ein.»Ihr tut so geheimnisvoll«, stellt uns Christine zur Rede.»Es gibt da etwas, worüber wir jetzt noch nicht reden möchten«, erwidert Miroslav.»Ihr wart so lange unterwegs. Die Männer haben bestimmt das Bersteinzimmer gefunden«, provoziert Christine. Und Mutter meint scherzhaft, dass eine Wand bestimmt hier in der guten Stube bei Hubaceks Platz finden würde. Wir merken, dass die Frauen nicht locker lassen und mit unserer Geheimniskrämerei überhaupt nicht einverstanden sind. Schließlich entschließe ich mich zur Halbwahrheit und erzähle über den Fund alter Münzen und zum Teil unleserlicher Dokumente. Vom Barrengold und Goldschmuck erwähne ich kein Wort gegenüber den Frauen. An den

Gesichtern von Vater und Miroslav erkenne ich, dass sie mit meiner Legende einverstanden sind. Wir haben die Frauen erst einmal beruhigt und können das Ganze in Ruhe überschlafen.

Scharfenbach, den 16.06.1995

Der Tanzsaal im Gasthof ist zum Konferenzraum umfunktioniert. Große Genossenschaftsversammlung ist angesagt. Vater sitzt an der Präsidiumstafel, flankiert von Lehnbach-Herbert, unserem Buchhalter, und Frau Schlüter, Vaters rechter Hand in der Genossenschaft. Als Gast waren Miroslav und weitere Männer aus Tschechien geladen, wie der neu entstandene Staat nun heißt. Miroslav und die Männer in seiner Begleitung sind mit mehreren tausend Mark an unsere Genossenschaft beteiligt. Mit den Bauern ihres Dorfes haben sie ihre Kolchose neu belebt und gehen nun ein Joint Venture mit uns ein. Woher das Geld kommt, wollt ihr wissen? Na, aus unserer Schatzurne. Die Pretiosen, Aktien und Münzen hat Miroslav ordnungsgemäß abgegeben und dafür auch Finderlohn erhalten. Die Goldbarren konnte er auf eigene Rechnung im Ausland zu Geld machen. Beide Posten zusammen, sind die finanzielle Grundlage für diese Fusion, die heute beschlossen werden soll und sie wird beschlossen werden! Nachdem die Abstimmungsrunden über Satzungs- und Statutenänderungen und den übrigen Formalien beendet sind, geht man zum gemütlichen Teil des Abends über. Zum Umtrunk steht böhmisches und unser sächsischen Bier bereit und beim Essen kann man ebenfalls zwischen sächsischer und böhmischer Küche wählen. Mit Christine zusammen bediene ich den Grill und habe den Eindruck, dass die Bratwürste den Gästen aus Böhmen ebenso schmecken wie unseren Leuten. Auch der von uns Sachsen bevorzugte schärfere Senf findet mehr Abnehmer als der süße aus Bayern, der, neben Currysoße, zum Würzen bereitsteht. Es ist warm hinter dem Grill. Ich nehme das Bier nicht nur zum Ablöschen des Grillgutes sondern lösche auch meinen Durst mit erheblichen Mengen des Gerstensaftes unserer Gäste. Christine wirft mir erst besorgte, dann missbilligende Blicke zu. Schließlich verbannt sie mich vom Grill und übernimmt das Braten selber. Ich muss mich nun mehr um die Zutaten kümmern und achte auf Nachschub und darauf, dass immer rechtzeitig eine neue Gasflasche bereitsteht. Trotz meiner zeitweiligen Schieflage merke ich, dass auch Mutter mitbekommen hat, wie es um mich steht. Die beiden Frauen wechseln hin und wieder besorgte und viel sagende Blicke. So ist das eben als Mann denke ich resigniert:

»Erst stehst du unter der Fuchtel von Frau Mama und dann gleitest du nahezu nahtlos in die Aufsicht deiner Freundin und Frau hinüber. Dabei ist es gleichgültig, ob du mit zwanzig oder erst mit vierzig heiratest; ob Muttersöhnchen oder Ehekrüppel bleibt sich letztlich gleich.« Jetzt habe ich etwas Zeit für mich. Bier macht Appetit und ich esse etwas von dem was ich bisher für andere erbrutzelte. Abseits von der Hitze des Grills legt sich auch das Durstgefühl und die Trunkenheit schwindet. Mit ihr auch die trüben Gedanken über Mütter und Frauen. Christine ist die Veränderung nicht entgangen. Sie nickt mir aufmunternd zu, zumal sich auch die Lähmung meiner Zunge allmählich legt und ich wieder vernünftige Worte hervorbringe.

Scharfenbach, den 17.06.1995

Ich richte mich im Bett auf. Das Zimmer schwankt wie bei schwerer See. Nur Wasser und Wellen sind nirgends zu sehen. Vorsichtig erhebe ich mich, schleiche mich aus dem Haus und laufe ein paar Runden. Langsam beruhigt sich die See in meinem Kopf. Die sich biegenden Gipfel der Bäume entspringen nicht meinem Zustand, sondern sind dem leichten Wind geschuldet. Christine ist schon in der Küche und unterhält sich mit Mutter. Als ich hereinspaziere, teilen sie mir mit, dass Vater auch noch nicht aufgestanden sei und es mit dem Frühstück noch etwas Zeit habe. Trotzdem gehe ich erst einmal zum Kühlschrank und trinke eine halbe Flasche Mineralwasser in einem Zug aus.

»Gestern den ganzen Abend gesoffen und heute Früh immer noch Durst.« Dieser geflügelte Satz geht mir durch den Kopf, während sich der Brand langsam legt. Ich habe das Gefühl, dass das Kohlendioxid aus der Flasche mein Gehirn regelrecht belüftet und der geistige Morgennebel allmählich entschwindet.

»Du solltest endlich dein Versprechen einlösen und mir eure unterirdische Jagdhütte zeigen«, fordert Christine während des Frühstücks. Vater bekräftigt diesen Wunsch und erteilt mir noch allerlei Aufträge. Dass damit der Personenkreis, der von diesem Geheimnis erfährt, größer wird, stört Vater offensichtlich wenig. (Ich habe überhaupt den Eindruck, dass Vater seinem künftigen Schwiegertöchterchen noch weniger Wünsche abschlagen kann als ich.) Also schwingen wir uns auf das Moped und fahren hinaus in den Wald.

In den Morgenstunden muss es geregnet haben. Als die Sonne höher steigt dampft der Wald und die Straßen und Wege trocknen ab. Es verspricht, ein sonniger und warmer Sonnabend zu werden. Nachdem ich Christine die Behausung mit all ihrem Komfort gezeigt habe, meint sie:»Oben, an der frischen Luft im Wald ist es heute bei diesem Wetter doch schöner! Ich habe eine Decke mit hochgenommen und Christine schickt sich an, ein Sonnenbad zu nehmen. Viel Platz ist nicht, denn die dicht stehenden Bäume lassen nur vereinzelt die Sonnenstrahlen durch. Dafür ist es in der mittäglichen Windstille schön warm. »Das tut gut, so ein FKK-Sonnenbad«, meint sie und legt sich lediglich ein Handtuch übers Gesicht, um besser schlafen zu können. Ich stehe da und betrachte ihren Körper. Durch ihr abgedecktes Gesicht fühle ich mich von ihr unbeobachtet. Dann lege ich mich neben sie... . Als ich aufwache, sind die Schatten schon länger. Ich blicke zur Seite, Christine ist weg.

Rufen will ich nicht, also warte ich und wäre bald noch einmal eingeschlafen, als sie plötzlich vor mir steht. Sie hat inzwischen einen schönen Strauß aus Wald- und Sommerblumen gepflückt.

»Habe ich geschlafen?«, frage ich. »Geschnarcht hast du. Deshalb bin ich aufgewacht und habe Blumen gepflückt.« Sie lässt sich erneut auf die Decke fallen. Ich entschuldigte mich und gebe ihr einen Kuss. Sie nimmt meinen Kopf in ihre Hände und meint, dass es hier sehr schön sei.

«Bist du mir noch böse wegen gestern Abend?«, erkundige ich mich vorsichtig bei ihr. Sie schüttelt verneinend den Kopf und meint: »Du warst sehr fleißig. Allein hätte ich das nicht geschafft. Denk nur nicht, dass ich eine Abstinenzlerin bin. Das böhmische Bier hat mir auch geschmeckt.« So gefällt sie mir. Keine nachträglichen Vorwürfe und Vorhaltungen, statt dessen bekomme ich einen Kuss zurück. Warm steigt es in mir auf. Verlangen nach ihr macht sich erneut in mir breit. Während ich mich daran mache, behutsam ihre Jeans zu öffnen, hebt sie ihren Körper leicht an, damit ich sie besser ausziehen kann. Vor Erregung reiße ich ihr Jeans und ihren Slip gleichzeitig herunter. Während dessen zieht sie mir mein T-Shirt über den Kopf und ich bemühe mich, so schnell wie möglich aus meinen

Hosen zu kommen. Sie ist viel eher ausgezogen und wirft sich lachend auf mich und kitzelt mich durch. Ich lande auf den Bauch und spürte ihre Brüste auf meinem Rücken. Ihre Finger streichen, vom Nabel an abwärts, über den Bauch. Ich empfinde das als sehr angenehm, was mich zu der Frage animiert, ob sie schon einmal etwas von der Stellung neunundsechzig gehört habe. »Nein, so etwas Unanständiges kenne ich nicht.« Ihre Antwort geht in einem Lachen unter.

Nun ist alles klar: Ich bin ein Unanständiger!

Christine kriecht langsam unter mich. »Ich mag dich!«, flüstert sie. Die Stellung neunundsechzig (oder war es die sechsundneunzig?) ist vergessen.

Es ist Abend geworden und kühler. Christine hat wieder einen meiner Pullover an und lehnt sich an mich. Mit ihrer rechten Hand umfasst sie meinen linken Arm, und erschließt mich so als zusätzliche Wärmequelle. So sitzen wir eine Weile schweigend beieinander. »Wollen wir über Nacht nicht hier bleiben? Mir gefällt es hier«, unterbricht sie das Schweigen. Ich staune, willige aber in ihren Entschluss ein. Zum Abendbrot platzieren wir uns vor dem Fernseher in der »guten Stube«. Es ist ein Koffergerät, das man auch über Autobatterien betreiben kann. Ich habe es erst kürzlich auf einem Wochenmarkt billig erworben. Die Antenne lege ich durch Tschiskas Ausstiegsröhre, damit wir auch hier unten etwas sehen können.

In einer Gedenkrede wird der Opfer des 17. Junis vor zweiundvierzig Jahren gedacht. »Weist du, was damals geschehen ist? Ich kann mich nicht erinnern, jemals im Geschichtsunterricht davon gehört zu haben. In Berlin haben sie eine Straße nach diesem Ereignis benannt.« Mit diesen Worten fasst Christine ihre bescheidenen Kenntnisse über diesen Tag zusammen. Ich erinnere

mich, dass Vater während der Oktobertage des Jahres 1989 die Ereignisse mit denen von 1953 verglich, obwohl sie ihm kaum aus eigenem Erleben in Erinnerung sein konnten (er war damals erst drei Jahre alt). Wie im Herbst vor sechs Jahren sind die Menschen damals auf die Straßen gegangen und haben demonstriert. »Lass uns mal hören, was die da im Fernsehen sagen«, fordere ich Christine auf. Aus den Reden der Politiker werde ich nicht schlau. Wenn die Kamera über die Zuschauerreihen gleitet, sehe ich nur ältere Gesichter. Die wissen, was gemeint ist mit solchen Begriffen wie »stalinistische Strukturen«, »Freiheit ist unteilbar« und dergleichen Phrasen mehr. Nachdem die Zuhörer dem Redner dezent Beifall gespendet haben, blendet sich der Fernsehsender aus und zeigte Dokumentaraufnahmen von damals: Ein Panzer rollt langsam auf einer mit Schutt und Splittern übersäten Straße entlang. Die Männer im Vordergrund weichen ihm aus und bewerfen ihn dabei mit Steinen. Dann ein Szenenwechsel. Die Kamera zeigt das Brandenburger Tor und fokussierte eine Tafel mit der Aufschrift *Sie verlassen den Demokratischen Sektor.* »Damit war Ostberlin gemeint«, erkläre ich Christine. Soldaten marschieren durch das Bild. Den Uniformen nach, sind es Russen. An Litfasssäulen kleben Plakate mit dem Befehl des sowjetischen Stadtkommandanten zur Ausgangssperre und dem Versammlungsverbot. Christine stellt aufatmend fest, dass es demnach 1989 weniger gefährlich und unblutig zuging. Jedenfalls, so erinnert sie sich, fuhren keine Panzer durch die Straßen und geschossen hat auch niemand.
Christine kuschelt sich erneut an mich. »Eigentlich schön hier unten. Egal was oben passiert, hier ist man erst einmal sicher vor der Welt.« Ich zappe noch ein

wenig hin und her. Doch manche Sender kann man hier unten nur schlecht empfangen. Die Bilder wandern oder zeigen Schatten, die Farbe fällt aus, Erscheinungen, wie sie beim Kabel- oder Schüsselfernsehen nahezu unbekannt sind. Von der Politik haben wir genug und die »Lindenstraße« ist auch nicht unbedingt nach unserem Geschmack. Später läuft dann noch ein Spaghetti-Western. Ich kann es mir es nicht verkneifen, die Treffgenauigkeit der Revolverhelden als Märchen für Erwachsene, einzustufen. Diese treffen Ziele auf Entfernungen, die wir nicht einmal mit Hilfe des Zielfernrohres erreichen würden. Schließlich muss ich es ja wissen, besser als manch anderer.

Scharfenbach, den 20.09.1995
»Die Sonne ging auf. Die Nebel flohen, wie Gespenster beim dritten Hahnenschrei.«
Die Worte aus Heinrich Heines Harzreise fallen mir ein, als ich an diesem Morgen in den Wald hinaus fahre. Ja ich habe mir vorgenommen, einen kapitalen Mehrender zu schießen, der mir in letzter Zeit begegnet ist. Ich habe weder den Eltern noch Christine etwas von dem Entschluss erzählt. Das einzige Problem ist der Abtransport. Denn ohne Vaters Geländewagen ist das unmöglich. Wenn mir das Jagdglück hold ist, bleibt mir nur übrig, *danach* meine Tat zu gestehen und den Wagen zu erbitten. Es wird langsam hell, als ich mit dem Moped an der Jagdhütte ankomme. Die ersten Vögel zwitschern, vor mir kriecht etwas durchs Unterholz, das ich aber nicht mehr erkenne. Bevor ich die Luke zum Eingang abhebe, sehe ich mich vorsichtig um. Nichts. Dann steige ich hinunter, hole mein Gewehr und die Munition und mache mich auf den Weg zum Anstand. Was ist das? Höre ich Stimmen? Vorsichtig umgehe ich den Anstand und nähere mich

von hinten. Ich habe richtig gehört. Auf »meinem« Anstand haben sich zwei Weidmänner niedergelassen und warten. Ihren Hund haben sie unten angebunden. Ich prüfe die Windrichtung. Der Wind weht mir leicht ins Gesicht, so dass mich der Hund nicht wittern kann. So entschließe ich mich, die Lichtung von der anderen Seite anzugehen und das Wild abzufangen, ehe es den beiden vor die Läufe gerät. Ganz ungefährlich ist die Aktion nicht. Plötzlich knallt es. Ich habe den Eindruck, über mir raschelte es vom Einschlag eines Geschosses oder einer Schrotladung. Schnell weiter. Ich überlege, ob ich nicht zur nächsten Lichtung gehen soll, die etwa zwanzig Minuten von dieser entfernt liegt. Dort könnte ich ungestört jagen. Ich will gerade abbiegen, da höre ich etwas. Oder ist es nur ein ganz leichtes Vibrieren des Bodens? Ich schaue mich um und erstarre vor Staunen. Der weiße Hirsch! Ein Blick durchs Zielfernrohr zeigt deutlich die roten Augen, die aus dem weißen Fell herausleuchten. »Das ist typisch für ein Albino«, denke ich. Er trägt zehn Enden auf dem Geweih. Da gibt es nichts zu überlegen: »Diesen Hirsch musst du erlegen. Besser ich tue es, und nicht die beiden auf dem Anstand.« Ich hebe meine Waffe und entsichere sie leise. Ein Geräusch lässt den Hirsch aufhorchen und die Flucht ergreifen. Wütend will ich die Waffe zu Boden schleudern. Was hat das Tier aufgeschreckt? Ich weiß es nicht mehr. War es das Klicken des Sicherungshebels oder war ich beim Anlegen der Waffe an einen Ast gestoßen? Wie auch immer, der Hirsch ist weg. »Gewehr über!«, befehle ich mir und marschiere los. Ich muss an Ur-Ur-Großvater denken. Auch er war, so behauptet es jedenfalls die Legende, auf dem Weg, den weißen Hirsch zu suchen. Als er ihn im hohen Alter endlich traf und erlegte, wäre dieser, als Karl ihn aufbrechen wollte, plötzlich aus einer Ohnmacht erwacht und aufgesprungen. Dabei hätte sich Stülpner im Geweih verfangen und wäre mit fort getragen worden. Und keiner hätte den Stülpner-Karl jemals wieder zu Gesicht bekommen. Hirsch weg, Jäger weg. Soweit die Legende.

Um Ur-Ur-Großvater ranken sich zahlreiche Anekdoten, wahre und erdichtete. Etwas beklommen ist es mir schon zumute, als ich an die Geschichte denke und mir plötzlich selbst so ein Hirsch gegenüber steht. Ein ähnlicher Jagdunfall hat sich tatsächlich zugetragen: Ein angeschossener Hirsch sprang auf, als Stülpner an ihn herantrat. Dabei verfing er sich in dessen Geweih und wurde mehrere Meter mitgeschleift, bis seine Helfer das Tier zum Stehen brachten.

Hinter mir höre ich einen Schuss. Es dauert nicht lange, da knacken Äste und der weiße Hirsch hetzt mit blutendem Halse an mir vorbei. Nun gibt es kein Zögern mehr. Ich lege an und bringe das bereits angeschossene Tier endgültig durch einen lautlosen Schuss zur Strecke.

Aus der Ferne ertönt Hundegebell. Die beiden Jäger, und nur um diese konnte es sich handeln, nehmen die Verfolgung auf. Da sie einen Hund bei sich haben, wiegen sie sich in zeitlicher Sicherheit, den Hirsch zu finden. Weit tragen kann ich ihn nicht. Das Hauptproblem ist, seine Geruchsspur zu verwischen, bevor ich ihn verstecke. Ich hänge mir das Gewehr über und schleife das Tier zu einem kleinen Bachlauf. Darin wate ich entlang und wasche ihm somit seinen Geruch ab. Jetzt kann kein Hund mehr seine Witterung aufnehmen. Der Auftrieb des Wassers mindert etwas die Strapaze. Nach knapp hundert Metern entdecke ich einen umgestürzten Baum in Ufernähe. Die Grube unter seinen Wurzeln muss mir als Zwischenlager und Versteck dienen. Aber womit soll ich ihn abdecken? Ich versuche es mit Ästen und Reisig, in der Hoffnung, dass die beiden Weidgenossen die Spur nicht finden. Kaum habe ich meine Arbeit beendet, höre ich Stimmen und erneut das Bellen des Hundes. Ich renne ein Stück zurück in die Richtung, aus der ich gekommen bin. Auf einem Baum beziehe ich Stellung, um das weitere Geschehen zu beobachten.

Wie erwartet, haben die Beiden die Stelle gefunden, an der das Tier verendete und auch meine Fußabdrücke sind ihnen nicht entgangen. »Da hat uns einer die Beute geklaut«, rief wütend der Eine und zeigt auf meinen Schuhabdruck und die Schleifspur, die sich auf dem Waldboden verewigt hat. »Such, such!«, fordert der andere den Irish Setter auf. Dieser läuft bis zu dem Bächlein und verbellt es. Er hat die Spur verloren. Die beiden Männer beraten, wie es weitergehen soll. Das Gespräch wird immer wieder von Wutausbrüchen des einen Jägers unterbrochen. Offensichtlich ist ihnen die Seltenheit der Jagdbeute bewusst. Schließlich geben sie die Suche auf. Ich klettere vom Baum und gehe langsam in die entgegen gesetzte Richtung weiter. Den Bach und das Versteck lasse ich hinter mir. Als ich die Lichtung umgangen habe, schlage ich den Weg zur Jagdhütte ein, in dessen Nähe ich das Moped abgestellt hatte. Plötzlich kommt der Hund der beiden knurrend auf mich zu gerannt. Was tun? Der Ring am Halsband war verbogen. Er hat sich losgerissen. Mit einem kräftigen Schlag des Gewehrkolbens wehre ich den Hund ab. Soll ich ihn töten? Ich greife nach dem Halsband und verhindere so, dass er mich erneut anspringen kann. Dank meines guten Zuredens beruhigt sich das Tier. Dann läuft er artig neben mir her, bis wir zu dem unterirdischen Versteck kommen. Es gelingt mir, den Hund durch die Röhre, durch die sonst unsere Tschiska kriecht, nach unten zu bringen. Er frisst und trinkt einen Schluck und legte sich ruhig hin. Nachdem ich die

Beleuchtung eingeschaltet habe, warte ich, was passiert. Hoffentlich wittert er seine Herren nicht, wenn diese oben vorüber gehen. Ich überlege, was in den beiden Männern vorgeht? Erst ist die Jagdbeute weg und nun auch noch der Hund. Der Irish Setter trägt eine Hundemarke und ein kleines Täschchen mit seiner Adresse am Halsband. Sie heißt Merry, ist also auch eine Hündin wie unsere Tschiska. Vor Aufregung habe ich nicht genau hingesehen, welches Geschlecht ich da bändigen musste. Nach einer Stunde klettere ich vorsichtig nach oben. Die Sonne bescheint nun bereits kräftig diesen Spätsommertag. Vorsichtig krieche ich zum Versteck meines Mopeds. Es steht noch wie vorher nur die Ventile hat man mitgenommen und damit auch die Luft aus den Reifen. Ich hole Merry hervor. Sie schnupperte daran und wedelte mit dem Schwanz. Das ist eindeutig. Ihr Herrchen war der Saboteur meines Mopeds. Nun hilft alles nichts. Vater muss zur Jagdhütte kommen und das Auto mitbringen. Beim Anruf sage ich nur, dass ich in der Hütte bin und das Moped defekt sei. Vater verspricht, zu kommen. Er staunt nicht schlecht, als er neben dem Moped die Hündin sitzen sieht. Dann erzählte ich von meinem Jagdglück. Auf die Frage nach dem Warum, entgegne ich, dass ich meine schmale Studentenkasse etwas auffüllen wolle. Schließlich brauchen Christine und ich auch einmal ein Auto. Ur-Ur-Großvater hat nicht nur für die anderen, sondern auch für das Wohl seiner Christine gejagt. Vater streichelte mir spontan über den Kopf und muss lachen:

»Dass du einen weißen Hirsch erlegt hast, glaube ich erst, wenn ich ihn sehe. Können wir noch ein Stückchen näher heranfahren?« Wir fahren los. Auf der Rückbank sitzt artig unsere lebende Beute und im Kofferraum liegt das Moped. Dazu soll sich noch der Hirsch gesellen. Ich habe Mühe, aus der Sicht eines Autofahrers, den Weg zu finden. Aber da liegt plötzlich der Baum vor uns, unter dem ich die Beute vergrub. Ohne das Tier aufzubrechen, wird es verladen und ab geht es nach Hause. Unterwegs habe ich den Eindruck, dass in einem entgegenkommenden Wagen einer der beiden Männer sitzt, denen ich heute soviel Ungemach bereitete.

Meine Herren,
eigentlich wollte ich ihnen einen Tausch vorschlagen:
Hund gegen Ventile. Ihre Merry kann schließlich nichts
für Ihre Bosheit. Merken Sie sich eins:
Der weiße Hirsch gehört dem freien Jäger!
Ihr Karl Stülpner

September MDCCLXXXIII

Diesen anonymen Brief, auf PC geschrieben und vorsichtshalber kopiert, (das Jahr 1783 habe ich gewählt, da Karl damals 21 Jahre alt war, so alt wie ich heute) stecke ich der Hündin hinters Halsband. Es ist bereits Abend, als wir in der unmittelbaren Nähe der Wohnung ihres Besitzers anhalten. Ich lasse sie raus. Merry schnuppert, dann rennt sie los. »Das hätten wir...«, meinte Vater.

Chemnitz, den 27.09.1995
Christine wälzt sich vor Lachen auf dem Sofa. Ich erzählte ihr von meinem Erlebnis mit dem weißen Hirsch und wie ich den beiden Jägern die Beute nebst Jagdhund abgenommen habe. Dann wird sie ernst und fragt:»Was ist, wenn sie sich die Mopednummer aufgeschrieben haben? Dann bin ich es gewesen, der ihren Hund gestohlen hat und dann findet die Polizei auch dich. Schließlich heißt du Stülpner. Und die Vorlesung hast du auch geschwänzt.«

»Ich wäre noch rechtzeitig in der Hochschule gewesen, wenn die Kerle das Moped nicht sabotiert hätten«, erwidere ich. »Außerdem«, versuche ich Christine zu beruhigen, »muss man erst einmal nachweisen, dass Hans-Peter Stülpner der Schreiber des Briefes und der Wilddieb ist. Mit dem Namen von Stülpner-Karl kann sonst wer seinen Unfug treiben. Das müssen nicht unbedingt dessen Nachfahren sein. Woher soll die Polizei wissen, dass du mit einem Stülpner befreundet bist? Du warst ja an dem Morgen nicht im Wald.« Christine guckt etwas skeptisch zu mir. Sie murmelt etwas von »sehr einfach machen« und »hoffentlich behälst du Recht« in ihren imaginären Bart.

Am Nachmittag besuchen uns meine Eltern. Vater erzählt mir, dass er den Kopf samt Geweih präparieren lassen will. Albinos sind, besonders in freier Wildbahn, seltener als Klee mit vier Blättern. Bei gezüchteten Tieren (zum Beispiel Karnickel) treten solche Genfehler öfters auf. Vater rechnet mir vor, dass mit dem Verkauf des Kopfes die Anzahlung eines Kleinwagens für Christine und mich herausspringt. Wir müssen uns jedoch noch ein Weilchen gedulden. Denn inzwischen laufen in Scharfenbach und Umgebung die wildesten Gerüchte um. Das Verschwinden des Tieres und der anonyme Brief schreckte die Gemüter auf. Auf meine vorsichtige Frage, ob denn Anzeige erstattet worden sei, entgegnet Vater nur, dass ihm nichts bekannt ist. Da bei Christine, als Besitzerin des Mopeds, bisher noch keine Polizei war, haben die beiden womöglich vergessen, die Mopednummer aufzuschreiben. »Was erzählt man sich denn im Dorf?«, frage ich gespannt. Vater wiegelt ab, zumal die beiden verhinderten Jäger aus einem Nachbarort stammen. »Geschwätz, mein Junge, Geschwätz.« Dann mischt sich

Mutter in das Gespräch und erzählt vergnügt, was sie im Dorf– Konsum gehört hatte: Der wilde Jäger, der auf einem weißen Hirsch vor vielen, vielen Jahren auf Nimmerwiedersehen davon geritten sei, wäre jetzt zurückgekehrt. Dabei haben sie mich so komisch angeschaut. In Anspielung auf eure Abschüsse der letzten Jahre machte dann die alte Lehmbachsche so einige Bemerkungen, dass in der letzten Zeit so wie so nicht mehr alles mit rechten Dingen zugehen würde. Mutter hat dann nur noch entgegnet, dass sich der Stülpnersche Urahn noch nicht bei ihnen zurück gemeldet habe und alles andere sei albernes Geschwätz.

»Du siehst, Hans-Peter, wir müssen mit dem Verkauf deiner Jagdbeute noch etwas warten. Jedenfalls hier in der Umgegend kann ich vorerst nichts unternehmen. Ich habe schon Miroslav gebeten, mir einen guten Präparator zu empfehlen. Bloß wie ich den Kopf samt Geweih über die Grenze bekomme, ist noch unklar.«

»Am besten Vater, du setzt es dir auf den Kopf«, meint Christine lachend und bekommt dafür einen Klaps auf ihren hübschen Popo. Mutter schüttelt dabei etwas eifersüchtig ihren Kopf, als sie Papa so mit Christine schäkern sieht.

Scharfenbach, den 24.12.1995

Bis zuletzt war unklar, wo Christine und ich Weihnachten verbringen werden: in Scharfenbach oder in Zschopau. Schließlich entschlossen wir uns, den heiligen Abend doch bei meinen Eltern zu verbringen, da hier mehr Platz im Häuschen ist. Wir fuhren bereits gestern hierher, in der Hoffnung, ausschlafen zu können. Aber Christine steht bereits früh auf. Sie hat Mutter versprochen, in der Küche mit zu helfen und einkaufen zu fahren. Also, war es wieder nichts mit ausschlafen.

»Mit lange im Bett liegen ist so wie so bald Schluss«,

meint Christine hintergründig und fügt hinzu:»Karl Stülpner wird Ur-Ur-Ur-Großvater«, dabei liegt die Betonung auf dem dritten»Ur«. Begriffsstutzig wie man nun einmal ist, wenn man nicht ausgeschlafen hat, erwidere ich:»Ob ich die siebente oder vielleicht schon die vierzehnte Generation bin, habe ich nie nachgezählt, wenn ich vom Ur-Ur-Großvater spreche.« Christine packt mich an den Schultern und dreht mich herum:»Schau mich an!«, ruft sie und fügt hinzu, dass sie das nicht s o gemeint habe. Wichtig ist, dass die nächste Stülpner-Generation unterwegs sei, egal die wievielte. Jetzt begreife ich: Christine ist schwanger und ein kleiner Karl wächst in ihr heran. Als ich sie küssen will, hält sie mir ihren Zeigefinger auf die Lippen und meint:»Es kann auch eine Karla werden, so genau weiß man das jetzt noch nicht. Ich war diese Woche erst beim Arzt.« Dann werde ich nachdenklich und frage sie vorsichtig, ob denn das der richtige Zeitpunkt für ein Kind sei. Ohne den Blickkontakt zu mir aufzugeben, setzt sie sich auf meinen Schoß und beginnt mir einen Vortrag zu halten:
»Wann ist denn der richtige Zeitpunkt für eine Frau, schwanger zu werden? Ist sie sechzehn, heißt es, du bist selber noch ein Kind. Ist sie achtzehn-neunzehn fragt man sie, ob es nicht besser sei, erst die Schule, die Ausbildung oder das Studium abzuschließen. Mit fünfundzwanzig wundert man sich, und meint sie solle ihre Jugend noch etwas genießen. Mit dreißig meldet man gegenüber der vielleicht verheirateten Frau dahingehend Bedenken an, ob sie sich denn ein Kind finanziell leisten könne, jetzt wo sie doch das Grundstück mit Haus gekauft hätte oder eine berufliche Karriere ins Haus stünde. Geht die Frau dann auf die Vierzig zu, dürfte es zum Kinder bekommen schon bald zu spät sein.«
Ich gucke vermutlich etwas besorgt zu ihr auf. Jedenfalls

meint Christine spitzbübisch, dass ich keine Angst zu haben brauche, sie sei ja bei mir und wir würden, im wahrsten Sinn des Wortes,»das Kind schon schaukeln«.

Am Weihnachtsbaum brennen die elektrischen Kerzen. Über einen Widerstandsregler kann Vater die Kerzen abdunkeln. Sie geben mit ihrem gelben Licht dem Raum etwas Warmes. Unter dem Baum liegen die ausgepackten Geschenke und das Abendbrot ist wieder vorzüglich. Christine stößt mir heimlich den Ellenbogen in die Seite, als Aufforderung, endlich den bevorstehenden Familienzuwachs anzukündigen. Mit dem Hinweis, dass diese gemütliche Runde zu viert vorerst das letzte Mal stattfindet und im nächsten Jahr einer oder eine dazu kommt, entledige ich mich meiner vorväterlichen Pflicht. Mutter steht spontan auf, geht um den Tisch herum zu Christine und drückt sie wortlos an sich. Vater lehnt sich zurück, stellt sein Bierglas ab und meint nur: »Das freut mich für euch.« Dann überlegen wir, welche Heldentaten er oder sie in ihrem Leben vollbringen wird. Denn, so denken Vater und ich, die Tradition verpflichtet. Mutter und Christine halten dagegen, dass die Stülpners nach Karl bis in unsere Generation ein normales unauffälliges Leben führten und erst mit Vater und mir die umstrittene Tradition (Mutter sagte »umstritten«) wieder aufgelebt sei.

»Wünschen wir uns für die kommende Generation wieder ruhigere Zeiten, die solche Taten, wie sie vor zweihundert Jahren und in den letzten drei Jahren vollbracht werden mussten, nicht mehr nötig haben«, meint Mutter. Christine äußert den Wunsch, dass die Stülpnerinnen mehr in die Familientradition einbringen sollen, als in der Vergangenheit.

Mit dem Weihnachtsabend 1995 beende ich diese Aufzeichnungen. Sollte das Leben für mich und meine

Familie erneut Geschichten bereithalten, die es lohnen, niedergeschrieben zu werden, dann werde ich ein neues Tagebuch führen.

Hans-Peter Stülpner

* * *

Das Tagebuch ist frei erfunden. Das gilt auch für die Namen von Personen. Ähnlichkeit mit lebenden oder verstorbenen Personen sind rein zufällig und nicht beabsichtigt. Das trifft auch auf die Familie Stülpner, bestehend aus Sohn Hans-Peter und seinen Eltern Monika und Ullrich Stülpner zu. Um die Distanz zu den tatsächlichen Nachfahren des Wilderers zu gewährleisten, wurde die Handlung in das fiktive Scharfenbach verlegt.

Nachwort

Im März 1990 wurde in der (Noch-)DDR die »Anstalt zur treuhänderischen Verwaltung des Volkseigentums«, kurz Treuhandanstalt, gegründet. Aufgabe der Treuhandanstalt war es, volkseigene Betriebe und Einrichtungen in privatrechtliche Unternehmen zu überführen. Besonders nach dem Beitritt der DDR zur Bundesrepublik geriet die Arbeit der Treuhandanstalt zunehmend in die Negativschlagzeilen und ihre Arbeitsweise war umstritten. Einer ihrer Präsidenten, Detlev Karsten Rowedder, wurde 1991 von der RAF ermordet. Die Täter wurden nie gefasst.

In seinem bereits 1993 erschienen Drama »Wessis in Weimar« prangerte Rolf Hochhuth die Arbeit der Treuhandanstalt und ihre Liquidations – Mentalität an.